재난 소설

북한강

재난 소설

북한강

이 / 광 / 균

(주)교학도서

차
/
례
/

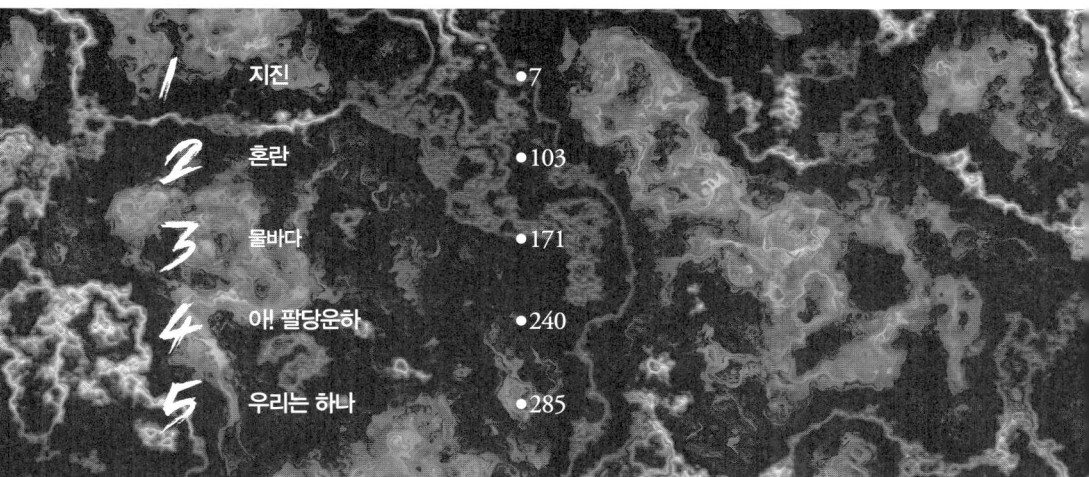

지진

"네, 시장님. 잘 계시죠?"

"뉴스 봤나? 강릉 해일?"

고신백 서울시장이 백두산에서 마그마 분포를 연구하고 있는 후배 용승주 박사에게 전화했다.

"못 봤는데요, 그런데 강릉에 해일이 일어났습니까?"

전화 받는 용승주 박사의 얼굴이 갑자기 굳어졌다.

"그래, 여긴 지금 강릉 해일 피해 뉴스로 도배하고 있다."

"여기선 그런 뉴스 못 보니까요. 그런데 형님이 전화하신 걸 보니 뭔가 불안합니다."

"그래. 빨리 강릉으로 가봐라. 일본에도 지진이 났는데 그 지진이 나고 나서 한참 있다가 강릉 앞바다에서 지진이 났거든."

"그저께 난 일본 지진이요?"

"알고 있었나?"

고 시장이 의아해했다.

"규모 6.0 이상은 국제지진연구센터에서 메일과 폰으로 바로 알려주거든요."

"아, 그래. 강릉은 어젯밤에 일어났다."

일본에서 한반도로 이어진 지진에 무언가 집히는 것이 있어 용 박사가 흔쾌하게 대답했다.

"알았습니다. 시장님. 바로 갈게요."

"언제쯤 도착할 거 같나?"

"지금 출발하면 오늘 밤이나 내일 새벽 양양 공항에 도착할 거 같은데요."

"알았다. 도착하면 연락해라."

"네, 형님."

"이젠 한국도 지진의 안전지대가 아닌 기래요. 저렇게 큰 지진이 바로 코앞에서 일어난 걸 보면 말이래요."

자판기에서 커피를 뽑아서 한 모금 입에 문 춘천경찰서 강력계 소속 최강철 형사가 TV 앞에 둘러선 동료 직원들 틈 사이를 비집고 들어서며 말했다.

"여긴 잠시 우르렁 하고 말았구만 저긴 피해가 엄청난 개비네. 저것 봐, 아이고…… 우째. 해일(쓰나미)에 집이 통째로 날아가부렀네."

뉴스는 온통 강릉 앞바다에서 일어난 지진과 해일토 쑥대밭이 된 강릉 바닷가 주민들을 구조하는 모습으로 채워져 있었다.

불의 고리에 해당하는 일본 후쿠시마 현(동부)과 니가타 현(서부)에 규모 7.5의 지진이 일어나 도로와 철도가 파손되고 그 지진이 일어난지 11시간 뒤에 강릉 앞바다인 동해에도 규모 5.6의 지진이 일어나 강릉이 해일 피해를 입었다.

"지진 규모는 일본이 큰데 피해는 우리가 더 큰 걸 코면 쪽발이들이 지진 대비는 참 철저하게 하나 봐. 응?"

"형님, 그기요. 일본은 육지에서 났고 강릉은 바다에서 났잖에요. 그것도 밤에요. 한 밤중에 바다에서 일어난 해일이 쥐도 새도 모르게 왔는데 그걸 먼 수로 알겠슴까. 알면 저렇게 비참하게 건물 데미에 깔래(깔려) 죽겠어요, 머? 다 피했지?"

최 형사의 그 말에 최 형사를 돌아보던 선배 형사가 다시 TV로 시선을 돌리며 말했다.

"그렇긴 하지만 저놈들 좀 봐. 마치 지진이 일어날 걸 미리 안듯이 일사불란하게 움직이잖아. 개미들처럼 말이야."

최 형사도 TV로 시선을 돌렸다가 다시 선배 형사를 돌아보며 물었다.

"그런데 형님, 일본에서 저 정도는 경미한 지진이잖에요."

"그게 좀 이상하긴 해. 났다 하면 건물이 무너지는 대형 지진인데 응?"

"저기 만일 대지진이 일어나기 전 전조 현상이라면 우찌 되는 기래요?"

최 형사를 돌아보던 선배 형사가 고개를 갸웃했다.

"동해에서 난 작은 지진에 강릉이 저 정돈데 대지진 여파가 우리 쪽에 미친다면 큰일 아니겠슴까?"

고개를 갸웃하던 선배 형사가 최 형사의 그 말에 대답하려는데 강력계 계장이 그 둘을 째려보며 "뉴스 좀 보자" 하므로 머쓱해진 최 형사와 선배 형사가 입을 닫고 다시 뉴스로 시선을 돌렸다. 뉴스는 그저께 밤 10시에 발생한 강릉 앞바다 지진과 일본 지진을 특집으로 보도하고 있었다.

비교 분석한 보도에 따르면 지진에 대한 예보나 주민 통제는 일본이 한 발 앞서 있었다. 긴급 재난이나 재해에 일본은 예민하게 대처했는데 우리의 형식적인 민방위 훈련에 비해 그들은 모든 훈련이 실제와 같았다. 쉴 새 없이 일어나는 지진과 태풍이 그들을 그렇게 훈련시킨 것이다.

뉴스는 강릉과 일본의 지진을 집중적으로 분석 보도하고 나서 지진과 해일에 대한 대피요령을 전문가를 통해 설명하고 있었다. 지진이 나면 일단 멀리 피하라는 이야기였다.

"바닷가 사람들이야 해일이 밀어닥치면 피하지 말라해도 높은 데로 피할 끼고, 산사태가 나면 달아나지 말래도 꽁지가 빠지게 달아날 낀데 언, 니미. 저걸 말이라고……"

전문가의 말에 짜증이 나는지 투덜대던 최 형사가 커피를 마시다 말고 다시 입을 열었다.

"그런데…… 댐 밑에 사는 사람들은 우쩐 대요……?"

최 형사의 그 말에 우 둘러서서 뉴스를 보는 동료 직원들이 최 형사를 돌아보았다.

"만에 하나 지진에 댐이라도 터지는 날에는 마카(모두) 변을 당하잖에요. 그런데 거기에 대해선 말도 없이 들고뛰기만 하라니. 뜀박질이야 우리보다도 도둑놈들이 더 잘 쳐대지 머."

최 형사를 바라보던 계장이 쿡 하고 웃었다. 그러나 동시에 미간도 움찔했다. 한반도가 더 이상 지진의 안전지대가 아니라는 것을 피부로 느낀 계장과 직원들이었다. 속으로 춘천댐이나 소양댐을 걱정하며 다시 TV로 고개를 돌리는데 때마침 TV에서 광복 80주년 기념 남.

북 축구 경기에 대한 소식을 전하고 있었다. 광복절을 하루 앞둔 날이라 더욱 뜻깊은 경기가 될 것이라는 아나운서의 멘트가 뒤따랐다.

"아참! 오늘 남. 북 축구!"
최 형사가 소리치며 TV 앞으로 한 발 다가들었다.
"손흥민이 나온다니까....."
최 형사가 계장을 돌아보며 큰 소리로 말했다.
"오늘 아주 신나게 응원이나 해야겠다."
손흥민은 계장의 조카였다.

남은 커피를 마저 홀짝 마신 최 형사가 빈 종이컵을 우직 소리가 나도록 우그러뜨려 재활용 통에 던지고는 자기 자리로 들어가려는데 스마트폰 진동이 요란하게 울렸다.
"네, 박사님. 그잖아도 전화를 드릴라고 하던 참이었슴다. 강릉엔 잘 댕게(다녀) 오샜슴까(오셨습니까)?"
용승주 박사였다. 토요일 밤에 양양공항에 도착한 용 박사가 날이 밝자마자 강릉 해일 피해 현장을 살펴보았는데 지진대가 일본 후쿠시마현과 니가타현을 시작으로 강릉 앞바다를 거쳐 한반도 중부지역으로 향한 것을 알고 급히 소양댐을 찾은 것이다.

"지금 소양댐 위에 계시다고요? ……예? 강릉보다 소양댐이 더 걱정되신다고요? 아니, 그기 먼 말씀이래요. 지진이 지나 갔잖슴까."
통화하면서 최 형사가 급히 사무실 밖으로 나갔다. 뉴스에 집중해 있는 직원들에게 시끄러울 거 같아서였다.

"움직임만 멎었을 뿐, 일본과 강릉을 보면 아직 살아있는 느낌이야."

"예? 사, 살아있어요?"

"그래, 여지껏 꿈틀거리다가 잠시 몸을 사린 뱀처럼 말이야. 기분이 안 좋아."

"그럼 아주 죽에 삐래야(죽여 버려야) 되잖습까. 박사님."

"당연히 그래야지. 헌데 방법이 없네. 방법이……"

"박사님, 지가 큰 총을 들고 갈까요?"

"큰 총……?"

순간 용 박사의 눈썹이 꿈틀했다.

"고성능 장총으로 쏴서 잡아삐리게요."

"고성능이라면……?"

"그 왜, 있잖습까. 영화에 나오는……"

"조준경이 달린 저격용 말인가?"

"예, 박사님."

수화기에서 웃는 소리가 들렸다.

"아나콘다 정도는 쉽게 잡겠다."

"에이, 아나콘다 정도가 아니라 코끼리 같은 큰 동굴도 한방이면 감다. 박사님."

수화기에서 또 한 번 웃는 소리가 들렸다.

"어쨌든, 동해 바다를 들었다 놀만한 성능은 돼야 저놈을 잡을 수 있을 거 같아."

"예? 도, 동해 바다를요?"

"그래."

"동해 바다를 들었다 놀라면 핵폭탄이 수 백 개는 있어야 될 긴데요."

"그만해야 저놈을 잡지. 조준경으로 정확하게 조준해서."

말끝에 웃는 소리가 났다.

"그, 그럼, 뱀은 못 잡는 기래요?"

"지금으로선 그렇지. 잡기보다는 피하는 게 상책이야. 본래 뱀이라는 놈은 움츠렸을 때가 무서운 법이거든. 공격하기 직전이니까. 이렇게 움츠렸다가 일본과 한반도를 아예 휘감을 모양이야."

"하이고…… 섬뜩함다, 박사님. 거기 오래 계실 거 같으면 지가 그리 가겠슴다"

"아니야, 그럴 거 없어."

"그럼, 퇴근 후에요?"

"아니, 점심때. 그사이 나는 춘천댐을 한 바퀴 돌아보고 갈 테니까 점심이나 같이 하자고."

"네, 박사님. 그럼 기다리고 있겠슴다."

전화를 끊으려다 말고 용 박사가 다른 말을 했다.

"일요일인데도 근문가?"

"강력계만 비상근무임다."

"고생이 많다, 더운데."

"지보다도 박사님 고생이 많으시죠, 머. 백두산으로, 강릉으로, 또 오늘은 소양댐으로 댕기미……"

최강철이 미안한 표정을 지었다.

"그게 내가 해야 할 일인 걸 뭐."

"그래도 좀 쉬새야(쉬셔야) 되잖습까?"

"일 하는 게 쉬는 거지 머. 하여튼 이따 보자고, 최 형사"

"예, 박사님"

전화를 마친 최 형사가 사무실로 들어갔다.

용 박사가 소양호 주변을 둘러보았다. 호수는 만수위에 육박해 있었다.

'만수위에 다다른 소양댐의 저수량이 29억 톤, 그런데 중형 태풍이 중국 남동부를 향해 또다시 접근하고 있다?'

지난번에 올라온 태풍이 중국 남동부에 상륙하면서 열대성 저기압으로 바뀌는 바람에 한반도엔 많은 비가 내렸다. 특히 강원도에 많은 비가 내려 일부 지역은 산사태로 민가 20여 채가 통째 사라지는 피해를 입기도 했다.

'그런데 또다시 태풍이라……'

용 박사가 말매미 소리 요란한 나무 그늘 아래서 하늘을 올려보았

다. 하늘엔 하얀 뭉게구름이 높다랗게 떠있고 아침인데도 날씨는 찌는
듯이 더웠다. 연일 계속되는 폭염과 열대야로 전국이 가마솥 더위였
다. 어제만 해도 춘천의 낮 기온이 36도였다. 8월 중순의 날씨 치고는
무척이나 더운 날이었다.

    손수건으로 이마와 목덜미의 땀을 닦아내던 용 박사가 무심코 호
수를 바라보았다. 그런데……
    '……?'
    용 박사가 혹 잘못 본 것은 아닌가 하여 다시 호수를 바라보았다.
호수가 녹색을 띠고 있었다.
    "아……니?"
    용 박사가 소양댐 나루터를 향해 성큼 걸음을 옮겼다.
    호수에 녹조가 낄 리 없었다. 봄철에 간혹 적조가 발견되기는 해
도 소양호에 녹조가 끼는 일은 없었다.

    성큼성큼 내딛던 용 박사의 걸음이 빨라지더니 이내 뛰기 시작
했다.
    물가로 내려간 용 박사가 두 손으로 물을 떠서 자세히 살펴보았
다.
    "……!!"
    플랑크톤이었다.
    "그, 그렇다면……"
    용 박사가 놀란 눈을 들고 호수 주변을 관찰할 때였다. 뜻밖에

고기 떼가 호수 주변으로 새까맣게 몰려들었다. 월척에 가까운 붕어에서부터 팔뚝만 한 송어, 어른 허벅지만큼 큰 잉어에 이르기까지 온갖 고기 떼가 마치 뭍으로 오르려는 듯 사력을 다해 퍼덕이고 있었다.

　놀란 것은 용 박사였다.
　"이, 이런?"
　지진이 일어날 징조였다. 그것도 대규모의 지진이……
　수년 전 동남아에서 발생한 지진에서도 같은 현상이 있었다. 인도네시아나 인도, 이란 등 비교적 대규모 지진이 일어난 곳의 진앙지 물 색깔이 일시적으로 녹색으로 변한 현상이 있었다. 이른바 물꽃(블룸) 현상이었다.

　동남아에서 일어났던 지진과의 유사성에 놀란 용 박사가 안절부절못했다.
　그러나 지진이 일어날 징조를 미리 안 미물들의 몸부림을 사람들은 횡재라고 생각했다. 때 아닌 고기떼의 출현에 소양댐어서 청평사로 가려던 관광객들이 그 광경에 놀라 저마다 탄성을 질렀다.
　"우와! 저건 잉어다, 잉어. 송어도 있고……"

　나루터에서 배를 기다리던 동작 빠른 몇몇 관광객과 어민들이 맨손으로 고기들을 잡아 올렸다.
　"내 생전에 이렇게 큰 고기는 첨 본다, 첨 봐!"

무거워 잉어를 들지 못하던 어민이 잉어 아가미에 팔뚝을 꿰어 끌어올렸다.

송어와 잉어를 줍다시피 했다. 송어를 움켜쥔 관광객은 마치 큰 횡재나 한 듯 환하게 웃었고, 줍다시피 끌어올린 잉어를 뱃전에 올려놓은 어부는 의기양양해 했다.

"살다 살다 오늘 같은 횡재가 또 있을까? 가두리 양식을 하다 망한 나를 불쌍히 여기셔서 용왕님이 보내셨나. 횡재도 이만하면 대박이다, 대박!"

허벅지만큼 큰 잉어와 송어만을 주워 올리는 어부의 바쁜 몸놀림으로 작은 어선은 금세 만선이 되었다.

급히 연락받고 달려온 어부들이 어선을 몰고 나아갔다. 묶어 두었던 어선들이 총출동한 것이다.

만수위에 오른 소양호는 난데없이 나타난 고기떼와 그 고기떼를 주워 올리느라 야단법석을 떠는 어부들의 분주한 고함소리, 그리고 관광객들이 질러대는 탄성 소리로 메아리치고 있었다.

그 분주하고 복작대는 소리를 뒤로 한 용 박사가 급히 댐 위로 올라와 차를 춘천댐 쪽으로 몰았다. 춘천댐의 사정을 확인해 보려는 것이었다.

━━

도로 양 옆으로 아름드리 플라타너스의 잎사귀가 하늘을 가려 마치 긴 터널을 연상케 하는 샘밭 도로를 나는 듯이 달린 용 박사가 춘천 댐에 도착했다. 그러나 춘천댐의 사정도 마찬가지였다. 호수는 마치 녹색 물감을 풀어놓은 것 같았고 뭍으로 오르려는 고기떼들로 호수 주변은 양어장 같았다. 그 고기떼를 주워 올리느라 질러다는 사람들의 탄성 소리가 춘천댐에서도 울려 퍼지고 있었다.

용 박사의 등줄기로 식은땀이 흘렀다. 플랑크톤과 고기떼로 보아 지진의 진앙 지는 춘천에서 가까운 곳이었다. 그걸 사람들만 모르고 있었다.

다급해진 용 박사가 자동차의 트렁크를 열고 패러글라이더를 꺼냈다. 화천댐과 금강산댐(임남댐)에도 똑같은 현상이 벌어지고 있는지를 확인해 보려는 것이었다.

용 박사는 지진 연구비를 충당하기 위해 스포츠클럽을 운영하고 있는데 용 박사의 자동차에는 항공용 장비가 늘 갖춰져 있었다.

용 박사가 꺼내 든 장비는 프로펠러 추진기가 장착된 모터패러글라이더였다. 굳이 높은 언덕이나 산 능선에서 뛰어내리지 않아도 되는, 지상에서 바로 이륙이 가능한 패러글라이더였다.

글라이더를 편 용 박사가 즉시 시동을 걸고 이륙했다. 자동차로 다녀오기에는 화천댐이 멀기도 했거니와 금강산댐을 확인하자면 하늘 높이 떠올라야 했다.

휴전선 상류 10km 지점에 있는 금강산댐(강원도 창도군 임남면에 있음)은 화천 백암산 정상에서 보아야 잘 보인다. 하지만 백암산은 전방 부대 내에 있기에 민간인은 통행이 어렵고 부득이 그 근방으로 가서 고성능 망원경이나 망원렌즈를 부착한 카메라로 보아야 잘 볼 수 있다.

고성능 망원렌즈가 부착된 디지털카메라를 목에 건 용 박사가 이륙 손잡이를 힘껏 당겼다.

인산인해의 중도.....

의암 호수 가운데 있는 중도에서 한국의 세계적 톱스타와 중국의 톱스타가 멜로 영화를 찍고 있었다. 한류 바람을 일으키고 있는 한국의 톱스타를 보려고 중국과 동남아에서 온 관광객들로 인해 중도는 발 디딜 틈이 없었다.

춘천방송국의 계만선 부장이 그런 관광객들을 가까이서 취재하고 있었다.

산비탈 경사면의 상승 기류를 타고 춘천댐 상공을 날아 오른 용 박사가 화천 방향으로 기수를 잡았다. 태풍의 영향인지 하늘엔 불규칙 기류가 흐르고 있었다. 차가운 바람과 더운 공기가 수시로 뒤바뀌며 용 박사의 얼굴을 스쳤다.

용 박사가 조종 손잡이를 바짝 당겨 고도를 높였다.

발아래로 화천 읍내가 보였다. 그리고 멀리 파로호(화천댐 호수)도 보였다. 오랑캐를 무찌르고 격파했다고 해서 이름 붙여진 호수, 파로호(破虜湖)…… 파로호는 6.25 전쟁 때 화천댐을 지키기 위해 치열한 격전이 벌어졌던 곳이다.

6.25 전쟁 당시 남한의 총 발전시설 용량은 20만 Kw였다. 그 가운데 화천댐 발전용량이 5만 Kw였으니 그 엄청난 발전시설을 두고 남, 북 서로가 양보할 수 없는 싸움을 할 수밖에 없었다. 치열하고 처절했던 전쟁에서 북한 인민군과 중공군 3개 사단이 한국군에게 괴멸되었다. 그 승전보를 들은 이승만 대통령이 한달음에 달려와 군 장병들의 전공을 치하하고 격려하는 자리에서 파로호란 친필 휘호를 썼다. 그것이 파로호의 유래다.

한때 붉은 피로 물들었던 저 파로호의 물길을 따라 곧바로 올라가면 평화의 댐이 나오고 평화의 댐에서 조금 더 올라가면 휴전선이 나온다. 그 휴전선 근방에서 망원 카메라로 금강산댐을 관찰해야 하는데 사전 통보도 없이 철책부대 상공을 굉음을 내며 날아가는 자신을 군부대가 어떻게 생각할지 염려스러웠다.

그러나 그런 염려를 다 하기도 전에 파로호의 물빛이 멀리서 보기에도 녹색으로 보였다. 파로호를 향해 직선으로 날아가는 용 박사의 입에서 탄식하는 소리가 흘렀다.
대지진이 일어나기 직전 일어나는 물꽃 현상이 분경했다. 그런 자신의 다급한 심정을 아는지 모르는지 군부대 장병들이 자신을 향해 손 흔드는 모습이 한가로워 용 박사의 입에서 또다시 탄식하는 소리가 났다.

소양댐과 춘천댐에서 보았던 모습들이 파로호에도 가득했다. 뭍을 향해 퍼덕이는 고기떼를 보고 놀란 어부들이 비명 같은 환호를 질러대며 고기떼를 건져 올리느라 정신이 없었다.

파로호 좌대에서 낚시하던 낚시꾼들도 몰려드는 고기떼에 놀라 낚싯대를 팽개치고 뜰채로 큰 고기만 건져 올리느라 열을 내고 있었다. 파로호가 분주하게 돌아갔다.

파로호 상공을 웽웽 소리 내며 날아가는 화려한 패러글라이더에 대해서는 아예 관심조차 없는 모습들이었다.

좌, 우를 둘러보며 한숨짓던 용 박사가 갑자기 생각난 듯 스마트폰을 꺼내 최 형사에게 전화했다.

"최 형사, 아무래도 심상찮다."

"예? 그기 먼 소리래요?"

"내가 지금 파라호 상공을 날고 있어."

"예? 은제 거까지 가셨습까. 춘천댐만 돌아보고 오신댔잖습까."

"춘천댐을 보고 나니까 화천댐과 금강산댐까지 확인해야 되겠더라고. 그래서 패러를 탔네."

"아, 그기 엔진 소립니까? 먼 소린가 했습다."

"왜, 엔진 소리 때문에 잘 안 들리나?"

"바람소리도 들리고요 웨엥 하는 소리도 들리고 그럼다. 그런데 심상찮다는 말씀은 먼 뜻입까?"

"큰 지진이 일어날 징조가 보여. 호수마다 플랑크톤이 올라와 온통 녹색이고 고기떼는 모두 뭍으로 올라가려고 발버둥이야."

"예? 바, 박사님. 그기 뭔 소림까? 지, 지진이라니요?"

최 형사의 목소리가 떨렸다.

"소양댐과 춘천댐, 화천댐이 똑같은 현상이야. 지금 땅속에서 무언가가 진행 중에 있는 거 같아. 그래서 말이네만 먼저 우리 회원들 있지?"

"예, 박사님."

"회원들한테 전화해서 가족과 함께 칠전동 수련장으로 모이라고 해. 급해. 서둘러야 돼."

칠전동은 춘천에서 지대가 가장 높은 주거 지역이었다.

"가족들 전부 다요?"

"그래야 되겠어. 왜냐 물으면…… 축구 응원 같이 하자고 해. 그리고 축구 끝나고 맛있는 음식도 같이 하고. 더덕구이와 등심은 내가 준비할 테니까. 이제 곧 시작하지, 축구?"

"예, 시간 다 돼 감다."

"그리고 화천 백암산에 있는 부대에 아는 사람이 있으면 전화 좀 해. 백암산 상공으로 패러글라이더가 간다고. 거기서 당원렌즈로 금강산댐을 관찰해야 하니까."

"아, 그쪽이라면 잘 아는 선배님이 계심다. 사단 참모장으로 계시니까 지금 바로 전화드리겠슴다."

"마침 잘됐구만."

"예, 박사님. 그건 염려 마시고요. 빨리 오십시오."

"그래, 금강산댐만 확인하면 곧바로 갈 거야."

"예에. 그럼 박사님 오실 때까지 기다리겠슴다."

"그래, 회원들과 가족들 한 사람도 빠짐없이 모두 오시라하고……"

"예."

"그럼 이따 봐."

"예, 박사님."

전화를 끊고 난 용 박사는 파로호의 물길을 따라 북쪽 평화의 댐을 향해 방향을 틀었다.

—

최 형사가 계만선 부장에게 전화했다.

"아, 최 형사. 무척 덥지?"

방송사 부장답게 계 부장의 목소리가 밝고 또렷했다.

"바쁘심까?"

"취재 중이야. 그런데 무슨 일이야, 목소리가 왜 그래……"

"박사님이요, 마카(전부) 모여서 축구 응원하시잠다."

"박사님께서?"

의외라는 듯 계 부장의 억양이 올라가면서도 최 형사의 가라앉은 목소리에 신경이 쓰였다. 계만선은 단선제(丹仙帝)에서 최 형사와 함께 호흡 수련과 전통 무예를 수련하고 있는데 계만선은 그 단선제의 총무를 맡고 있었다.

"우리 회원들만 말이지?"

"가족들까지 마카 다 모시고 오랬어요. 한 사람도 빠짐없이요."

"가족들 전부 다?"

계 부장이 놀란 듯 되물었다.

"가족들이 다 가면 수련장이 좁지 않을까?"

"마카 쫄로리(차례대로) 앉으면 될 끼래요. 작년 설엔 윷놀이도 했는 기요, 머."

수화기에서 웃는 소리가 들렸다.

"맞어, 윷놀이를 했지. 마카 쫄로리 앉아서 말이야."

말끝에 하하하 하는 소리가 들렸다.

"박사님은 잘 다녀오셨는데?"

"하마(벌써) 아깨 오새서(오셔서) 파라호 상공을 날고 계심다."

"파라호 상공을? 아니, 파라호엔 왜?"

계 부장의 목소리에 궁금증이 묻어났다.

"소양댐 하고 춘천댐 물 색깔이 마카 녹색이래요. 그래서 파라호하고 금강산댐까지 확인하고 오신다고 패러를 타셨담다."

"그럼 녹조 아니야."

"녹조라면 박사님이 저리 다급하시겠습까? 박사님 말씀으로는 지진이 일어날 징조 람다."

"지진……?"

계 부장의 언사가 갑자기 냉정해지고 있었다.

"가만…. 그럼 그것이 녹조가 아니라면 물꽃 현상……?"

"거까지는 잘 모르겠고요. 하여튼 기냥 모여서 응원하자고 하면 오시겠지요. 머."

"후쿠시마현과 강릉…… 그리고 한반도 내륙."

계 부장이 혼잣말처럼 중얼거리며 내뱉는 긴 숨소리가 수화기 속에서도 선명하게 들렸다.

"자네도 같이 들었잖아. 판의 이동에 관한 이야기 말이야."

"저야 머 그런 쪽엔 젬뱅이잖아요. 도둑놈 새끼 때래 잡으라면 잘 잡아도요."

착잡한 숨소리가 이어지던 중에도 쿡 하는 웃음소리가 들렸다.

"최 형사, 이거 우리가 이러고 있을 때가 아닌 거 같다. 박사님 언제 오신다고 했지?"

"춘천댐만 돌아보시고 우리 사무실 쪽으로 오시기로 했는데요, 패러를 타셨으니 좀 늦으시겠지요. 머."

"그래? 그러면 내가 그리 갈게. 뭔가 느낌이 안 좋다."

"예, 총무님. 그럼 기다리고 있겠슴다."

"그래, 이따 봐."

"예."

수화기를 내려놓은 최 형사가 책상 위에 너저분한 서류들을 갈무리하여 책꽂이에 꽂고 나서 생각을 정리해 보았다. 무언지는 모르나 분명 께름칙한 것이 등줄기를 휘어 감는 것 같았다.

그 께름칙함에 어깨가 오싹하는데 갑자기 최 형사의 중심이 흔들렸다.

최 형사가 어? 소리 지르며 자리에서 일어섰다. 동시에 동료직원들도 서로를 쳐다보며 눈을 똥그렇게 치떴다.

지진이었다. 분명 지진이었다. 화둥그레진 직원들의 눈빛이 그렇게 말하고 있었다.

비록 약진이긴 했으나 최 형사와 직원들의 놀람은 컸다. 일본 후쿠시마현과 강릉 앞바다에서 일어난 지진 피해상황을 뉴스로 본 것이 조금 전의 일이었다. 그런데 그 지진의 여파가 한반도 대륙에까지 미치고 있다는 사실에 충격이 큰 모양이었다.

"뭐야, 아직 안 끝난 거야?"

불안감을 감추지 못한 선배 형사가 최 형사를 바라보다 말고 TV 앞으로 달려갔다. 그 뒤를 최 형사와 놀란 직원들이 우르르 몰려갔다.

24 시간 뉴스를 진행하는 방송에서는 지진에 대한 언급은 없고 남. 북 축구에 대한 이야기만 진행하고 있다. 그때 스마트폰에 긴급 재난문자가 떴다. 강원도 고성군 동쪽 50Km 지점 동해상에서 규모 2.6의 지진이 발생했다는 내용이었다.

"에이, 이거, 큰 지진도 아닌데 우리가 너무 과민 반응을 보이는 거 아냐?"

선배 형사가 최 형사를 바라보며 말했고 최 형사가 대꾸했다.

"자라보고 놀란 가슴 솥뚜껑 보고도 놀란다더니 우리가 바로 그 꼴임다. 작은 지진에도 놀라 이렇게 뛰어나온 걸 보면 말임다."

"니미, 그잖아도 놀랄 일이 많아 새가슴처럼 바짝 쫄아 있구만 니기미 우째 지진까지 일어나서 사람을 못살게 굴고 지랄이야, 지랄이……"

그렇게 말하면서도 TV에서 눈길을 떼지 못하는 선배 형사를 바라보며 최 형사가 다시 제자리로 향하는데, 며칠 전 저녁을 같이 먹는 자리에서 용 박사가 한 말이 생각났다. 기후 변화에서 오는 재앙이 지진과 맞물리면 그 파괴력은 지금껏 겪어보지 못한 엄청난 괴력으로 작용할 것이라고.

——

"몇 해 전 인도네시아 수마트라 섬에서 발생한 지진과 인도네시아 해안가를 덮친 쓰나미는 자네들도 보았잖은가."

"예, 봤습니다."

"발생한 날짜가 12월 26일이야. 우린 겨울이었지만 인도네시아는 우기가 겹친 여름이었지."

"예, 맞습니다. 장마로 산이 다 젖었는데 그 산이 죽처럼 흘러내려서 피해가 더 컸다고…… 규모가 9.0이라 하던가, 하여간 지금껏 일어난 지진 중에 피해가 가장 컸다고 했습니다. 쓰나미도 그렇고요."

계 총무가 대답하는 것을 그날 최 형사는 듣고만 있었다.

"그 지진과 해일로 30만 명이나 되는 사람이 죽었고 수십만 명이 다쳤네. 그 전해에도 같은 날 이란에서 지진이 일어나 수만 명이 죽고…… 40년 전엔 중국 허베이 성 당산에서 대규모 지진이 일어났는데 24만 명이 죽고 100만 명이 넘는 사람이 다치거나 피해를 입었어. 그것도 여름이었지. 어쨌든 여름과 겨울에 일어나는 지진의 피해는 대단히 커."

"무슨 이유가 있습니까?"

계 총무가 용 박사를 바라보며 까닭을 물었다.

"여름엔 태풍, 겨울엔 눈사태."

"아 ~ 예."

계 총무가 무릎을 쳤고 최 형사는 알아들었다는 듯이 고개만 끄덕였다.

"거기다가 지구 온난화도 한몫 거들고."

"그게 참 문제입니다."

"지금의 지구는 비닐하우스에 갇힌 꼴이 되어 기후가 점점 뜨거워지고 있잖아."

"예."

"빙하가 녹아 물이 늘어나면서 수증기의 양도 그만큼 늘었고. 예상치 못한 폭우와 폭설, 한파도 그 수증기와 관계가 있다고 봐야지. 거기에다 판(유라시아판, 필리핀판, 태평양판 등으로 분류되는 지각 내부의 판의 이름)까지 이동한다면 일본은 직격탄을 맞는 꼴이 되고 우리나 중국도 온전치는 못 할 거야."

"중동의 사막 국가 아랍에미레이트 같은 더운 지역에도 폭설이 내리는 세상이니 기상 이변은 범지구적인 문제가 되었습니다만 특히 일본이 직격탄을 맞게 된다는 데는 그만한 이유가 있습니까?"

계 총무가 방송사 부장답게 논리적으로 물었다.

"우리가 속한 판은 유라시아판이고 일본이 속한 판은 북미판, 필리핀판, 태평양판인데 태평양판이 유라시아판 밑으로 파고들고 있잖아. 거기에다 빙하가 녹아 바닷물의 양이 늘면서 바닷물의 압력도 높아지고 있고. 그러니 태평양판이 유라시아판 밑으로 파고드는 속도가 빨라지지 않겠어? 태평양은 지구에서 가장 큰 바다인데 바닷물이 1cm만 올라가도 그 무게와 압력은 상상을 초월하고도 남아. 그런데 벌써 20cm 이상 올라갔다고 하니 그 무게와 압력이 얼마나 크겠어. 그리고 일본 동쪽이 태평양 불의 고리이지 않은가. 화산과 지진대가 살아 있는."

계 총무의 질문에 용 박사의 대답은 거기까지였다. 그런데 우리도 온전치 못할 것이라는 말이 무슨 말인지 통 감이 잡히지 않아 책상 앞에 다시 앉으면서도 최 형사는 머리통을 갸웃댔다.

"아, 참! 전화해야지. 깜빡 잊을 뻔했네."

머리통을 갸웃대던 최 형사가 수화기를 들고 전방부대에 전화했다.

─

최 형사가 전방부대에 전화하는 그 시각, 용 박사는 불안한 마음으로 평화의 댐 상공을 선회했다. 그런데..... 비어있어야 할 평화의 댐으로 가득 차오르는 검붉은 흙탕물이 보였다.

강원도 북부지역에 이틀 동안 퍼부은 집중호우로 금강산댐의 수위가 높아지자 수위조절을 위해 댐에서 방류를 시작한 것으로 보이는데, 평화의 댐 바닥에 설치된 4개의 수로를 통해 빠져나가는 양 보다 유입되는 양이 많아 흙탕물은 계속 차오르고 있었다.

금강산댐이 방류를 시작하면 북한강 수계의 모든 댐은 수위조절을 위해 동시에 방류해야 한다. 그런 심각성을 아는지 모르는지 댐을 둘러보던 관광객들이 갑자기 나타난 패러글라이더가 신기한 듯 패러글라이더를 향해 손을 흔들었다.

용 박사가 관광객들을 향해 손을 들어 답례했다. 그러자 관광객들이 양손을 흔들며 환호했다. 그 모습이 용 박사를 더욱 착잡하게 했다.

─

중도 상류 고구마 섬 공터에서 드론이 날고 있었다. 가을에 있을 공군 참모총장 배 드론 경진대회에 참가하기 위해 남춘천 여중학생 네 명이 한 팀이 되어 연습하고 있는데, 스마트 선글라스를 쓰고 조종하는 학생이 주변의 지형지물을 피해 드론을 골인 지점으로 통과시키면 시간을 체크하고, 다음 학생도 똑같이 지형지물을 피해 골인 지점을 통과하면 시간을 재어 네 사람의 시간을 평균 내는 방식으로 연습하는 것이다. 실내 드론 연습장이 비좁아 야외로 자리를 옮겼는데 시야가 훤히 트인 고구마 섬에서 네 학생이 종횡무진으로 드론을 날리고 있었다.

지형지물을 살피던 다정이가 조종에 열심인 해인이에게 말했다.
"해인아, 저기 다릿발을 봐봐."
해인이가 드론을 머리 위 공중에 잠시 멈추어 두고 다리 밑을 살폈다. 고구마 섬과 상중도로 이어진 다리의 다릿발이 장애물 연습장으로는 안성맞춤으로 보였다. 촘촘한 다릿발 사이를 요리조리 피해 가며 연습한다면 실력이 부쩍 늘 것 같았다.

해인이가 드론을 다정이에게 주고 혼자 다리 옆에 있는 보트장으로 내려갔다. 보트장에서 보는 교각이 환상적이었다. 드론 연습장으로는 더없이 좋은 장소였다. 그러나 보트장이 손님들로 인해 복잡한 것이 흠이었다.
"저 다릿발이 정말 좋은 연습장인데....."
보트장에서 올라온 해인이가 다정이와 다희, 슬기에게 말하며 다시 시선을 보트장으로 돌렸다.

"그럼 가서 하자."

슬기가 당장 내려가려 했다.

"야, 권슬기. 그냥 내려가면 어떡해."

다정이가 말리자 슬기가

"왜, 가서 하면 되잖아." 하고 또 내려가려 했다.

"저 보트장이 우리 거니? 보트장 사장님 허락을 받아야 하잖아."

해인이가 슬기를 잡아끌며 하는 말에 슬기가 "아 ~." 하며 머쓱해 했다.

"해인아, 아무래도 니가 가는 게 낫겠다."

다희의 그 말에 해인이가 보트장으로 내려갔다. 팀장이 해인이었 다.

—

해인이가 보트장 안을 기웃하며 사장을 찾는 듯이 브이자 보트장 사장이 먼저 해인이를 아는 체했다.

"니가 해인이구나."

"예? 그런데....?"

놀라 눈을 동그랗게 치뜨는 해인이를 향해 사장이 웃어 보이며 안 심시켰다.

"너희 학교 교감선생님이 내 친구란다."

그 말에 해인이가 고개 숙여 인사했다.

"네에, 안녕하세요."

"봄에 드론 대회 나가서 우승했지?"

해인이가 다시 놀란 눈을 치떴다.

"우리 학교가 드론 대회 나가서 우승했다고 나에게 몇 날 며칠을 자랑하더구나. 팀장인 네 이름을 대면서 말이다."

해인이가 쑥스러운 듯이 얼굴을 붉혔다.

"아까부터 드론 연습하는 너희들을 유심히 보고 있었다. 그런데 무슨 일로 왔니?"

쑥스러움에 몸 둘 바를 모르던 해인이가 기다린 듯 대답했다.

"저기 저 다리 밑 다릿발을 장애물 삼아 연습하려고 하는데요, 그러자면 보트장 한쪽에서 해야 하는데……"

해인이가 뒷말을 잇지 못하자 보트장 사장이 시원하게 말했다.

"그 참 좋은 생각이다. 얼른 내려와서 연습해라. 어려울 것도 없는 데, 뭐."

"손님들께 방해될까 봐요……"

해인이가 여전히 쑥스러운 얼굴로 말했다.

"손님들……? 그건 걱정 말아라. 너희가 손님들에게 방해되는 게 아니라 오히려 손님들이 너희들에게 방해될까 걱정이다. 그러니 아무 걱정 말고 내려와 연습해라."

그 말에 해인이의 얼굴이 밝아지며 명랑한 목소리로 대답했다.

"감사합니다, 사장님."

해인이가 밝은 얼굴로 명랑한 목소리를 내자 사장이

"아유, 고놈. 친구 말처럼 참 똑똑하게 생겼네." 하며 흐뭇한 표정을 지었다.

━

스마트 선글라스를 낀 해인이가 보트장 한쪽에서 드론을 날렸다. 드론을 다리 아래로 날려 교각을 요리조리 피하며 도는 시범을 보이자 아이들이 손뼉을 쳤다. 보트장 사장도 나와서 박수를 아끼지 않았다.

다정이와 다희, 슬기 순으로 연습을 이어갔는데, 비슷비슷한 실력이지만 그중 해인이의 실력이 돋보였다.

시간이 지날수록 장애물인 교각을 피해 도는 시간이 단축되었다. 다리 입구에서 다리 중간까지 왕복하는데 집중하지 않으면 교각에 드론을 박는 일이 생길 수도 있었다. 드론을 교각에 박으면 물에 떨어지게 되고, 그러면 드론을 찾을 수 없게 된다. 집중하지 않을 수 없는 일이었다.

드론 연습이 끝나면 중도 적석총에서 담임 선생님과 반 아이들을 만나기로 되어 있었다. 선사시대 유적지 탐사를 위해서다. 그때까지는 열심히 연습해야 했다. 가을 경진대회에서 좋은 성적을 거두려면 이마에 땀방울이 맺히도록 해야 했다. 대충 하는 드론 연습이 아니라 하나같이 초집중해서 연습하는 학생들을 보고 보트장 사장이 감탄했다. 친구가 왜 그렇게 칭찬했는지 알 것 같았다.

———

경기가 곧 진행될 서울 월드컵경기장은 초만원을 이루고 있었다. 응원객들에겐 더위도 즐거운 모양인지 태극 문양의 보디페인팅을 한 열혈 응원객들이 연신 파이팅을 외치고 있었고, 삼삼오오 짝지어 모인 응원객들은 머리에 치우천황 투구를 쓰고 대~한민국을 외치고 있었다. 서울 월드컵축구경기장은 축제 분위기였다.

서울뿐만이 아니었다. 부산과 인천, 광주, 대구, 대전을 비롯한 전국이 축구 열기로 뜨거웠다.

서울은 시청광장과 광화문광장, 여의도와 강남사거리 광장 등에서 응원하기로 했고, 전국의 각 시도들은 도시별로 거리응원을 하기로 했다. 전국은 붉은색을 한 응원객의 물결로 넘쳐나고 있었다.

6만여 명의 응원객들이 운집한 서울 월드컵경기장은 2002년의 그 모습 그대로였다. 아니 2002년보다 더 뜨거운 열기였다. 대형 태극기가 관중석을 덮은 채로 물결을 이루는 모습이 보였다. 이어 화려한 카드섹션도 보였다.

라커룸에서 몸을 푸는 선수들의 모습이 전광판에 비치고 나서 오래지 않아 경기장에 태극전사들이 입장하자 갑자기 와~ 하는 함성이 일었다. 선수와 응원객이 하나 된 모습이었다. 치우천황의 모습을 한 형형색색의 남녀노소가 대~한민국을 외치며 하나같이 열광적인 모습을 하고 있었다.

열광적인 모습은 서울에만 있는 것이 아니었다. 대형 전광판이 설치된 광장이면 전국 어디나 같았다. 특히 이번 경기는 통일에 대한 열망이 그 어느 때보다도 뜨거워 응원 열기가 최고조에 달했다.

경기가 시작되었다. 그런데 시작과 동시에 중간에서 볼을 낚아챈 손흥민 선수가 볼을 몰고 들어갔다. 그러자 좌우에 있던 우리 선수들도 동시에 같이 공격해 들어갔다. 그 모습이 마치 육상 단거리 선수들이 달리는 모습 같아 보기에도 시원해 보였다. 볼을 몰고 달리는 손흥민 선수를 바라보며 서울 월드컵경기장에 모인 인산인해의 응원객들이 일제히 큰 소리로 응원했다. 큰 함성과 함께 북과 꽹과리가 자지러졌다.

그 순간이었다. 공격해 들어가던 손흥민 선수가 골을 넣었다. 그것도 통렬한 골이었다. 수비수 셋을 제치고 골키퍼까지 제치고 들어가 골대 가운데다 꽂아 넣은, 통쾌하기 이를 데 없는 골이었다. 워낙 순식간에 일어난 일이라 응원객의 함성이 순간 멎었으나 그러나 다음 순간 일제히 일어선 응원객들이 두 손 들어 지르는 함성소리에 월드컵경기장이 떠나갈 듯했다. 전광판에서는 골을 넣는 장면이 느린 화면으로 재차 보이며 전국이 2002년의 뜨거웠던 그 열기로 뜨겁게 달아올랐다.

고도를 높이기 위해 선회하는 용 박사의 패러글라이더가 마치 바람을 타고 하늘을 나는 독수리 같았다. 고도가 높아지며 전방의 부대들이 한눈에 들어왔다. 그리고 북서방향으로 우뚝한 봉우리가 보였다. 백암산이었다.

산봉우리는 깔끔하게 정돈되어 있고 높다란 국기게양대엔 태극기가 게양되어 있었다. 독도 상공에서 태극기를 봤을 때처럼 뭉클한 감동이 일었다. 외로운 곳에서 바라보는 태극기는 가슴에 안도감을 주는 편안함이 있었다.

바람에 나부끼는 태극기가 푸른 하늘과 흰 구름을 참 많이 닮았다는 생각을 하며 용 박사는 백암산 정상위로 날아갔다.

금강산댐이 잘 보이는 지점을 찾아 앞으로 나아가며 카메라를 드는 데 순간 눈앞이 번쩍했다. 웬일인가 싶어 사방을 두리번거리는 데 또 한 번 눈앞이 번쩍했다. 신호탄이었다. 신호탄이 터진 것이었다.

그제야 눈치 챈 용 박사가 아래를 내려다보았다. 철책선이 있는 초소에서 자신을 향해 서치라이트를 비추고 있었다. 더 이상 북쪽으로 접근을 말라는 경고였다.

그 즉시 엔진을 끈 용 박사가 활공으로 급선회했다. 초소의 장병들을 안심시키고자 하는 행동이었다.

백암산 뒤편으로 후퇴한 용 박사가 활공으로 서행하며 다시 카메라를 들었다.

금강산댐의 호수가 카메라에 잡혔다. 그러나 거리가 멀어서인지 댐이 아지랑이처럼 아른거렸다.

렌즈를 원거리용으로 갈아 끼우고 다시 초점을 맞추었다. 녹색이었다. 짙푸른 녹색이 선명했다.

카메라에서 눈을 뗀 용 박사가 육안으로 금강산댐을 바라보았다. 그러나 맨 눈으로는 형체조차 보이지 않았다.

다시 카메라를 들어 금강산댐을 바라보는데 금강산댐 안쪽의 산자락 한 귀퉁이가 무너져 내리는 모습이 언뜻 보였다. 흠칫 놀란 용 박사가 카메라를 치우고 맨눈으로 바라보았으나 방망이질 치는 가슴만 답답할 뿐 도무지 뭐가 뭔지 보이지 않아 다시 카메라를 들어 바라보았다.

무너져 내린 돌과 흙더미가 호수에 떨어지며 치솟는 물보라가 분명하게 보였다. 더불어 용 박사의 가슴도 쿵쾅거리며 들뛰기 시작했다.

녹화버튼을 눌렀다. 물보라가 떨어지는 모습서부터 녹화가 시작되었다. 카메라 시계로 오전 11:24분이다. 용 박사의 눈이 카메라에 고정되었다.

한국이 북한을 1:0으로 앞선 가운데 태극전사들이 종횡무진하면서 뜨거운 열기는 더해갔다. 그 태극전사들의 공격이 다시 진행되고 있었다. 지칠 줄 모르고 뛰 닫는 태극전사들은 보기에도 시원해 보였다.

북한 문전이 어수선했다.

태극전사들이 북한 문전을 향해 쏜살같이 파고들고 있기 때문이었다.

"우와!"

함성이 우레처럼 울려 퍼졌다. 전국의 모든 시선이 TV와 전광판으로 쏠렸다.

북한 수비수들이 콩 튀듯 복작대며 저돌적으로 쇄도해 들어가는 태극전사들을 막아내느라 경황이 없었다.

북한 수비수 3명이 드리블하는 한국 선수를 향해 달려들었다. 이에 손흥민이 자신의 특기인 헛다리짚기로 상대 선수를 따돌린 뒤 다시 두 사람을 제치고 나서 오른쪽의 황의조에게 패스했다.

패스를 받은 황의조가 오른쪽 문전을 향해 파고드는 사이 손흥민이 골대 앞으로 뛰어들었다. 그 순간 볼이 손흥민의 가슴을 향해 날아들었다.

━

그때 용 박사의 발아래에서 들려오는 소리가 이상했다. 마치 빙산이 충돌할 때 나는 소리 같은데 그 소리가 쿠웅 꾸웅하며 들렸다. 음산하게 들려오는 그 소리는 들을수록 기분이 나빴다.

그러나 그런 소리가 들리건 말건 용 박사는 오로지 촬영하는데 만 몰두했다. 그런데…… 용 박사의 등줄기가 또 한 번 쩌르르했다. 조금 전 산사태가 일어났던 지점에서 산사태가 다시 발생한 것이다. 이번 것은 조금 전 것보다 더 컸고 물보라도 훨씬 더 크게 일어났다.

'머, 뭐야. 진짜 지진이 일어난 거야?'

자신도 모르게 놀란 용 박사의 두 팔이 가늘게 떨고 있었다. 그러나 놀랄 일은 거기서 끝나지 않았다. 갑자기 댐 옆구리에서 치솟는 하얀 물보라가 카메라에 잡힌 것이다. 가운데 수문을 열고 정상적으로 방류하는 모습과는 전혀 다른 광경이었다.

━━

운동장의 응원객과 광장의 응원단, 그리고 TV를 보는 모든 사람의 숨이 한꺼번에 멎었다. 첫 골을 넣은 지 불과 몇 분이 지나지 않아 그림 같은 명장면이 연출되었기 때문이다. 울려대던 큰북도, 징과 꽹과리도 일시에 정지했다. 그리고 다음 순간이었다.

함성이 터졌다. 지축이 흔들리는 거대한 함성이었다. 골이었다.

골네트가 출렁이도록 작렬한, 통쾌한 골이었다. 몸을 날린 손흥민이 오버헤드킥을 한 것이었다.

━━

오싹 놀란 용 박사가 경황 중에도 그 장면을 찍었다. 떨리는 손으로 치솟는 물보라를 바짝 끌어당겨 찍는데 하얀 물보라가 댐 여기저기서 툭, 툭, 터져 오르고 있었다. 경악스러운 모습이었다.

"아, 안돼, 터져선 안돼……"

사색으로 물든 용 박사의 절규가 백암산을 울렸다. 그러나 그런 용 박사의 절규에도 아랑곳없이 뿜어져 나온 하얀 물보라는 어느새 금강산댐을 가리고 있었다.

숨이 막혔다. 카메라가 부들부들 떨었고 용 박사의 목젖이 숨 가쁘게 오르내렸다.

용 박사가 전율스럽게 떨고 있는 그 시각.

━

함성이 메아리쳤다. 전국을 뒤덮는 큰 함성이었다. 땅울림 소리도 땅 흔들림도 전국을 뒤덮은 함성소리에 맥없이 묻히고 말았다.

흥분한 아나운서의 터질 듯한 목소리가 전국에 울려 퍼졌고 손흥민, 황의조와 태극전사들이 서로 얼싸안고 골 세리머니를 하는 장면이 대형 전광판에 클로즈업되고 있었다.

붉은 악마 응원단의 응원이 폭발적으로 불붙기 시작했다. 두 번의 그림 같은 공격으로 전국의 광장이며 거리에 모여 응원하는 국민응원단의 기세가 하늘을 찌를 것 같았다.

호프집의 맥주잔이 춤을 추고 커피숍의 손님들이 얼싸안고 돌아갔다. 2002년 월드컵의 함성이 그대로 재현되고 있었다. 온 나라를 뜨겁게 달구는 우렁찬 함성이 대한민국 하늘을 뒤덮고 있었다. 전국을 뒤덮은 함성이 메아리치는 그때.

뿜어 나온 하얀 물보라가 댐 전체를 가렸다. 그 순간 용 박사의 머리끝이 쭈뼛하더니 등줄기가 또다시 쩌르르했다. 하얀 물보라 속에서 갑자기 큰 물줄기가 폭포처럼 쏟아져 내리는 것이었다. 갈라진 틈새로 뿜어져 나오던 물살이 그예 댐을 무너뜨린 것이다.

마치 거대한 물줄기가 댐을 삼킨 듯했다. 잠깐 사이에 댐의 흔적은 보이지 않고 포말처럼 흩어지는 하얀 물보라만이 천지에 가득했다. 두 눈으로 직접 보면서도 믿지 못할 광경이었다.

포효하며 내달리는 하얀 물보라가 광란하듯 했다. 마치 태풍에 밀려 세차게 들이치는 파도 같았다. 하늘로 솟구치는 하얀 물보라가 수로를 가득 메운 채 광분하고 있었다.

그 광경을 한참 동안 카메라에 담던 용 박사가 덜덜 떨리는 손으로 엔진 시동을 다시 걸었다. 남쪽으로 급히 내려가야 했다.

급선회하는 용 박사의 들뛰는 가슴이 터질 것만 같았다. 우려했던 일이 기어이 터지고야 만 것이다. 남하하는 용 박사의 머릿속에 수억 마리의 벌들이 왕왕대는 것 같았다.

금강산댐의 최대 저수량이 59억 4천만 톤이다. 댐 방류량이 초당 5,500톤이면 10초 안에 상암 경기장을 가득 채울 수 있다. 59억 4천만 톤의 물이면 상암 경기장의 약 10만 8천8백 배에 달하는 엄청난 양이다.

평화의 댐 저수량도 26억 3천만 톤이다. 그러나 그것은 수공을 막아내기 위한 건류 댐으로서의 빈 공간이다. 그런데 그 빈 공간에 물이 절반 이상 차오른다면 상황은 달라진다.

그 두 댐의 물이 합쳐지면 상상조차 하기 힘든 일이 벌어진다. 뿐만 아니라 그 아래에 있는 화천댐과 춘천댐, 의암댐, 청평댐, 팔당댐의 물이 모두 합쳐지면……?

상상할 수가 없었다. 그 이상의 생각은 상상만으로도 불경스러웠다.

"안돼! 그래서는 안돼!"

달리면서도 물에 함락당한 춘천과 서울의 모습이 자꾸 눈앞에 어른거린다.

우려나 걱정은 그 자리에서 끝나야 기우에 불과했다고 치부할 수 있다. 그러나 우려나 걱정스러운 일들이 사실로 들어 날 때는 사태가 되는 것이다.

지진에 대한 우려는 많이 해왔으나 정작 그 대비에 있어서는 준비가 없는 것이 현실이었다. 그래서 걱정과 근심을 하는 것이다.

'이 사태를…… 이 사태를……'

남하하면서도 도대체 무얼 어떻게 해야 할지 도무지 생각이 나지 않았다. 내 눈으로 분명하게 보았지만 자신도 믿어지지 않았다.

그러나 한시가 급한 것만은 사실이었다. 이 사실을 시청에 알리고 시민들을 대피시켜야 했다.

경황 중에도 용 박사가 고신백 서울시장에게 전화했다. 그러나 지금은 받을 수 없다는 멘트만 반복되었다.

전화를 주머니에 넣은 용 박사의 머릿속이 급했다.

'빨리 가야 한다. 서둘러야 한다.' 바람을 가르며 백담산 하늘에서 춘천시청을 향해 일직선으로 날아가는 용 박사의 머릿속이 그렇게 외쳤다. 그러나 생각은 그런데 패러글라이더의 속도가 느렸다. 이토록 더딜 수가 없었다. 속도를 내기 위해 수평비행을 포기하고 활공을 시도했다.

글라이더가 사선으로 떨어지며 속도가 붙었다. 엔진의 속도도 최대한으로 높였다. 귓전으로 바람 스치는 소리가 쉑쉑 들렸다. 한참을 그렇게 날았다.

정신없이 날아 화천 상공을 지나는데 갑자기 엔진이 꺼졌다. 경황 중에도 재시동을 걸었다. 그러나 시동이 걸리지 않았다. 왜 그런가 하고 뒤를 돌아보니 기름통이 비어 있었다. 기름이 떨어진 것이다. 용 박사의 정신이 아찔했다. 아직도 춘천까지는 한참이나 남아있었다.

활공 비행을 한 탓에 고도가 많이 떨어져 있었다. 이 고도로는 얼마 가지 못 할 것 같았다. 가슴이 타고 입술이 말랐다.

용 박사가 조종 손잡이를 당겨 산 능선 쪽으로 글라이더를 몰았다. 산비탈 경사면의 상승기류를 다시 타려는 것이었다.

산 능선에 다다른 용 박사가 고도를 높이려는 순간 갑자기 글라이더가 접히면서 급회전을 하기 시작했다. 능선 후면의 와류에 걸린 것이었다. 순간 브레이크 손잡이를 가슴까지 당긴 용 박사가 난기류에서 벗어나려고 애를 썼다.

브레이크 줄을 이용해 날개를 펴려 했으나 접힌 날개가 난기류에 재차 접히며 방향을 잃고 말았다. 다급해진 용 박사가 보조 낙하산을 펴려고 할 때였다. 접혔던 왼쪽 날개가 펴지며 나머지 날개도 펴졌다. 조종 손잡이를 힘껏 당겼다. 글라이더가 제 모습을 유지하며 다시 활공하기 시작했다.

가까스로 난기류에서 벗어난 용 박사가 산에서 멀찌감치 떨어져 넓은 공간으로 나왔다.

안도의 숨을 몰아 쉰 용 박사가 사방을 둘러보았다. 고도는 뚝 떨어졌고 글라이더는 춘천호 상류 쪽으로 밀려나 있었다.

다시 조종 손잡이를 잡은 용 박사가 글라이더를 선회하며 앞으로 나아갔다.

등줄기가 땀으로 흠뻑 젖었다. 춘천은 고사하고 이젠 이 고도를 유지한 채 자동차 있는 곳까지 가기에도 바빴다.

비지땀을 흘리며 춘천댐 호수 위를 나는데 녹색의 호수를 가르며 달리는 빨간 제트스키가 눈에 띄었다. 물보라를 일으키며 달리는 빨간 제트스키는 마치 그림 같았다.

용 박사의 머릿속으로 만감이 교차했다.

'저 평화를 지켜주었으면 좋으련만……'

용 박사가 제트스키를 살펴보았다. 뒤에는 아가씨가 긴 머리칼을 날리고 있었고 운전은 젊은 사내가 하고 있었다.

아가씨 앞에서 폼을 잡고 싶었는지 곧바로 달리던 제트스키가 갑자기 지그재그로 곡예하며 하얀 물보라를 일으켰다. 그리고 그때마다 터지는 여자의 비명소리가 하늘에 떠있는 패러글라이더에까지 들렸다.

그 광경을 착잡하게 바라보며 앞으로 나아가는데 또 한 차례 북서풍이 내리 덮치더니 글라이더가 곤두박질쳤다. 고도가 뚝 떨어지며 글라이더가 갈피를 못 잡았다.

용 박사가 급브레이크를 잡으며 안간힘을 쏟은 끝에 글라이더를 안정시켰으나 그러나 고도가 너무 낮았다.

용 박사가 급선회했다. 불어오는 바람을 안고 상승하려는 의도였다. 그런데,

"……!!!"

용 박사의 눈앞에 고압선이 보였다. 미처 생각 못한 고압선이었다.

'이, 이런!'

순간 피가 머리 꼭대기로 치솟는 느낌이었다. 조종 손잡이를 잡은 두 손에 바짝 힘이 들어갔다. 고압선에 걸리면 숯덩이가 되고 만다. 그

고압선을 피하기 위해 용 박사가 사력을 다해 재차 방향을 틀었다. 그러나 글라이더가 더 이상 제 구실을 못했다. 상승기류를 얻지 못한 글라이더가 산 중턱에 그대로 추락하고 말았다.

이를 악물고 추락하는 용 박사의 정강이가 나뭇가지에 세차게 부딪쳤다. 쩌릿한 통증에 등줄기가 짜르르했다.

다시금 이를 악문 용 박사가 추락하면서도 두 팔로 나뭇가지를 잡으려고 했다. 땅바닥에 곤두박이는 걸 막기 위함이었다. 그러나 그런 용 박사의 몸부림과는 달리 용 박사의 몸뚱이는 땅바닥을 향해 쏜살같이 곤두박질치고 있었다.

비명을 지르며 떨어지는 용 박사의 몸뚱이가 땅바닥에 막 닿으려는 순간이었다. 글라이더가 높은 나뭇가지에 걸리며 땅바닥으로 떨어지던 용 박사가 가까스로 위기를 모면했다. 땅바닥을 내려 보던 용 박사가 아찔해했다. 두 발이 땅바닥에 간발의 차이로 떠있었다.

급한 숨을 돌린 용 박사가 나뭇가지에 걸린 글라이더를 쳐다보았다. 글라이더가 높이 솟은 나뭇가지를 싸안고 있었다. 글라이더를 당겨보았다. 꿈적도 안 했다.

그 글라이더가 걸린 나뭇가지 위로 흰 구름이 둥실 떠있었다. 구름이 얄밉도록 태평스러웠다. 용 박사가 나뭇가지에 매달린 채로 카메라를 확인했다. 다행히 카메라는 이상 없었다.

카메라를 확인한 용 박사가 나뭇가지에서 벗어나려 할 때였다. 갑자기 산 중턱에서 콰르릉하는 소리가 나더니 산사태가 일어나 용 박사와 용 박사가 걸려있는 나무를 통째로 밀어내 강물 속에 처박아 버렸다. 피할 틈도 손쓸 틈도 없는 순식간의 일이었다.

그 광경을 제트스키 운전자가 보았다.
놀라 어? 소리를 지르던 운전자가 산사태가 난 곳으로 달려갔다. 분명 사람이 끌려들어 가는 것을 본 것이었다.
"세상에, 뭐 이런 일이 다 있지?"
제트스키 운전자가 뒤에 있는 아가씨에게 하는 말이었다.
"아유, 무서워. 빨리 가. 무서워 죽겠어."
하지만 운전자는 높은 파도가 일렁이는 그 주변을 맴돌며 기웃댔다.
"뭐해, 밖으로 나가지 않고. 무서워 죽겠단 말이야."
"사람이 빨려 들어갔잖아. 조금만 있어봐."
일렁이는 파도 위에서 아가씨가 사내의 어깨를 두드리며 조르는 것을 사내가 어깨를 퉁기며 주변을 맴돌았다. 사람을 찾아보려는 것이었다.

—

순식간에 물속으로 끌려 들어간 용 박사가 밖으로 나가려 애를 썼다. 무진 애를 쓰는데도 쉽게 나오질 못했다. 자신을 짓누르는 나뭇가지와 패러글라이더의 안전벨트, 그리고 깔고 앉았던 하네스의 여러 가지 고리들이 얽히고설켜 용 박사를 감고 있었다. 그래도 빠져나가야 했다. 생각이 그렇게 들었다.

마음을 가다듬은 용 박사가 우선 안전벨트부터 풀기로 했다. 버튼만 누르면 되는 그 손쉬운 일이 칠흑 같이 어두운 물속에서는 도대체가 어려웠다. 벨트가 어디 있는지 조차 분간이 안 되었다.

손가락으로 더듬어 먼저 하네스를 떼어내고 엔진 벨트를 풀었다. 그러자 몸이 조금 여유로웠다. 그런데 칭칭 동여맨 글라이더 안전벨트는 풀기가 어려웠다. 항공사고를 방지하기 위해 여간 튼튼하게 만든 것이 아니었다.

숨이 차오른 용 박사가 벨트 푸는 것을 단념하고 재킷을 벗기로 했다. 급히 자크를 내리고 재킷을 벗어 올렸다. 몸이 한결 가벼웠다.

가벼운 몸으로 나뭇가지를 피해 물 위로 솟구쳤다. 숨이 막힌 만큼 솟구치는 힘도 세찼다.

물 위로 솟구치면서 숨이 터졌다. 목구멍에서 컥 하는 소리가 났다.

목젖까지 차있던 물을 토해내는 소리였다.

솟구쳤던 몸이 다시 가라앉으며 정신이 아찔했으나 물에서 오래 산 습성이 몸에 밴 용 박사가 수면 위로 오르면서 무의식적으로 뒤로 길게 누웠다. 누운 채 가물거리는 정신을 수습하며 주변을 둘러보았다.

노랗던 하늘이 조금씩 파랗게 보였다. 공기가 이토록 고마운지 파랗게 보이는 하늘을 보면서 새삼 느꼈다.

정신을 가다듬은 용 박사가 사방을 두리번거렸다. 헤엄쳐 나갈 곳을 찾는 것이었다. 그때 마침 제트스키가 보였다. 용 박사가 제트스키를 향해 소리를 질렀다. 아니 그보다 먼저 제트스키 운전자가 용 박사 곁으로 다가왔다.

"무사하십니까?"

"아, 예. 괜찮습니다. 나를 좀……"

용 박사가 내미는 손을 제트스키 운전자가 잡고 끌어올렸다. 그런데 뜻밖에 사내가 아는 체를 했다.

"아니, 용 박사님 아닙니까?"

"예, 그런데 누구……"

"용 박사님 스키장에서 수상 스키하고 웨이크보드를 배웠습니다."

"아, 그래요? 춘천 사람이 아닌 듯한데……"

"예, 서울 삽니다."

사내가 공손한 모습을 보였다.

"이거, 오늘 내가 큰 신세를 졌습니다."

"아유, 뭘요. 그때 잘 가르쳐 주셔서 이젠 저도 잘 탑니다."

사내로부터 인사를 받은 용 박사가 아가씨 뒤에 앉으려 할 때였다.

"그런데…… 기왕 신세를 지는 김에 부탁 하나 해도 되겠습니까?"

"아, 예."

사내가 선뜻 대답했다.

"내가 지금 몹시 바빠서 그러는데 춘천댐까지만 갈 수 있겠습니까? 운전도 내가 할 테니까."

용 박사의 기색이 왠지 초조해 보였다.

"예, 그러시죠. 우리도 내려가야 하는데요, 뭐."

말이 끝나기 바쁘게 사내가 선선히 자리를 바꿔 주었다. 고마웠다. 하늘에서 내려 볼 때처럼 착잡하게만 보이던 청년이 아니었다.

운전석에 앉은 용 박사가 속도를 내기 시작했다.

퍼붓듯 쏟아져 내리는 홍수의 속도라면 금강산댐에서 평화의 댐까지 1시간이면 닿을 거리였다. 용 박사의 마음이 급했다.

제트스키가 굉음을 냈다. 청년이 물살을 가를 때보다 두세 배 빠른 속도였다. 너울 파도를 가를 때는 제트스키가 공중으로 한길이나 치솟았다. 그때마다 제트스키는 우레와 같은 소리를 냈고 내지르는 아가씨의 비명소리 또한 춘천호를 들었다 놨다.

춘천호 상류에서 춘천댐까지는 상당히 먼 거리였다. 15km가 넘는 호수 위를 굉음과 비명 소리를 꽁지에 달고 내 달리는 용 박사도 용박사지만 가끔씩 일어나는 너울 파도를 요리조리 피해 가며 달리는 용박사의 제트 솜씨에 청년이 반하고 있었다. 일품이었다.

뒤에 탄 청년은 환호의 소리를 지르고 아가씨는 비명을 질렀다.

그 요란 무쌍한 제트스키가 춘천댐 선착장에 닿았다. 청년은 환희에 찬 표정을 지었고 아가씨는 초주검이 되었다.

선착장은 여전히 고기떼를 건져 올리느라 분주했다.

제트스키에서 내린 용 박사가 고맙다는 인사를 하고 돌아서는데 앞가슴이 허전했다.

"……!!!"

용 박사의 얼굴이 갑자기 사색이 되었다.

"카메라! 내 카메라!"

"카메라는 처음부터 못 봤는데요."

사색이 되어 탄식하는 용 박사를 보다 말고 청년이 말했다.

"카메라가 좋은 건가 보죠?"

청년이 안타깝게 쳐다보았다.

"카메라가 좋은 게 아니라 거기에 담긴 내용이 아주 중요해요."

"군사용인가 보죠?"

"그보다 더한 거…… 6. 25 전쟁보다 더 중요한 거……"

청년의 눈이 뚱그레졌다.

"예? 그럼 김정은이 극비리에 귀순하는 내용입니까?"

"어허, 이를 어쩐다."

그 말엔 대답 없이 용 박사가 머리를 싸매며 괴로워하자 청년이

"다시 가시죠. 아까 그 자리로요."

하며 다시 나가려 했다. 그러자 입술을 옹 다문 아가씨의 눈자위가 모로 찢어지고 있었다.

"아니요, 산사태에 묻혔으면 찾기 어려워요."

청년의 배려가 고마운지 청년의 어깨를 두드리고 난 용 박사가 청년에게 자신이 본 내용을 솔직하게 말해 주었다. 그러자 청년이 자지러들었다.

"예? 그게 정말입니까?"

"그러니 주변 아는 사람들에게 전화해서 빨리 피하라고 해요. 내가 해줄 말은 그뿐이니까."

새파랗게 질린 채 손을 덜덜 떨던 청년이 집으로 전화했다.

"너 거기 어디냐. 가라는 학원엔 안 가고 어디로 샌 거야. 남들은 삼수 사수만 해도 대학엘 가던데 너는 육갑에 지랄을 하고도 아직도 정신을 못 차려 밖으로 샜냐. 이 써글 놈에 새끼야."

수화기에서는 당장 욕지거리가 튀어나왔다.

"그러니까 내가 스포츠학과를 간다고 했잖아. 스포츠를 좋아하는 나보고 왜 딱딱한 경영학을 공부하라고 해. 공부는 내가 하는 거지 엄마가 하는 거야? 그건 아니잖아."

"뭐야? 너 거기 어디냐. 청평이냐? 양수리야? 어디야 말해."

"엄마, 지금부터 내가 하는 말 잘 들어."

뜬금없이 엄숙해진 아들의 말에 어안이 없는지 잠시 수화기가 조용해졌다.

"지금 금강산댐이 터져서 난리가 났거든. 아까 지진이 났잖아. 여긴 굉장해. 그러니까 빨리 피해. 응? 엄마."

수화기가 잠잠했다. 그러나 그것도 잠시,

"야, 이 쌍통 머리 없는 새끼야. 이게 이제 변명을 대다대다 할 짓거리가 없으니까 금강산댐을 다 팔아 처먹고 있네, 증말. 금강산댐이 터졌으면 벌써 뉴스에 나고 서울이 난리가 났지 이 병신아. 너 운전기사 보내기 전에 빨리 들어와. 거기 어디야. 이 새끼야."

"어유, 증~말. 엄마는 내 말을 그렇게 못 믿어? 여기가 춘천댐이지 어디야."

"아이구, 저 새끼가 가다가다 갈 데가 없으니까 이젠 춘천댐 골짜기까지 가고 자빠졌네. 어이구, 씨양놈 새끼."

"내가 지금 서울로 갈 테니까 엄마는 빨리 아는 사람들한테 연락하고 피할 준비 해. 급해."

"아이구, 효자 났다. 쌍놈. 왜, 평화의 댐은 안 무너졌다냐?"

"패러글라이더로 올라가서 봤는데 아직 거기까지 물이 안 내려왔대. 정말이야 엄마. 아유~"

아들은 발을 동동 굴렀으나 엄마는 여전히 콧방귀였다.

"그래, 알았다. 개똥 쌍놈아. 니가 대학 경영학과만 가면 내가 그 말을 믿어줄게. 알았냐? 그러니까 빨리 와."

"오지 말래도 바람같이 달려갈 거야. 그러니까 연락부터 하라니까?"

"잔말 말고 빨리 올라오기나 해."

"아유, 엄마. 재난문자 좀 봐봐, 내 폰엔 떴는데 엄마 폰엔 안 떴어?"

"바빠 죽겠는데 그런 거 볼 시간이 어디 있어 이새꺄. 빨리 오기나 해."

그 말을 끝으로 전화는 끊어졌다.

스마트폰을 들고 발을 동동 구르는 청년의 어깨를 몇 번 두드리고 난 용 박사가 빨리 서울로 가라고 했다.

청년이 이내 보따리를 쌌고, 용 박사도 자신의 승용차가 있는 곳으로 급히 발걸음을 옮겼다. 그런데 갑자기 다리에 통증이 몰려들었다. 이게 웬일인가 싶어 허리를 구부려 아픈 곳을 만져보다가 용 박사가 통증의 원인을 알았다. 추락하면서 나뭇가지에 정강이가 부딪힌 것이었다.

다행히 골절상은 아니었으나 통증이 꽤 컸다. 심한 타박상이었다.

다리를 절뚝거리며 주차장으로 올라와 승용차에 앉았다.

용 박사가 춘천댐 초소 앞에서 초소장에게 자초지종을 설명하고 화천으로 진입하는 차량들을 막아줄 것을 당부했다. 그러나 물에 빠져 초췌한 모습을 한 이상한 사람의 이야기에 귀를 기울일 사람은 없었다. 단지 춘천댐 상류에 작은 산사태가 일어난 일 정도는 받아들이는 눈치였다. 아니 그 사실은 어부들의 제보를 통해 이미 듣고 있던 터였고 긴급 재난문자를 통해서도 북한 창도군 지역에 규모 5.1의 지진이 났다는 것은 알고 있었다.

힘이 빠진 용 박사가 의암호 강변을 따라 달리기 시작했다. 시내로 들어가면 신호등에 걸릴 것을 염려해 의암호 강변도로를 택한 것이었다.

호수에 비친 시내의 정경이 아름다워 사진작가와 화가들이 다투어 찾는 길이었다. 깜깜한 밤일 수록 아름다움이 더욱 빛나 시인 묵객들이 자주 찾는 길이기도 했다. 그림처럼 펼쳐지는 그 곁을 용 박사가 나는 듯이 달렸다. 한시가 급한 까닭이었다.

최 형사가 자신의 말을 믿어줄지..... 최 형사는 믿어준다 할지라도 다른 사람들은 조금 전 초소장이나 청년의 어머니가 말한 것처럼 콧방귀나 뀌지 않을까 머릿속이 뒤숭숭하고 가슴이 답답했다.

━━

"최 형사."

"아니? 총무님. 벌써 오샜슴까(오셨습니까)?"

사무실 문을 열고 들어서는 계 부장을 최 형사가 반갑게 맞았다.

"생각보다 취재가 쉽게 끝났어."

"중도에 먼 일이 있슴까?"

"중도에서 영화 촬영하잖아. 그래서 그 내용 좀 취재하느라

고……"

"아, 그 머이나. 한·중 합작영화 만든다는 그거 말이래요?"

"그래."

"차 한 잔 하시죠, 머."

최 형사가 책상 서랍에서 동전을 꺼내 들다 말고 계 부장을 바라보며 씩 웃었다.

"우리 사무실이 워낙 가난해서 말이래요."

"그만해도 황송하네."

계 부장이 최 형사의 어깨를 가볍게 툭 쳤다.

"사람이 많지요?"

"인산인해야."

"인산인해요?"

최 형사의 눈이 뚱그레졌다.

"중국의 톱스타야 우리는 잘 모르지만 동남아에선 꽤 알려진 모양이야. 동남아 사람들이 엄청 많이 왔더라고. 거기다가 한류 열풍을 일으키는 한국의 톱스타가 가세했으니 그 스타들을 보려고 사람들이 좀 많이 왔겠어? 중도가 꽉 찼어. 초만원이야."

자판기에서 유자차를 뽑아 든 두 사람이 에어컨 바람이 좀 더 시원하게 나오는 방향으로 자리를 잡고 앉았다.

"한국 사람도 많겠지만 중국 사람도 많이 왔겠네요?"

"응, 많아. 그런데 누가 어느 나라 사람인지 알 수가 있어야지. 동남아 사람들은 대충 알겠지만 중국 사람이나 일본 사람은 전혀 몰라. 말을 안 하면."

"태국이나 인도, 필리핀 사람들은 단박에 알아보겠던데 한국, 중국, 일본 사람들은 증말 못 알아보겠더라고요."

동남아시아와 동북아시아인의 차이였다.

"그런데, 취재를 마치고 나오면서 보니까 우리가 2대 0으로 앞서 나가던데?"

"예, 지금 응원하느라고 정신없슴다."

축구 이야기가 나오자 최 형사의 눈빛이 반짝 빛났다.

"우리 계장님 조카 있잖에요."

최 형사가 강력계장을 눈으로 슬쩍 가리키며 웃었다.

"완전 영웅임다, 영웅....."

"누구, 손흥민....?"

"아이구, 총문님."

최 형사가 손가락으로 입술을 가리며 얼른 입을 막았다.

"비밀입니다, 비밀."

"다 아는 비밀인데 뭐....."

"그래도 우리 사무실에서는 극비임다."

"알았어. 국가적 기밀사항....."

계 부장이 장난스럽게 웃었다.

"그런데 한 삼대 영 정도로 이겨야 내년이 기다려 지잖에요. 북한에서도 우릴 이길라고 죽자 사자 연습할 끼구요."

최 형사가 TV를 언뜻 보다 말고 말했다.

"북한 축구도 참 대단해. 국제대회에 잘 나가지도 않는데 경기는 우리와 대등한 걸 보면."

"다른 건 몰라도 축구하고 서커스는 참 대단한 거 같습다."

최 형사가 유자차를 다 마시고 난 빈 종이컵을 우지직하고 우그러 뜨려 재활용 통에 휙 던져버렸다.

"그나저나 박사님이 빨리 오새야(오셔야) 하는데…… 혹시, 박사님하고 연락해 보샀습까?"

최 형사가 용 박사에게 전화했다. 그러나 그때마다 전화기가 꺼졌다는 대답이었다.

"그래, 나도 그것 때문에 중도에서 빨리 나왔어. 전화가 안 되더라고. 자꾸만 전화기가 꺼졌다고 나와."

"하 ～ 참. 이기 먼 일인지 도대체 알 수가 이씨야지요. 혹시 밧데리를 확인하지 못한 기 아닐까요?"

"그럴 리가 있나. 모든 사업이 스마트폰과 연결되어 있는데. 박사님은 준비가 철저하신 분이잖아."

"그럼, 사고가 난 기 아닙까?"

두 사람이 불안한 표정을 짓고 있는데 그때 TV 하단에 오전 11시 24분경 북한의 창도군에서 규모 5.1의 지진이 일어났다는 자막이 짤

막하게 흐르고 있었다.

규모 5.1의 지진이면 산사태가 일어날 수 있는 지진이었다. 그러나 철원, 화천, 양구, 춘천과 수도권 일부를 제외한 타 드시에서는 지진을 가볍게 느꼈는지 북한 지역에서 발생한 지진에 대해서는 관심조차 없다는 듯 오직 남. 북 축구에만 열광적이었다.

"가만, 창도군이라면 임남댐, 아니 금강산댐이 있는 곳 아냐. 규모가 5.1이라면 상당히 큰 지진인데……"

계 부장이 우려스러운 얼굴로 최 형사를 바라보았다.

"아깨 우르르하고 두 번 지나갔슴다. 처음엔 깜짝 늘랬지만 지나가고 나니까 머 빌끼(별거) 아니더라고요."

최 형사가 두 번이나 책상이 흔들리던 때를 생각하다 말고 눈을 부릅떴다.

"아니, 총무님. 방금 머라 하샜슴까?"

"뭘?"

"금강산댐이요."

"금강산댐?"

"박사님이 금강산댐도 보고 오신다 했거등요."

"그래?"

계 총무가 불안한 얼굴을 했다.

"규모가 5.1 이면 산사태가 날 수도 있잖슴까."

"그렇다고 봐야지. 그런데 아까 제보를 하나 받았어. 춘천댐 상류에 작은 산사태가 일어났다고."

"춘천댐에요?"

최 형사가 놀란 얼굴을 했다.

"춘천댐에 산사태가 났다면 금강산댐 쪽은 더할 끼 아닙까?"

"그렇겠지."

계 부장이 여전히 불안한 낯빛으로 고개를 끄덕였다.

"만일 그렇다면 박사님 성격에 대충 보고 돌아오시지는 않을 끼구요."

"금강산댐을 좀 더 자세히 찍으려고 가시다가 군인들이 강제 착륙
시킨 건 아닐까?"

"그건 지가 그쪽 사단에 미리 전화를 했습다. 그러니……"

"그게 아니라면 도대체 뭔가."

최 형사가 심각한 얼굴로 말했다.

"금강산댐을 가까이서 찍을라구 하다가 바람에 실래 아예 넘어 가
샜거나……"

"응……? 그래, 그럴 수도 있겠다. 가까이서 찍으려다 보니 저도
모르게 넘어갈 수도 있지. 응?"

두 사람의 의견이 갑자기 월북으로 모아졌다. 그래서 스마트폰을
빼앗긴 게고, 그렇기에 아직까지 생사 소식을 모른다고…… 스마트폰
을 강제로 빼앗기기 전에야 이렇게 갑자기 연락이 두절될 까닭이 있겠
는가 여긴 것이다. 지금까지의 정황으로 보아 두 사람은 그렇게 밖에
추론할 수가 없었다.

"자, 다시 한 번 정리한다. 이 선사시대 유적지는 선사시대에 사람이 살았다는 흔적을 보여주는 아주 중요한 역사적 근거라는 거. 그리고 중도 양 옆으로 흐르는 강물로 인해 선사시대 사람들이 맹수나 짐승들로부터 보호를 받았다는 거.

그리고 중요한 거 하나, 그 시대는 힘이 센 사람이 씨족을 다스리고 부족을 거느렸다는 거. 그 시대 힘의 상징이 뭐라고?"

"곰과 호랑이요."

선생님의 질문에 아이들이 합창하듯 대답했다.

여중생으로 보이는 학생들이 여선생의 지도로 선사시대 유적지 적석총을 탐사하고 공부한 내용들을 정리하고 있었다.

"그래서 어떤 부족은 자신들의 상징을 곰으로 삼았고 어떤 부족은 호랑이로 삼았다는 거 잊지 말고."

"예"

"그것이 오늘날 우리가 말하는 웅족(熊族)이다, 호족(虎族)이다 하는 말의 근원이 되었다는 거 절대 잊지 마. 중간고사에 꼭 난다. 알겠니?"

아이들의 대답 소리가 쨍하며 맑은 하늘에 울려 퍼졌다.

"웅녀(熊女)는 어떤 여자라고?"

여선생이 한 번 더 아이들에게 물었다.

"곰을 상징으로 하는 부족의 여자요."

"이야, 해인이. 너 공부 많이 했는데. 어떻게 알았어?"

"아빠가 알려 주셨어요. 곰이 우리 조상 아니라고요."

그 말에 여선생이 하하하고 웃었다.

"당연하지. 곰이 어떻게 사람이 되겠니. 사람의 조상은 당연히 사람이다. 알겠니?"

아이들의 대답 소리가 다시 한 번 울렸다.

"오늘은 중도가 너무 빡빡하다. 영화 촬영 때문에 더 이상 탐사가 어렵겠어. 오늘은 이것으로 마치고. 해인아, 박사님께 전화 드려봐라. 탐사 다 끝났다고."

"예."

"……?"

전화기가 꺼졌다고 응답이 나왔다. 그럴 리 없다 여긴 해인이가 다시 전화했다.

"……어?"

역시 마찬가지였다.

"선생님, 아빠 전화기가 꺼졌데요."

"응? 그래? 그럼 조금 기다리지 뭐. 얘들아, 공부 끝났으니 우리도 저기 영화 촬영하는데 가보자."

수업을 마친 여선생이 많은 관광객으로 둘러싸인 촬영장을 바라보았다.

"선생님 잠깐만요. 드론으로 촬영장을 먼저 보고 가시면 안 될까요?"

해인이가 드론을 들어 보이며 웃었다.

"그래? 그러면 더 좋지. 그런데 경진대회 연습은 많이 했니?"

"네, 슬기랑 다희랑 다정이랑 고구마 섬에서 많이 했어요."

"그럼 촬영장을 찾아보자. 저 많은 인파를 뚫고 어떻게 찾나 걱정했는데...."

여선생이 기특한 눈으로 해인이를 바라보았다.

스마트 선글라스를 쓴 해인이가 신바람 나게 드론을 날렸다. 까맣게 높이 오른 드론이 인파들 상공을 날아 촬영장을 찾았다. 주연 배우가 열연하는 장면이 해인이가 쓴 스마트 선글라스에 크게 보였다.

"선생님, 저기예요."

해인이가 선생님을 바라보며 말했다. 해인이의 모습이 마치 선글라스를 쓴 헬기 조종사 같았다.

"찾았니?"

"네, 저기요"

해인이가 손가락으로 방향을 가리키자 여선생이 아이들을 데리고 그 방향으로 나아갔다. 인파를 헤치며 선생님이 앞서가고 아이들이 신나게 쫓아갔다.

"어우, 야. 나만큼 예쁜 여자가 저기도 있네. 이거 질투 나는데?"

촬영장에서 열연하는 주인공을 본 여선생이 혼잣말처럼 중얼거리는 말을 듣고 아이들이 선생님 뒤에서 키득거렸다.

"왜, 내 말이 틀렸냐? 나도 분장하고 조명 받아봐. 쟤네들 보다 낫지."

아이들이 입을 가리고 쿡쿡댔다.

"야, 선생님도 대학 다닐 때 연극했었어. 조명 빨 잘 받았단 말야. 임마."

드론을 가방에 넣고 스마트 선글라스를 벗은 해인이가 생글생글 웃으며 말했다.

"그럼 인기 짱이었겠네요."

"거 ~ 럼."

당연하지 않았겠니? 하는 투였다.

"따라다니는 남자 친구들도 많았구요."

슬기가 살살 웃으며 말했다.

"암~. 많았지. 데이트하자는 애들이 줄을 섰었으니까."

해인이가 또 한마디 거들었다.

"디게 귀찮았겠어요."

"머, 참아 줄만…… 했지."

이제 와서 생각하니 좀 서운하다는 표정이었다.

"근데, 결혼은 언제 하세요?"

해인이가 곧 터질 것 같은 웃음을 참으며 간드러지게 말했다.

"결혼? 해야지. 근데 임마, 결혼은 나 혼자 하냐?"

갑자기 여선생의 목소리가 굵어졌다.

"김 기사, 운전해. 어~서."

다희가 개그를 흉내 냈다. 그러자 아이들이 더 이상 참지 못하고 뒹굴었다. 깔깔대는 소리에 촬영이 잠시 중단되더니 핸드 마이크 소리가 들렸다.

"촬영에 협조 바랍니다. 연기에 몰입이 안 된답니다. 부탁드립니다."

그 소리에 선생님이 돌아보았고, 아이들이 입을 닫은 채 고개를 숙였다. 그래도 나오는 웃음을 참을 수 없는지 아이들의 어깨가 들썩거렸다.

"니들 여기서 자고 잡냐? 선생님은 헤엄쳐서 간다."

선생님의 위협적인 언사에 해인이가 고개를 숙인 채르 말했다.

"저도 헤엄쳐서 갈게요. 선생님."

"저도요."

"저도요."

"니들이 수영을 아냐?"

그 말에 아이들이 또 한 번 자지러들었다.

결국 촬영이 중단되는 사태를 맞았다. 여선생이 앞으로 나가 백배 사과하는 정도로 마무리가 되었으나 그러나 연기자가 연기에 몰입이 잘 안 된다며 잠시 쉬었다 하자고 요청했다.

여선생은 자신의 부주의로 영화 촬영이 중단된 것으로 알고 미안해 어쩔 줄 몰라하는데 그런 여선생의 손을 잡으며 아는 체하는 사람이 있었다.

"너 소희 아니냐. 장소희."

"어? 너는 김상구. 근데 여긴 웬일이냐?"

"이 영화 조명 연출을 맡고 있어."

"뭐? 대학 때도 조명을 도맡더니 아주 업이 됐구나. 어쨌거나 축하한다. 김상구."

바라보는 아이들의 눈알들이 디록디록 했다.

"너는 웬일이냐. 중학교 교사로 있다는 얘길 들었는데."

"애들 데리고 현장학습 나왔어. 여기에 선사시대 유적지가 있거든. 애네들하고 같이 나왔지. 뭐해, 임마. 인사들 안 하고."

올망졸망하던 눈알들이 한꺼번에 엎어졌다.

"그래, 반갑다. 너희 선생님 하고는 대학 동창이야. 연극을 같이 했지."

그 말에 눈을 내리깐 여선생이 아이들을 향해 입술을 삐죽했다.

"이 촬영 끝나면 시사회에 초대할 테니 선생님과 함께 와라."

놀란 아이들이 하마터면 쓰러질 뻔했다. 시사회라니.....?

"선생님, 결혼 늦게 하실 거죠?"

아이들 중 해인이가 나서자 슬기가 말을 받았다.

"선생님 같은 분이 일찍 결혼하시면 국가적 손실이 엄청날 겁니다."

"나는 학교 다니는 재미를 잃어버릴지도 몰라."

"우리 학교가 전국에서 꼴찌 할 걸. 역사는 특히."

"아냐, 학교가 통 째 사라질 수도 있어."

아이들의 재치에 조명 연출자의 눈이 휘둥그레졌다.

"하하. 재미있는 아이들이네?"

"재미는 무슨. 쟤네들 등쌀에 내가 늙는다, 늙어."

"넌 그 때나 지금이나 변한 게 없다. 응?"

조명 연출자가 여선생을 바라보며 다정한 눈빛을 보내는데 아이
들이 끼어들었다.

"우리가 늙게 가만 내버려 두나요?"

"백설공주와 일곱 난쟁이거든요."

"우이 쉬, 왜 또 날 빼는 거야."

옆에서 듣던 뚱뚱한 아이가 입술을 내밀고 앞으로 나섰다.

"넌 슈렉이잖아."

아이들이 또 한 번 까르르 웃었다.

"어이 씨…. 나도 백설공주 하고 싶은데……"

그렇게 말하면서도 뚱뚱한 아이가 밝게 웃었다.

그런 아이들을 둘러보던 조명 연출자가 놀란 얼굴을 했다.

"너 애네들한테 연극 가르쳤니?"

"아니?"

"그런데 꼭 대본을 본 것처럼 말하네?"

"요즘 애들 다 그렇지 머."

"아이들이 재치 있고 유머가 있어. 응?"

조명 연출자가 아이들에게 관심을 보이며 웃었다.

"그건 그렇고 이 영화는 언제까지 찍는 거니?"

"여기서 며칠 더 있을 거야. 여름 씬은 여기서 다 찍어야 하거든."

"경치 좋은 곳은 중국이 더 많잖아. 그런데 어떻게 여기서 다 찍어?"

"중국에 이름 난 곳은 이미 무협영화가 다 장악했어. 그런 곳에서 멜로는 안 되지. 사람들이 식상해하니까."

여선생이 알겠다는 듯이 고개를 끄덕이는데 아이들도 같이 고개를 끄덕였다.

"더구나 한국은 중국에 비해 경제적으로 앞서 있으니까 멜로로는 제격이지. 한류 바람도 있고……"

"그건 그렇고, 너 장가갔니?"

"아니, 아직."

"어쩐지 청첩장이 안 오더라."

"넌?"

"아까 들었지? 쟤네들 말."

"응? 무슨 말?"

"어우, 넌 귀가 먹었니?"

"우린 한 번 한 말, 죽어도 리바이벌은 안 해요."

해인이가 팔짱을 끼고 눈을 내리깐 채 한쪽 다리를 건들댔다.

"하하하하. 선생님을 닮아 너희도 참 재미있구나. 그러면 말이다

~ 시사회 초청은 없다."

이번엔 조명 연출자가 팔짱 끼고 한쪽 다리를 건들댔다.

그러자 아이들의 경악한 눈빛이 조명 연출자에게로 날아들었다.

'이건 아니잖아.' 하고 아이들이 속으로 외쳤다.

"여자 나이 이제 겨우 서른인데 결혼 운운은 너무 가혹하고요. 한 사람의 행복도 중요하지만 민족의 앞날을 위해, 통일 한국의 장래를 위해 민족 고대사 역사 복원에 혼신의 힘을 다 쏟고 계시는 젊은 인재의 손실도 고려해야 한다는 것이 저희들의 충정이오니 이점 널리 유념해 주셨으면 합니다."

해인이의 그 말에 조명 연출자가 다시 하하하 하고 웃었다.

"이놈들 정말 재치 있네. 그래, 내가졌다. 무슨 일이 있어도 선생님과 너희들은 내가 꼭 초대할게."

그 말이 떨어지기 무섭게 아이들이 환호하며 손뼉 쳤다. 촬영장에 때 아닌 환호성과 박수 소리가 터졌다.

━━

선배 형사가 휴게실로 들어오며 최 형사를 불렀다.

"정문에서 호출이야. 손님 오셨데"

"정문에 손님요?"

"용 박사라고 하던데…… 급한가 봐, 빨리 나가봐."

순간 최 형사와 계 총무가 서로 마주 보다 말고 튀어나갔다.

"아니, 박사님. 이기 도대체 우찌 된 일이래요."

득달같이 뛰쳐나온 최 형사와 계 총무가 물에 빠져 후줄근한 모습의 용 박사를 놀란 눈으로 쳐다보았다.

"전화가 안돼서 걱정하고 있던 참입니다."

"마침 자네도 잘 왔네."

용 박사가 최 형사의 어깨를 두드리고 나서 계 총무의 손을 잡았다.

"패러를 타셨다는 전화를 받고 뭔가 급하다는 걸 알았지만 통 전화가 돼야지요."

"그래서 우린 박사님이 월북하신 줄로 알았슴다."

"월북?"

최 형사의 뜬금없는 말에 용 박사가 어리둥절했다.

"금강산댐을 좀 더 가까이 가서 보실래다가 그만 바람에 실래(실려)가신 줄 알았지 머래요."

듣고 있던 용 박사가 웃었다.

"어휴, 더운데 밖에서 이러실 게 아니라 안으로 들어가시지요, 머."

"아니야, 지금 그럴 시간이 없어."

이마에 흐르는 땀을 닦아내며 용 박사가 손사래를 쳤다. 아스팔트와 시멘트가 달아올라 그 열기에 숨이 턱턱 막혔다. 정문 옆 초소에 걸린 온도계가 35도를 가리키고 있었다.

"시간이 없어 길게 설명하지 못하니까 두 사람은 놀라지 말고 내 말을 잘 듣게."

해쓱한 얼굴에 바싹 마른 입술로 다급하게 말하는 용 박사를 바라 보는 두 사람의 얼굴빛이 긴장으로 젖어들었다.

"금강산댐이 터졌네."

"예?"

"금강산댐이 터졌어."

용 박사를 바라보던 두 사람의 얼굴빛이 순간 창백하게 굳었다. 뿐만 아니라 지금껏 있었던 일들을 메말라 하얗게 굳은 입술로 재빠르 게 설명하는 용 박사 앞에서 두 사람의 사지가 굳어갔다.

"그, 그럼 추, 춘천댐 상류 산사태 난 지점에 추락하셨다는 겁니 까?"

"추락하고 나서 곧바로 산사태가 일어났지. 순간적인 일이라 전혀 대응할 틈이 없었어."

서로를 돌아보는 두 사람의 입이 딱 벌어졌다. 춘천댐 상류의 산 사태는 제보를 통해 이미 알고 있던 터였다. 그런데 그 자리에 용 박사 가 떨어졌으리라고는 상상도 못 했다.

용 박사의 아래위를 다시 흝어보며 되묻는 계 총무의 음성이 떨렸다.

"카메라와 스마트폰이 모두 그 물속에……"

"그래, 재킷을 벗을 때 카메라도 같이 벗겨진 거야. 스마트폰도 재 킷 안에 있고……"

놀라 벌어진 입을 다물지 못하는 두 사람을 향해 용 박사가 다급하게 말했다.

"허니 자네들은 자네들 나름대로 이 사실을 주변에 알리고 사람들을 대피시키게. 나는 바로 내 사무실로 갈 테니까."

하얗게 질려 대답도 못 하는 두 사람을 두고 돌아서던 용 박사가 다시 돌아섰다.

"회원들은 어찌 됐나?"

"수련장에 다 모였습니다."

"다행히구먼."

계 총무와 최 형사를 바라보며 용 박사가 안도했다.

"마침 부회장님이 수련장에 계셔서 일이 좀 수월했습니다. 전화가 금방 돌았거든요."

"이럴 때 사람들이 우리 회원들처럼만 움직여 준다면 얼마나 좋겠는가. 피해를 크게 줄일 수 있을 텐데 말이야……"

"그러게 말입다."

"지금 내 말을 믿어 줄 사람은 이 세상에서 자네들 둘 밖엔 없네."

그 말을 끝으로 용 박사는 삼천동 스키장으로 향했다.

사무실로 급히 돌아온 두 사람. 그러나 자신의 사무실로 돌아온 두 사람이 이 사태를 어떻게 수습할지를 놓고 고민에 빠졌다.

두 사람 다 증거에 의해 일을 처리하는 기관의 직원이었다. 증거가 우선이었다. 아무리 세상이 뒤집힐만한 사건이라 할지라도 증거가 없으면 섣불리 접근을 하지 않는 곳이 그 두 기관이었다.

국가적 재난으로 비화할 이 사태를 수습하자면 확실하게 보여줄 물증이 필요했다. 그런데 그 증거가 물에 잠겨버린 것이다.

두 사람이 가슴을 치며 발을 굴렀다. 뾰족한 방법이 없었다.

윗사람에게 말해봤자 재난본부에서 어련히 알아서 할 일을 왜 당신이 나서서 가만히 있는 북한을 자극하려 드느냐며 꾸지람만 들을 일이었다. 아니, 실제로 친한 동료나 바로 윗사람에게 급보를 전해보았다. 그러나 결과는 예상대로였다.

힘이 빠진 두 사람의 가슴속으로 절망이 먹구름처럼 몰려들었다.

격랑을 일으키며 쏟아져 내리는 저 물줄기가 휴전선 근방까지만 내려와도 나라는 한바탕 난리를 겪을 것이다. 그 물줄기가 휴전선까지 내려오기 전에 시간을 벌어 대책을 마련해 보자는 것이 두 사람의 생각이었으나 그러나 현실에서는 대책이 없었다. 난감했다.

전전긍긍하던 두 사람이 약속이나 한 듯 삼천동 스키장으로 향했다. 용 박사가 있는 곳으로 달려가는 것이었다.

최 형사가 먼저 용 박사 사무실에 도착했다. 보니 용 박사가 전화기에 대고 악을 쓰고 있었다.

"그러니까 빨리 사이렌이라도 울리고 해서 중도에 있는 사람들부터 피신을 시켜야 되잖습니까."

"……"

"아따, 말을 참 못 알아듣네. 내가 직접 보고 왔다니까 그러네요."

"……"

"중도가 지금 인산인해 아닙니까. 주민들만 해도 엄청난데 영화 촬영하는 걸 보겠다고 중국과 동남아에서 온 사람들로 꽉 찼잖아요. 큰 배를 동원해서 지금부터 수송을 해도 바빠요. 그러니 증거니, 보고니 하는 말로 이렇게 시간을 허비할게 아니라 먼저 중도 선착장에다 전화해서 사람들부터 피신시키고……"

"……"

"니미, 못 믿겠으면 철책 부대에 확인이라도 해 보란 말이야 이 답답한 양반아!!"

그 말과 함께 수화기를 꽝 소리가 나도록 내려놓은 용 박사가 최 형사를 돌아보았다.

"자네도 마찬가지지?"

"콘크리트 담벼락에다 헤딩하는 꼴임다. 그래도 동료들은 제 말을 믿어줄 줄 알았거든요. 근데 완전 콘크리트 담벼락이더라고요."

"북쪽 얘기만 나오면 지레 몸들을 사리는 세상이 되었으니 당연하지."

그때 전화벨이 울렸다. 딸 해인이었다.

"아빠?"

"그래, 해인아. 아직도 중도에 있니?"

"응. 아빠 전화가 꺼졌다고 나오던데? 계속…… 그래서 혹시나 하고 사무실로 한 건데."

"그래, 그럴 일이 있었다. 다리 상황은 어떻니?"

용 박사가 중도 다리 상황을 물어보았다.

"차들이 움직이질 못해. 레고랜드에 행사도 있고 영화도 촬영해서 그런지 들어오고 나가는 차들이 아예 꼼짝을 못 하고 있어."

들던 용 박사의 얼굴이 까맣게 죽어갔다. 자신도 그 영서로를 거쳐 왔는데 춘천대교 입구에서부터 차들이 서로 엉켜있어 교통경찰이 수신호로 교통을 통제하고 있었다.

"그럼 내가 보트 가지고 갈 테니까 선착장으로 나와라.

"지금?"

"그래, 지금."

"잠깐만 아빠. 우리 지금 영화 촬영하는 거 보고 있거든. 영화 촬영하는 거 조금만 더 보고 가면 안 될까?"

"시간이 없다. 꽁주."

"잠깐만…… 선생님 바꿔 드릴게."

해인이가 선생님을 바꾸었다.

"안녕하세요, 박사님."

"아, 예. 안녕하십니까."

용 박사가 수화기를 든 채 허리를 굽혔다.

"바쁘실 텐데 전화드려서 죄송합니다."

"아닙니다. 선생님이 더 수고가 많으시지요. 뭐."

"저희가 탐사를 끝내고 나가려는데 박사님과 통화가 안 됐어요. 그래서 영화 촬영하는 것 좀 보려고 갔더니 마침 촬영장 조명 연출자가 친구라서 아이들이 좋아하더라고요. 이것도 현장 공부가 되려니 해서 보고 있는데 괜찮으시다면 조금만 더 보고 가려고 하는데요."

"시간이 얼마나 걸릴 거 같습니까?"

"한 삼십 분이면 중요한 씬이 끝난다고 합니다."

"예, 그러면 삼십 분 후에 전화드리겠습니다."

"네, 감사합니다."

수화기를 내려놓은 용 박사가 최 형사를 바라보다 말고 수화기를 다시 들었다.

"형님."

"그래, 니 전화가 계속 안 되더라. 무슨 일 있나? 강릉엔 잘 갔다 왔고?"

고신백 서울시장이었다.

"형, 지금 강릉이 문제 아냐."

그 한마디에 고 시장의 안색이 불안으로 물들었다.

"상황이 바쁘니까 요점만 말할게요."

고 시장이 귀를 바짝 기울였다.

"조금 전 지진에 금강산댐이 터졌어요."

"뭐..... 금강산댐이 터져?"

"댐이 터지는 장면을 제가 직접 찍었어요. 패러 타고 가서."

순간 아찔함을 느낀 고신백 서울시장의 안색이 까맣게 죽어갔다. 긴급 재난문자를 두 번이나 받고 막연한 불안감에 사로잡혀 있던 고 시장이었다.

"서둘러요, 형. 평화의 댐이 버텨만 준다면 다행이지만 그렇지 않을 경우를 대비해서 준비해두시는 게 좋을 거 같아요."

까맣게 죽은 얼굴로 고 시장이 듣고만 있었다.

"여기 중도엔 관광객들이 인산인해거든요. 저는 그 관광객들 구출하려고 준비 중이에요."

"잠깐만, 승주야. 정말로 사진을 찍었나?"

"강릉에 갔더니 난리가 아니더라고요. 그런데 보니까 일본에서 시작된 지진대가 금강산 쪽으로 향해 있어서 소양댐으로 가 봤어요. 갔더니 물꽃 현상에 물고기들이 뭍으로 오르려고 난리들이더라고요. 그래서 다시 춘천댐으로 갔지요. 그런데 거기도 마찬가지였어요. 그래서 패러를 타고 백암산으로 가서 금강산댐을 보는데 하필이면 제가 망원 카메라로 보는데 터지더라고요."

"알았다. 고생 많았다. 준비할게."

더 말이 필요 없었다.

———

통화를 끝낸 고신백 시장이 소파에 털썩 등을 떨궜다. 꼼꼼한 동생을 강릉으로 보낸 건 만에 하나 있을지 모를 지진의 경로를 알아보기 위함이었다. 그런데 아예 결과를 보고 왔으니 고 시장의 눈앞이 깜깜했다. 동생의 말이 사실이라면 이는 역사상 유례가 없는 어마어마한 자연재해가 될 터였다.

공관에서 광복 80주년 기념 남. 북 축구를 불안한 마음으로 응원하던 고 시장이 급하게 옷을 갈아입고 시청으로 나가면서 부시장과 담당 실, 국장들에게 전화했다. 그런데 모두 불통이었다. 일요일인 데다 내일이 광복절이라 토요일부터 시작된 황금연휴를 맞아 다들 해외여행을 떠났거나 늦휴가를 떠난 것이다. 더구나 2:0으로 앞서가는 남. 북 축구에 몰입되어 전화 연결이 어려웠다.

거리는 온통 태극전사들을 응원하는 인파들로 축제 분위기였다. 그 축제 분위기 속에서 시청 종합상황실로 향하는 고신백 시장의 얼굴엔 비장감이 서렸다.

———

한국이 2:0으로 앞선 가운데 태극전사들의 중거리 슛이 쇄도하고 있었다. 북한 수비수를 교란하기 위해 중거리에서 슛을 날렸다.

"아! 손흥민 선수예요. 굉장히 빠릅니다. 질풍노도와 같은데요. 그 옆에 오세훈과 황의조, 다시 그 뒤로 조현욱, 이강인 선수가 쇄도해 들어갑니다. 북한 수비수 달려듭니다. 볼을 다시 황의조에게, 황의조, 오세훈에게 패스. 북한 수비수들의 몸놀림이 수상합니다. 어정쩡해요."

"네. 저것이 한국 축구의 저력입니다. 손흥민 선수의 전투기 같은 문전 쇄도에 컴퓨터 같은 이강인이 내응을 하고요 그 뒤를 듬직한 황의조와 오세훈이 받치고 있어요. 얼마나 든든합니까."

"아, 말씀드리는 순간 이강인, 볼을 오세훈에게 줍니다. 오세훈, 다시 문전 오른쪽을 파고드는 손흥민에게 보냅니다. 손흥민 헤딩슛? 아! 저게……"

갑자기 숨이 막힌 듯 아나운서가 고개를 뒤로 빼며 허설자의 무릎을 툭 쳤다. 순간 상황을 파악한 해설자가 아나운서처럼 말했다.

"예, 대단합니다. 손흥민 선수가 헤딩슛하는 것처럼 상대방을 속이고 볼을 황의조 선수의 발끝에 떨어뜨렸는데요, 황의즈, 한 사람을 재꼈습니다. 수비수와 공격수가 뒤엉킨 상황. 황의조, 여의치 않은지 뒤쪽의 이강인에게 줍니다.

이강인, 다시 오세훈에게, 오세훈, 왼쪽 깊숙이 파고들다가 다시 손흥민에게, 손흥민, 가슴으로 볼 트리핑…… 슛!! 아, 그러나 골키퍼의 선방에 걸렸습니다."

손흥민의 슛이 불발로 끝나자 붉은 악마의 꽹과리 소리가 진동했다.

그사이 입속에 들어간 파리를 뱉어낸 아나운서가 다시 자리를 고쳐 앉았다.

"죄송합니다. 파리도 흥분했는지 제 입속으로 골인했습니다."

그 말에 해설자가 두 손으로 입을 틀어막았다. 갑자기 대형 화면에 입을 틀어막고 웃는 해설자의 모습이 잡혔다. 어리둥절한 응원객들이 무슨 일인가 궁금해하는데 이내 사실이 알려지자 응원객들도 배를 잡고 웃었다.

응원객들이 웃는 사이 볼은 하프라인에서 한국과 북한 사이를 오가고 있었다.

웃음을 진정시킨 아나운서와 해설자가 다시 중계에 들어갔다.

"북한의 공격, 북한도 만만치 않아요. 북한 선수들이 브라질에서 유학했다지 않습니까. 그래서 그런지 선수들의 몸놀림이 민첩하고 개인기도 상당히 좋습니다. 아, 저거 보세요. 북한 선수, 한국 선수를 제치고 파고듭니다. 굉장히 빠르군요, 저 선수."

"예. 강인호 선수인데요, 북한이 자랑하는 선수입니다."

"말씀드리는 순간 강인호 선수, 한국 문전으로 볼을 띄웠습니다. 골키퍼 달려 나오다 멈춰 섰습니다. 한국 수비수 두 명이 달려들어 볼을 걷어냅니다. 아, 하마터면 위험할 뻔했어요."

"그렇습니다. 저 상황에서 한국 수비가 뚫리면 양쪽으로 파고들던 북한 선수들에게 공격의 기회를 주게 됩니다. 슈팅으로 이어지는 상황으로 갈 뻔했어요. 잘 걷어냈습니다. 우리 선수들 잘하고 있어요."

북한의 드로잉이 이어졌다. 그러나 순간 한국 선수가 달려들어 볼을 빼앗았다.

"옳지, 그래. 그렇게 물 찬 제비처럼 볼을 빼앗아야지."

응원석에서 캔맥주를 마시던 응원객 중 하나가 마치 자신이 감독이나 된 것처럼 소리쳤다.

"오른쪽이 비었으니 오른쪽으로 패스해야지. 근데 저 자식 저거, 빈 공간으로 보내지 않고 왜 지가 몰고 가는 거야. 패스를 해야지, 패스를…… 아이구, 답답해. 저걸 선수라고……"

오른손에 캔맥주, 왼 손엔 구운 오징어를 든 응원꾼이 감독처럼 소리치는 그때 태극전사들이 북한 문전을 향해 쇄도해 들어가고 있었다.

"그렇지, 거기서 잽싸게 볼을 뒤로 돌리고 나머지는 앞으로 뛰어들어야지!"

응원객이 오징어를 흔들며 소리쳤다. 그 순간 한국 선수들이 북한 문전을 향해 뛰어들었다. 마치 폭격기가 폭격해 들어가는 모습이었다. 북한 수비수들이 우왕좌왕했다. 순간 북한 수비수를 젖힌 우리 선수가 슈팅했다.

"그렇지, 숏!"

응원객이 벌떡 일어섰다. 그러나 볼은 골키퍼의 선방에 막혀 다시 튀어나왔다. 그런데, 오징어를 움켜 쥔 응원객이 숨을 삼켰다. 튕겨 나온 볼이 오세훈 앞으로 날아가고 있었다.

"차, 차, 찬스다. 찬스!"

응원객이 두 눈을 부릅뜬 채로 소리쳤다. 미처 숨 쉴 틈이 없었다.

오세훈이 날아오는 볼을 향해 몸을 날렸다. 다이빙 헤딩을 하려는 것이었다.

북한 수비수들도 사력을 다해 달려들었다. 그러나 오세훈의 다이빙 헤딩이 빨랐다. 간발의 차였다. 다이빙 헤딩을 한 오세훈과 북한 수비수들이 한데 엉켜 뒹굴었다.

그 순간 함성이 폭발했다. 지축을 뒤 흔드는 거센 함성이었다. 골 네트가 출렁하도록 작렬한 통쾌한 골이 또 터진 것이다. 자기도 모르게 벌떡 일어선 아나운서와 해설자가 핏대가 솟구치도록 환호했고, 목이 터져라 외쳐대는 응원객의 함성에 경기장이 떠나갈 듯했다. 그와 동시에 전국에서 울려 퍼지는 함성이 한반도 하늘을 뒤덮었다.

국가대표 감독처럼 참견하던 응원객도 만세를 부르며 소리쳤다. 캔맥주에서 흘러내린 거품에 손이 흠뻑 젖어도 기분 좋은 표정이었다.

그림 같은 명장면이었고 통쾌했다. 10년 묵은 스트레스가 확 날아가고 있었다.

그 호쾌하고 통쾌한 장면이 느린 그림으로 거듭 방영되고 있는 가운데 경기장엔 관중석을 가득 덮은 대형 태극기가 펼쳐지고 있었고,

작은 태극기를 든 응원객들은 모두 일어서서 신나게 태극기를 흔들고 있었다. 응원석이 온통 태극기 물결이었다. 한국이 3:0으로 앞서기 시작했다.

———

　같은 시각 용승주 박사는 중도 관광객 구출 준비를 서두르고 있었다.

　"우선 이 스키장에 있는 손님들부터 안전하게 밖으로 내보내야겠어."

　스키장은 만원이었다. 보트 열대가 연신 돌아가며 수상스키와 웨이크보드, 바나나보트와 플라이피쉬(날으는가오리) 등을 끌고 있고, 제트스키 다섯 대가 굉음을 내며 의암호수를 질주하고 있었다.

　수영복만 입은 손님들이 스키장 위층에 있는 썬텐장과 아래층에 있는 대기실에서 음료수를 마시며 차례를 기다리고 있었다.

　더위를 피하기 위해 또 한 무리의 손님들이 단체로 들어서고 있었다. 녹색으로 물든 의암호를 손님들은 단순한 녹조로 여기는 모양이었다.

　"이러다 큰 일 나겠구만. 빨리 손님들부터 내보내야겄어."

　용 박사가 마이크를 잡았다.

　"손님 여러분께 죄송한 말씀부터 드리겠습니다."

실내 스피커를 통해 흘러나오는 용 박사의 목소리에 손님들이 웬일인가 했다.

"부득이한 사정으로 오늘 영업은 이것으로 마치겠습니다. 손님 여러분의 넓으신 양해를 바랍니다."

수영복 차림으로 희희낙락하던 남녀 손님들이 의아한 눈을 뜨고 자리에서 일어났다.

"난 아직 한 번도 못 탔는데 영업을 마치다니?"

궁금한 얼굴들이 한꺼번에 용 박사 사무실로 향했다.

"피치 못할 사정으로 인해 영업을 마치게 되어 송구스럽게 생각합니다. 이제 잠시 후면 중도의 관광객들과 중도 주민들이 저희 스키장과 고구마 섬을 통해 나가야 합니다. 인산인해의 중도 관광객과 중도 주민들이 저희 스키장을 경유해 나갈 경우 혼잡이 예상되오니 우리 고객님들께서는 미리미리 짐을 챙기셔서 물길이 닿지 않는 높은 곳으로 피하시기 바랍니다."

"머, 뭐야, 물길 닿지 않는 곳으로 피하라고……?"

용 박사가 자신도 모르게 재난을 예고하는 방송을 하자 눈을 치뜬 손님들이 사무실로 우르르 몰려들었다.

"무슨 일입니까. 용 박사님. 높은 곳으로 피하라니요?"

송파에 사는 단골 멤버였다. 순간 난처한 기색을 보이던 용 박사가 우 몰려든 손님들을 바라보다 말고 솔직하게 말했다. 모두 단골 회원이었다.

"제가 지금 패러를 타고 금강산댐을 보고 오는 길입니다. 그런데 아까 그 지진에…… 금강산댐이…… 터졌습니다."

"예에? 댐이 터져요?"

"직접 보셨습니까?"

"혹시 사진이라도 찍어 오셨습니까?"

"정확히 몇 시에 터졌습니까."

놀란 손님들이 한 마디씩 했다.

"동영상을 찍어 돌아오던 중 난기류에 말려 추락했는데 하필이면 추락한 곳에 산사태가 났습니다."

"춘천댐 상류에 산사태가 났다는 말은 들어서 알고 있습니다. 조금 전에 친구가 전화로 알려주더라고요."

스키를 타려고 준비하던 젊은 친구가 용 박사를 바라보며 재빠르게 말했다.

"혹시 서울 친군가? 전화한 친구가?"

"예, 그런데 거기에 사람도 빠졌는데 그 친구가 건졌다고 하더라고요. 무슨 박사라고 하던가? 하여튼 잘 아는 사람이라고 하던데요."

순간 용 박사와 최 형사가 서로 마주 보았다.

"그래, 그다음 말은 않던가?"

"물에 빠진 사람이 박사님과 같은 말을 했답니다. 금강산댐이 터졌다고."

"그런데 자넨 어째 피하 지를 않는가?"

"에이, 그 말을 어떻게 믿습니까. 닥쳐봐야 알지요."

젊은 친구가 말끝에 피식하고 웃었다.

"이 사람아, 그 서울 친구가 구해준 사람이 바로 날세."

"예—에?"

"서울 친구는 내 말을 듣자마자 곧바로 어머니께 피하라고 전화하고는 서울로 올라갔어. 가면서 여러 사람에게 전화한 모양인데 자넨 춘천에 살면서 어째 피할 생각을 안 하는가?"

친구의 말이 사실로 드러나면서 젊은 친구가 파랗게 얼어갔다. 뿐만 아니라 듣고 있던 여러 손님들도 파랗게 얼기 시작했다. 뜨거운 햇살임에도 몸에서 한기가 도는 듯했다. 손님들이 허둥댔다. 더 물어볼 말이 없었다.

"어, 어떻게 해야 합니까. 박사님."

송파에 사는 그 멤버였다.

"가족들을 데리고 높은 데로 피하십시오. 한시라도 빨리 춘천을 벗어나면 더 안전할 것이고요."

손님들이 우왕좌왕하며 허둥지둥 짐을 꾸리는데 방송사 계 부장이 부리나케 뛰어 들어오는 모습이 보였다.

"자네도 믿어주는 사람이 없지?"

"세계적인 특종 감이라면서 놀리기만 하지 전혀 믿지를 않습니다."

"그럴 테지."

계 부장이 들어오자 손님들이 다시 우 몰려들었다. 뭔가 다른 소식이 없나 살피는 눈치들이었다.

"중도에 있는 사람들만이라도 구해내야 하겠는데 이거 정말 큰일 났습니다."

계 총무가 안타까운 눈으로 주위 사람들을 돌아보았다. 그러자 그 눈길을 외면한 손님들이 순식간에 짐들을 챙겨 바람같이 사라졌다.

—

넓은 스키장에는 보트 열 대와 제트스키 다섯 대. 그리고 코치 여덟 명과 경리 아가씨 두 명, 용 박사, 최 형사, 계 총무가 전부다. 스키장이 썰렁했다.

"자네, 군부대에 아는 사람이 있다고 했지?"

손님들이 썰물처럼 빠져나간 빈자리에 우두커니 서 있던 용 박사가 최 형사를 돌아보았다.

"참모장님 말씀이래요?"

"그래."

순간 최 형사가 시무룩했다.

"전화가 안 됩다. 사무실 전화도, 핸드폰도 다…… 그래서 사단 일직사령에게 전화해서 패러글라이더와 박사님 말씀을 전했습다."

"그래? 일요일이라고 다들 쉬는가 보구먼."

용 박사가 최 형사의 어깨를 두드리며 최 형사를 위로했다.

"어떻게든 큰 배를 움직일 수 있도록 해야겠는데……"

용 박사가 도청 당직실로 다시 전화를 하려는 순간 전화벨이 울렸다.

"네, 용승주입니다."

"아빠, 촬영 끝났어요."

"그래? 아빠가 지금 바로 갈 테니까 선착장으로 나와라."

"네, 빨리 오세요."

"그래."

"촬영이 끝났다니까 아이들부터 데리고 와야겠네."

용 박사가 최 형사와 함께 두 대의 보트를 끌고 중도로 향했다. 선착장에 여선생과 아이들이 서있었다.

"아빠……"

해인이가 뛰어나오며 손을 흔들었다.

"선사시대 유적지 탐사는 잘했니? 영화 촬영하는 것도 잘 보고?"

"……응……, 근데 예쁜 배우들 보니까 나도 영화배우 하고 싶어졌어."

해인이가 입을 삐죽 내밀며 응석 어린 말을 했다.

"그랬어? 까짓 거 하면 되지 못할게 뭐 있어. 우리 공주가 얼마나 예쁜데."

그 말에 해인이가 배시시 웃었다.

용 박사가 그런 아이에게 희망 어린 말로 용기를 북돋우며 구명조끼를 입히는데 가까이 다가온 다정이가 인사했다.

"안녕하세요, 아저씨."

"오, 다정이도 왔구나."

다정이는 계 총무의 조카였다. 이어 여선생이 인사했다.

"바쁘신데 죄송해요, 박사님."

"아이구, 아닙니다. 힘든 일도 아닌데요, 뭐."

선생님이 인사하자 우르르 따라온 아이들이 한꺼번에 인사했다.

"안녕하세요…."

"어서들 와라, 우리 공주들."

용 박사가 반갑게 인사를 받으며 여선생과 다른 아이들에게도 구명조끼를 입히고 보트에 태웠다. 아이들이 많아 두 대의 보트에 분승했다.

수상 스키장에 도착한 용 박사가 선생님을 따로 불렀다.

"조명 연출하는 분이 친구 분이라고 하셨죠?"

"네, 박사님."

무슨 영문인지를 몰라 여선생이 어리둥절했다.

"저…… 놀라지 마시고 제 말을 잘 들으십시오."

여선생이 더욱 어리둥절했다. 옆에 있는 두 남자가 모두 심각한 얼굴을 하고 있어 분위기는 더욱 무거웠다.

"이번 지진에 금강산댐이 터졌습니다."

"예?"

놀란 여선생이 하마터면 비명을 지를 뻔했다.

"지금 이 사실이 중도에 알려지면 질서가 무너집니다. 그러면 구조 자체가 어려워지거든요."

"다리로 나가면 되지 않습니까?"

"지금도 춘천대교와 상중도, 고구마 섬을 잇는 다리들이 자동차와 사람들로 뒤엉켜 꼼짝을 못 하고 있습니다. 그런데 이 사실이 알려져 보십시오."

"아……!"

여선생이 짧게 탄식했다.

"이제 곧 큰 배가 쉴 새 없이 다닐 테지만 우리도 모든 보트를 동원해 사람들을 실어 나를 겁니다."

여선생이 손으로 입을 가린 채 공포에 질린 눈으로 용 박사를 쳐다보았다.

"해서 말인데요…… 그 친구분을 잠시 좀 보자고 하십시오. 구조 계획을 알려드릴 테니까요."

거듭 안심하라는 용 박사의 설득에 놀란 가슴을 진정시킨 여선생이 친구에게 전화했다.

"나머지 촬영 모두 끝났니?"

"아니, 조금 남았어."

"아까는 다 끝났다고 하더니."

"주연은 끝났고 조연 촬영이 조금 남았어. 이제 다 끝나가. 그런데 왜……?"

"조용히 할 말이 있어서."

"야, 니가 목소리 깔고 분위기 잡으니까…… 죽인다. 응?"

"나 지금 웃을 기분 아니야. 그러니까 지금 선착장으로 잠시만 나와 봐. 내가 그리로 갈게."

"그래, 알았다. 금방 갈게."

용 박사가 여선생을 다시 보트에 태우고 중도로 향했다. 그런 선생님을 해인이와 아이들이 어리둥절한 눈으로 바라보았다.

"선생님 금방 오실 거니까 잠시만 기다려라."

최 형사가 궁금해하는 아이들에게 음료수를 뽑아 나눠주며 안심시키는데 계 총무가 나오며 다정이를 불렀다.

"다정아."

음료수를 마시던 다정이가 반가운 얼굴로 뛰어왔다.

"삼촌."

"드론 연습은 많이 했니?"

"해인이, 슬기, 다희하고 많이 했어"

음료수를 마시던 해인이와 슬기, 다희가 다정이 곁으로 다가와 계 총무에게 인사했다.

"안녕하세요, 삼촌."

"아이구, 우리 이쁜 친구들이 다 모였구나. 드론 연습은 잘했고?"

"상중도와 고구마 섬 사이의 다리 밑에서 교각 통과 연습을 무지 많이 했어요."

해인이가 씩씩하게 대답했다.

"교각 통과를?"

계 총무가 놀란 얼굴을 했고 동시에 최 형사도 놀란 표정을 했다.

"그 낮은 교각을 통과했다면 보통 실력이 아닌데?"

계 총무가 놀라워하는데 최 형사가

"그 정도가 되니 최우수상을 받았지 최우수상을 아무에게나 주겠습까."하며 가까이 있는 해인이와 슬기의 어깨를 다독여 주었다.

"있다가 선생님 오시면 너희 모두 빨리 집으로 가서 엄마, 아빠 모시고 단선제로 와라."

"단선제? 왜, 무슨 일 있어?"

다정이가 그렇게 말하는 삼촌을 궁금한 눈으로 쳐다보았다.

"지금 금강산댐이 터져서 위험하거든."

"예에....?"

놀란 아이들이 서로를 쳐다보다가 공포에 질린 얼굴을 했고, 이 사실을 모르는 다른 아이들은 밖에서 음료수를 마시며 자기들끼리 수다를 떨고 있었다.

아이들이 그 음료수를 미처 다 마시기도 전에 선생님과 선생님 친구가 같이 들어왔다.

"야, 빠르다. 중도엘 벌써 다녀오셨네?"

반가워하는 아이들의 눈빛에 대고 슬쩍 윙크를 한 조명 연출자가 용 박사 사무실로 들어갔다. 그런데 사무실엔 네 아이가 공포에 질린 낯빛을 하고 있었다.

"바쁘신데 이렇게 나오시라 해서 죄송합니다."

역시 어리둥절해하는 조명 연출자에게 자신과 두 저자를 소개한 용 박사가 상황을 간단명료하게 설명했다.

"예에……?"

용 박사의 첫마디에서부터 놀란 조명 연출자 김상구가 경악한 눈빛을 들어 친구인 여선생과 용 박사 일행을 번갈아 쳐다보았다. 네 아이의 공포에 질린 낯빛이 순간 이해되었고, 용 박사 일행의 심각한 분위기에 압도되었는지 자리에서 일어서던 김상구가 다시 어정쩡한 모습으로 앉았다.

"대, 댐이 무너지다니요. 그게 정말입니까?"

"예, 제가 직접 확인했습니다."

용 박사의 결연한 대답에 김상구가 불안한 마음을 감추지 못했다.

"조금 있으면 중도에 이 사실이 알려지겠지요. 그러면 그대는 질서가 무너져 구조가 어렵게 됩니다."

사태의 심각성에 놀란 김상구의 주먹이 무릎 위에서 떨고 있었다.

"어, 어떻게 해야 됩니까. 제, 제가……"

"우선 출연진부터 데리고 나오세요. 그러면 스텝진과 일부 팬들이 따라 나올 테고. 그렇게 몇 번 건너다보면 관광객들도 촬영이 끝난 줄 알고 자연스럽게 밖으로 나올 겁니다."

"아, 그러면…… 그러면 되겠군요."

까맣게 죽어가던 김상구의 얼굴에 언뜻 안도의 빛이 비쳤다.

"그럼 같이 건너가시자고요."

용 박사의 뜻을 알아차린 김상구가 급하게 자리에서 일어났다. 그와 동시에 스키장의 모든 보트도 중도로 향했다. 12인승 고무보트에는 용 박사와 최 형사가 탑승했다.

선착장에 내린 김상구가 촬영장을 향해 냅다 뛰었다. 그 뛰어가는 김상구를 보며 용 박사가 보트를 선착장에 정박시켰다.

그런데…… 헐레벌떡 달려올 줄 알았던 출연진이 20분이 지나도록 선착장에 나타나지 않았다. 기다리다 애가 탄 용 박사와 최 형사가 촬영장을 향해 달려가려 할 때였다.

땀에 흠뻑 젖은 김상구가 다급하게 달려왔다.

"죄송합니다, 박사님."

숨이 찬 김상구가 숨을 몇 번 몰아쉬며 호흡을 가다듬었다.

"말씀을 드렸더니 톱스타 주연수 씨가 완강하게 거부하는 바람에 출연진의 발이 모두 묶였습니다."

"예? 완강하게 거부해요?"

용 박사와 최 형사가 의외라는 듯 두 눈을 치떴다.

"자신을 보려고 멀리 동남아와 중국에서 일부러 왔는데 그런 팬들을 두고 어떻게 자신이 먼저 나가냐며……"

순간 용 박사와 최 형사의 치뜬 얼굴 위로 감동의 빛이 흘렀다.

"그럼 말이래요."

최 형사가 용 박사를 대신해서 말했다.

"스텝진이라도 먼저 나오면 안됨까?"

"주연수 씨가 맨 나중에 나간다 하니까 스텝진도 다 같이 맨 나중에 나가기로 했습니다."

"그냥 만들어지는 것이 아니구만, 스타라는 것이……"

용 박사가 혼잣말처럼 중얼거리다가 다시 물었다.

"그럼, 중국 배우는 어찌 됐습니까?"

"예, 중국 측 출연진과 스텝들은 먼저 나오기로 했습니다."

"그래요? 그나마 다행입니다."

"아, 저기 나오네요."

김상구가 촬영 장비를 들고 나오는 중국 스텝들을 가리켰다. 스텝들 뒤로 긴장한 출연진의 모습이 보였고 그 뒤를 팬들이 쫄래쫄래 따라오는 모습이 보였다.

갑자기 선착장이 북적댔다. 동시에 보트들이 굉음을 냈다.

보트가 스키장과 선착장을 바쁘게 오가며 스키장으로 중도의 인파들이 쏟아져 들어왔다. 마치 고였던 물이 한꺼번에 쏟아지는 듯했다.

중국 출연진과 스텝들이 안전하게 나가고 나서 아이들에게 상황을 설명하고 있는 계 총무와 여선생을 용 박사가 불렀다.

"선생님은 아이들 데리고 먼저 나가십시오. 그리고 자넨 단선제로 가서 회원들과 함께 이 사실을 춘천 시민들에게 알리게. 시청에도 알리고. 그리고 무슨 일이 있으면 전화하고."

여선생이 울상이 되어 어쩔 줄 모르는 아이들을 데리고 버스 정류장으로 나갔고, 계 총무는 급히 단선제로 향했다. 사무실에 있던 해인이와 다정이, 슬기, 다희도 빨리 피하라고 용 박사가 거듭 말했으나 해인이가 아빠를 돕다가 맨 나중에 피하겠다며 쇠고집 같은 고집을 부리는 바람에 다정이와 슬기, 다희도 해인이를 돕기로 했다.

━━

갑작스러운 인파의 쏠림에 중도가 어수선하며 질서가 무너지는 듯이 보이자 톱스타 주연수가 인파들 가운데로 나서며 사람들을 제지했다. 확성기를 짐짓 크게 틀어 영화 촬영이 진행 중임을 의도적으로 알렸다.

주연수의 의도적인 행동은 효과가 있었다.

한류스타 주연수의 촬영이 진행 중이라는 소문이 퍼지며 쏠림으로 인해 어수선하던 중도가 다시 안정을 되찾기 시작했다. 주연수를 보기 위해 팬들이 다시 중도 안으로 몰려갔다.

그런 가운데서도 중국 배우를 따라 중도를 빠져나가려는 관광객과 팬들은 꼬리에 꼬리를 물고 보트를 기다렸다.

보트와 제트스키가 잠시도 쉬지 않고 움직였다. 그 도습을 지켜보던 해인이가 제트스키에 플라이피쉬를 달고 관광객을 실어 날랐다. 용박사에게 배운 해인이의 제트스키 솜씨는 제법이었다. 플라이피쉬에 네 명을 태우고 제트스키에도 두 명을 태워 부지런히 인파를 날랐다.

해인이가 제트스키를 몰고 인파를 나르자 다정이는 드론으로 그 모습을 촬영했다. 중도의 주연수 모습도 찍고 보트로 관광객을 부지런히 실어 나르는 용 박사의 모습도 찍었다. 슬기와 다희는 보트에서 내린 관광객들을 밖으로 안내하고 있었다.

기름이 떨어진 보트에 기름을 채우고 다시 나가기를 수차례……
중도 선착장의 큰 배들인 유람선들이 움직이길 눈 빠지게 기다리는 용 박사와 최 형사의 눈에 중도 선착장은 요지부동이었다. 정해진 시간에 움직이는 배들 외에는 이렇다 할 움직임이 없었다. 용 박사와 최 형사의 등줄기가 자꾸만 오싹거렸다. 스키장의 보트로는 밤을 새워 날라도 못다 할 인파였다.

"박사님, 도청으로 전화해볼까요?"

"그래, 한 번 더해 봐."

최 형사가 도청 당직실로 전화했다. 중도의 관리는 강원도청에서 하고 있기 때문이었다.

"혹시 전방부대에서 무슨 전화 안 왔슴까?"

"전방부대요?"

생뚱맞은 투였다.

"금강산댐에 관한 전화 말임다."

"아, 그 용 박사라는 사람 말입니까?"

"그기 아니라 전방부대요, 전방부대."

최 형사가 느닷없이 소리를 꽥 질렀다. 그러자 전화받는 사람이 놀랐는지 목소리가 당장 가늘어졌다.

"예, 없었습니다. 그런데 무슨 일이지요?"

"알았슴다."

신경질적으로 수화기를 놓는 최 형사의 어두워지는 안색을 바라보며 용 박사가 한숨을 내쉬었다.

"이래 가지고는 안 되겠다. 중도 선착장으로 가서 유람선을 움직이도록 설득해야겠어."

용 박사와 최 형사가 중도 선착장으로 막 나가려 할 때였다. 학생들을 버스에 태워 보내고 난 여선생이 스키장으로 다시 들어오고 있었다. 담임선생님을 본 슬기와 다희가 반가운 얼굴로 뛰어나갔다.

"선생님."

아이들이 마치 사지에서 부모를 만난 얼굴이었다.

"아니, 같이 피하지 않으시고요?"

용 박사가 어리둥절해서 물었다.

"저도 명색이 학생을 지도하는 선생입니다. 눈앞에 닥친 위기를 보고 저 살 궁리만 한다면 어찌 선생이라 할 수 있겠습니까. 슬기와 다희, 해인이와 다정이도 저렇게 열심인데요."

"하지만 이곳에선 선생님께서 하실 일이 없습니다. 그러니 빨리 가셔서 주변의 아는 분들을 한 분이라도 더 피신시키십시오. 그것이 더 큰일일 수도 있습니다."

"큰일을 하자는 것이 아니라 이곳에서 관광객들을 돕고 싶다는 것뿐입니다."

의외로 여선생이 완강했다.

"글쎄, 선생님께서 하실 일이 없습니다. 이곳엔."

"찾으면 모든 게 다 일입니다. 중도에서 나오신 분들이 아직 위기상황임을 모르고 있고 또 높은 곳으로 피하라는 말씀도 안 하셨습니다. 위기상황을 설명하자면 영어를 잘하는 사람이 필요합니다."

순간 용 박사와 최 형사의 머릿속으로 찡 하는 충격이 일었다.

"선생님 말씀이 옳기는 하나…… 지금 여기엔 영어를 유창하게 하는 사람도 없고……"

"잘하는 영어는 아니나 한때는 영어로 연극을 했던 적도 있었습니다. 필요하시다면 관광객들에게 영어로 위기상황을 설명하겠습니다."

"……?!"

어눌한 표정이던 용 박사의 얼굴이 밝아졌다.

"아이구, 감사합니다. 선생님 덕분에 큰 부담을 덜게 됐습니다."

용 박사가 진심 어린 눈으로 여선생을 바라보았다.

"핸드 마이크가 있으면 좋겠는데요."

"아, 네. 사무실에 여러 개 있습니다."

대답과 함께 용 박사가 사무실에 비치된 여러 개의 핸드 마이크 중 성능이 좋은 핸드 마이크를 여선생에게 건넸다.

"그럼 지금부터 관광객들에게 설명하겠습니다."

"예, 그렇게 하시지요. 선생님."

핸드 마이크를 받아 든 여선생이 스키장 출입구로 자리를 옮겨 유창한 영어로 상황을 설명하기 시작했다. 그러자 놀란 눈을 치뜬 관광객들이 여선생이 가리키는 방향으로 뛰어가기 시작했다. 그 모습을 바라보는 용 박사와 최 형사가 마치 큰 짐을 덜은 듯이 기꺼워하며 중도 선착장으로 보트를 몰았다. 중도 선착장엔 대형 유람선이 여러 대 있다. 그 배를 움직이기 위함이었다.

혼란

고신백 서울시장이 시청 종합상황실로 들어섰다. 추석 연휴만큼이나 긴 광복절 연휴를 대비하기 위해 고 시장이 시청 별관에 종합상황실을 설치해 둔 것이었다.

사전 연락도 없이 들어서는 시장을 보자 당직 직원들이 놀라 혼비백산했다. 심각하게 굳은 시장의 얼굴에서 무언가 심상치 않은 사건이 있음을 직감으로 느낀 직원들이 한가하게 마시던 찻잔을 내려놓고 시장 앞으로 모여들었다.

"상황실장 어디 있습니까?"

그 한 마디에 한 직원이 득달같이 내달려 상황실장실로 향했다.

"군부대나 국정원에서 연락 온 거 없습니까?"

고 시장이 상황실 가운데로 들어서며 물었다.

"예, 없습니다."

그중 나이 많은 직원이 놀란 표정으로 어눌하게 대답했다. 다른 직원들은 '전쟁이 난 건가?'하는 표정들이었다.

심각한 얼굴의 고 시장이 자리에 앉아 생각에 잠겼다. 접경지대의 군부대가 이런 상황을 모르고 있다는 것이 마음에 걸렸다. 더구나 국정원조차 모른다면 심각한 상황이라고 생각했다.

시장이 심각하면서도 골똘한 표정으로 앉아 있자 둘러선 직원들이 시장의 얼굴만 바라보았다. 그때 상황실장이 허둥지둥 달려왔다.

"군부대나 국정원에서 뭔 연락 없었어요?"

죄송한 낯빛으로 달려오는 상황실장에게 고 시장이 먼저 물었다.

"없었습니다, 시장님."

상황실장이 대답하면서도 궁금한 얼굴을 했다.

"지진이 난 건 알고요?"

"예, 긴급 재난문자를 보고 알았습니다."

상황실장도 함성을 지르느라 지진의 진동은 크게 못 느꼈다.

어눌한 표정의 상황실장과 궁금해하는 직원들을 향해 고 시장이 심각하게 말했다.

"그 지진에 금강산댐이 터졌답니다."

고 시장의 그 한마디에 상황실장과 직원들의 놀라 벌어진 입이 다

물어지지 않았다.

"김 실장이 모르고 있다면 서울시민 모두가 모르고 있고, 대한민
국 국민 모두가 모르고 있을 겁니다. 접경지대 군부대도 모르고 국정
원도 모르고······."

"시장님, 그것이 사실이라면 먼저 확인부터 해봐야 하지 않겠습니
까?"

상황실장이 오히려 다급하게 말했다.

"부시장조차 연락이 안 되는 마당이니 확인이 어렵다는 것은 사실
이기는 하나 그렇다고 가만있을 수는 더욱 없어요. 서울시민과 수도권
시민들의 생사가 달려 있으니까요."

상황실장과 우 둘러선 직원들의 표정이 다급해졌다. 시장의 말씀
이니 믿지 않을 수 없는 일이었다.

"다른 일은 잠시 접고 일단 금강산댐 확인부터 ㅎ-세요. 급합니
다."

시장의 지시에 상황실장과 상황실 직원들이 제자리로 돌아가 육
군본부와 화천지역 부대 등에 전화하기 시작했다.

━━

"그렇잖아도 박사님께 도와달라는 연락을 드리려던 참이었는데
이렇게 와주시니 텔레파시가 통했나 봅니다."

"그렇습니까?"

중도 선착장 박 사장의 파안대소에 용 박사와 최 형사가 안도했다.

"저 다리 좀 보십시오."

박 사장이 춘천대교를 가리켰다. 춘천대교는 양 차선이 모두 막혀서 움직이지 못하고 있었다.

"지금 몇 시간째 저러고 있거든요. 저러니 다리를 통해 나가는 것은 틀렸고 배를 이용해 나가는 수밖에 없는데 생각보다 관광객들이 많아서 고민하고 있던 참이었습니다."

해가 지기 전에 저 관광객들을 실어 내자면 지금부터 모든 배를 총동원시켜도 될까 말까 합니다. 그래서 염치 불구하고 박사님께 연락 드리려던 참이었는데……"

박 사장이 또 한 번 하하하고 웃었다.

"나도 그래서 왔습니다. 저 많은 관광객들을 우리 보트로 실어 나르기엔 무리가 있어서요."

"예? 그게 무슨 말씀입니까?"

웃던 박 사장이 웃음을 그치고 궁금한 얼굴을 했다.

"예. 실은……."

용 박사가 지금껏 있었던 일들을 차분하게 설명했다. 그러자 깜짝 놀란 박 사장이 자리에서 벌떡 일어났다.

"저, 정말입니까?"

용 박사가 놀라 화등잔 같은 눈을 든 박 사장을 향해 대답 대신 고개를 끄덕였다.

"이, 이걸 우째······"

용 박사가 거짓말할 사람이 아니라는 것을 누구보다도 잘 아는 박 사장이었다.

"박사님 회원들은요? 피신시켰습니까?"

"우리 회원들은 칠전동 수련장에 모여 있습니다. 축구 응원 같이 하자는 핑계로 모이라 했는데 이제 곧 계 총무가 회원들과 함께 춘천 시민들 대피시키러 나갈 겁니다."

"그렇습니까? 아이고······ 이거 클 났네."

까맣게 죽어가는 안색의 박 사장이 담배를 꺼내 무는데 그 손이 떨렸다. 담뱃불을 붙이고 난 박 사장이 피우지도 않은 생담배를 초조한 기색으로 비벼 끄고는 직원들을 소집했다. 오래지 않아 직원들이 모여들었다.

"축구도 이기고 있어 기분이 좋은데······ 이 기분을 살려 오랜만에 회식하는 것이 어떻겠습니까?"

떨리는 가슴을 진정시킨 박 사장이 말문을 열었으나 말하는 박 사장의 기색이 어두웠다. 아무것도 모르는 직원들은 회식이라는 사장의 말에 뜬금없는 표정을 지었다.

"오늘은 내가 푸짐하게 낼 테니까 가족들과 같이 식사라도 하며 맘껏 드십시다. 괜찮겠습니까?"

다른 사람도 아닌 사장이 직접 푸짐하게 내겠다는 말에 어리둥절
하던 직원들이 이내 좋아라 했다.

"회식 장소는요?"

"칠전동에 있는 토속 숯불갈비집 아시죠? 여기서 저 고개만 넘으
면 높은 언덕 위에 있는……"

"뭘 그렇게 멀리 가십니까? 길 건너 바로 앞에도 있는데요."

장소를 물은 그 직원이 토를 달았다.

"아, 그건 묻지 말고. 오늘은 내가 특별하게 한턱 쏠 테니까. 그리
고 특별 보너스도 한 보따리 내고."

특별하게 한턱 쏜다는 말과 특별 보너스라는 사장의 말에 회식·장
소가 멀어 시큰둥하던 직원들의 눈빛이 궁금증으로 빛났다.

"특별 보너스라는 건 뭔가요?"

큰 여객선 선장이 궁금한 얼굴로 물었다.

"궁금하지요?"

"예, 사장님."

박 사장이 궁금한 눈빛으로 바라보는 직원들을 찬찬히 둘러보고
나서 말문을 열었다.

"그게 뭐냐 하면 말이지요."

"……?"

"우리 직원들 가족 중에서 회식장소에 1등으로 오신 가족에게
는……"

사장이 뜸을 들이자 직원들은 더욱 궁금한 눈빛이었다.

"스무 돈(약 80g) 짜리 행운의 황금 열쇠를 드리겠습니다."

순간 직원들의 입이 딱 벌어졌다. 이게 뭔 말인가 싶어 귀를 의심하는 눈치였다. 금 한 돈도 비싼데 스무 돈이라니…… 놀란 직원들이 수군댔다.

직원들이 수군대건 말건 박 사장이 다음 말을 이었다.

"2등으로 오신 가족에겐 열 돈(약 40g) 짜리 목걸이."

또다시 입이 벌어졌다. 대체 이게 무슨 말인가. 날씨가 더워 돌았나, 사장이 제정신이 아니라고 생각했다. 그렇거나 말거나 박 사장의 발표는 이어졌다.

"3등으로 오신 가족에게는 다섯 돈(약 20g) 짜리 반지를 드리겠습니다. 아시겠습니까?"

직원들이 웅성댔다. 다섯 돈짜리 반지 정도는 이해한다는 투였다.

"알아들었으면 빨리 전화들 하세요."

스무 돈이면 얼마야, 손가락을 꼽아 계산하던 직원들이 고개를 외로 꼬며 뭉그적댔다. 그러자 박 사장이 다시 소리 높여 외쳤다.

"뭔 말인지 몰라? 황금열쇠가 싫어요? 그럼 다 취스하고 여기서 할까? 번개탄 피워놓고……?"

"아, 아닙니다, 사장님."

번개탄이라는 말에 화들짝 놀란 직원들이 박 사장을 다시 쳐다보았다.

"그럼 빨리 전화들 하세요. 맘 바뀌기 전에……"

놀란 직원들의 눈이 동그랗게 치떠졌다. 사장의 맘이 바뀌면 번개탄이다. 그렇잖아도 더워 죽을 판인데 사무실에다 번개탄 피워놓고 삼겹살을 굽는다는 것은…… 그건 회식이 아니라 고역이었다. 그놈에 질식할 것 같은 연기…… 사장의 맘이 바뀌면 큰일 날 판이었다.

사장의 태도로 보아 황금 열쇠가 진짜인 거 같았다. 눈치를 살피던 직원들이 잽싸게 스마트폰을 꺼내 들었다.

이유는 묻지 말고 빨리 서둘러라. 1등은 스무 돈 짜리 황금 열쇠다. 황금 열쇠가 경품으로 걸렸다는 말들이 풍선처럼 부풀어 오르며 갑자기 사무실이 악머구리 끓듯(왕 개구리가 한데 모여 시끄럽게 우는 소리)했다. 빨리빨리 소리가 여기저기서 튀어 올랐다.

아이들도 빠짐없이 데리고 오라 했다. 사장님이 푸짐하게 쏘신다는 말을 특히 강조하며 숨이 넘어가는데 전화 받는 사람이 얼른 알아듣지 못했는지 달아오른 직원들이 전화통에다 대고 열불을 냈다.

어떤 직원은 전화를 하다 말고 바락 악을 써 댔다. 아마 눈치 없는 마누라가 꼬치꼬치 물은 모양이었다. 가까운데도 많은데 왜 굳이 칠전동 꼭대기까지 가서 회식을 하느냐고…… 그러자 여편네가 어쩌고 하는 소리가 들리다 사라졌다.

그때 최 형사의 전화가 울렸다.

"최 형사님, 저 고신백입니다. 승주 옆에 있으면 부탁합니다."

최 형사가 놀라다 말고 스마트폰을 용 박사에게 건네며 서울시장 님이라고 했다.

"네, 시장님."

"전화가 안 된다. 장관들은 대통령 모시고 모두 유럽 순방 나갔고, 우리 시청도 종합상황실 당직자들 외에는 아무도 없어. 재난본부도 전화가 안 되고. 너 그 카메라 가지고 있나?"

"추락할 때 물에 빠져 잃어버렸어요."

"어쩌면 좋으냐? 그 동영상이라도 있으면 언론사에다 바로 연결해서 시민들을 대피라도 시킬 텐데…… 이 넓은 시청에 당직자들과 나뿐이다. 너는 더 힘들지?"

"몇 안 되지만 그래도 내 말을 믿어주는 사람들이 있어서 같이 움직이고 있어요."

"지금 이 상황은 대통령께 긴급 보고를 드려야 되는 상황인데 증거가 없으니 보고도 못 드리고. 정신들이 온통 축구에 쏠려 있으니……"

"가장 믿을 수 있는 사람에게 계속 전화해 보세요. 쉬는 날이라도 시장님 전화를 받는 사람이 있을 테니까. 서울과 수도권 시민들의 생사가 달린 문제예요."

"그래, 니 말이 맞다. 내가 다시 전화해 볼게."

"시간이 없어요, 시장님."

"알았다."

"힘내요, 형."

"니가 고생이 많지. 힘내라, 승주야."

"네. 고마워요, 형님."

대답을 끝으로 용 박사가 스마트폰을 최 형사에게 건네는데 박 사장이 웃으며 선후배 간 격려가 보기 좋습니다, 했다.

"서울이 걱정되어서요."

"이럴 때 평화의 댐이 제 역할을 해준다면 얼마나 좋겠습니까?

"천운이 도와 그럴 수만 있다면 정말 다행일 텐데요, 박 사장님."

용 박사가 말끝에 입술을 물자 그런 용 박사를 보다 말고 박 사장이 직원들을 향해 큰 소리로 말했다.

"전화 다 했으면 내 말을 잘 들으세요."

직원들이 다시 박 사장 앞으로 모여들었다.

"우리가 회식 장소에 좀 더 일찍 가자면 지금부터 모든 배를 다 동원해서 쉴 새 없이 관광객들을 날라야 합니다."

직원들이 고개를 끄덕였다.

"그리고 용 박사님이 보트를 동원해서 벌써부터 움직이고 계셨으니까 좀 더 수월 할 겁니다. 그러니 우리도 힘을 내서 움직여 봅시다."

용 박사가 벌써부터 관광객들을 실어내고 있었다는 말에 직원들이 박 사장 옆에 서있는 용 박사와 최 형사를 놀란 눈으로 쳐다보았다.

"자…… 시작합시다."

사장의 지시에 직원들이 움직였다. 단걸음에 달려 나가면서도 그들은 용 박사와 최 형사에게 수고 많다는 인사를 잊지 않았다.

배를 몰면서도 신바람이 났다. 회식할 생각만으로도 군침이 도는데 스무 돈짜리 황금 열쇠라니……?

그걸 받아 마누라 품에 떡 안기면 몇 달 동안은 남편 대접을 잘 받을 거 같았다. 생각만 해도 가슴이 짜릿했다. 아무튼 기분이 최고라 더위가 싹 물러간 듯했다.

그렇게 움직이는 직원들을 바라보며 박 사장도 집으로 전화했다. 전화를 순순히 받는 모양이었다.

"수고하셨습니다, 박 사장님."

용 박사가 박 사장의 손을 잡았다.

"수고랄 게 뭐 있습니까? 당연히 할 일을 하는 거뿐인데요."

"그런데 아직도 사이렌이 울리지 않는 걸 보면 먼가 이상하지요?"

"차라리 잘됐지요. 지금 사이렌이 울리면 춘천뿐만 아니라 중도가 아수라장이 될 겁니다. 놀란 우리 직원들도 피난부터 걸 꺼구요…… 그러면 중도 관광객은 누가 실어내겠습니까?"

그 말에 용 박사가 투박한 박 사장의 손을 두 손으로 감싸 쥐었다.

"박 사장님……"

직원들에게 댐이 터졌다는 말을 끝까지 하지 않은 이유가 그것이었다.

"무엇보다 배가 부족합니다."

박 사장의 눈이 충혈되어 가고 있었다. 지금부터 쉴 새 없이 움직인다 해도 위기를 벗어나지 못할 것 같았다.

"배가 부족합니다. 배가……"

입술을 무는 박 사장의 눈이 더욱 벌겋게 충혈 되었다.

인품으로 보아 박 사장은 관광객을 두고 등을 돌릴 사람이 아니었다. 단 한 사람이 남아있더라도 끝까지 배를 몰 사람이었다. 벌겋게 충혈 된 눈이 박 사장의 그런 속마음을 말해주고 있었다.

"제가 다른 보트장에 협조를 요청해 보겠습니다."

그런 박 사장의 눈을 보며 용 박사 역시 입술을 굳게 물었다.

"여러 보트장에서 도와만 준다면 큰 힘이 되지요. 박사님."

박 사장이 나머지 손으로 용 박사의 두 손을 감쌌다.

눈앞에 닥친 위기를 극복하기 위해 두 사람이 의기를 모았다. 중도 선착장이 바쁘게 돌아가는 걸 바라보며 용 박사와 최 형사가 의암호(춘천에 있는 호수)에 있는 모든 보트장에 협조를 구하기 시작했다. 그러자 놀랍게도 보트들이 용 박사가 있는 수상스키장으로 모여들기 시작했다. 바쁜 영업시간인데도 각 보트장에서 보트들을 보내준 것이었다. 용 박사와 최 형사의 가슴이 뜨겁게 달아올랐다.

스키장에 모여든 보트들이 이미 움직이고 있는 용 박사의 보트를 따라 중도 관광객을 실어 나르기 시작했다. 의암호가 왁자했다. 분주하게 오가며 질러대는 보트의 엔진 소리가 의암호 하늘을 가득 울려댔다.

특히 해인의 제트스키가 주위의 이목을 끌었다. 제트스키에 플라이피쉬를 매달아 관광객들을 실어 나르고 있는데 관광객들이 다른 보트보다 유독 해인의의 플라이피쉬를 타겠다고 아우성이었다. 관광객들은 이것도 관광 상품 중의 하나려니 여기는 눈치였다. 다정이가 제트스키를 타고 달려오는 해인이의 얼굴을 크게 클로즈업하는데 해인이가 드론을 향해 손가락으로 V자를 보이며 윙크했다. 깜찍한 그 모습을 보며 다정이가 드론 날개를 아래위로 끄덕끄덕 움직였다.

———

흡사 태풍에 몰려오는 거대한 파도 같았다.

금강산댐에서 평화의 댐으로 이어진 물길을 따라 쏟아져 내리는 물줄기가 굽이진 산비탈을 들이칠 때는 마치 산더미 같은 파도가 작은 방죽을 덮치는 것 같았다.

엄청난 굉음과 함께 거대한 물보라를 일으키며 내리 쏟는 그 거센 물줄기에 직격탄을 맞은 산은 산 중턱까지 뭉텅 파여 나가는 깊은 상처를 입고 흙탕물은 소용돌이를 쳤다.

검붉은 물보라를 일으키며 소용돌이치는 그 흙탕물이 드디어 휴전선을 넘었다. 호호 탕탕한 기세였다. 천지를 쓸어 덮듯 쏟아져 내리는 노도(성난 듯 거칠고 세차게 소용돌이치는 큰 물결) 앞엔 거칠 것이 없어 보였다.

———

"시장님, 육군본부에서는 담당자가 확인하고 연락을 주겠다고 합니다."

당직 직원이 시장에게 직접 보고했다. 상황실장도 각 기관에 전화하느라 정신이 없다. 곧이어 다른 직원이 달려왔다.

"화천 부대에서도 확인하고 연락하겠다고 합니다."

그때 상황실장이 어눌한 표정으로 다가왔다.

"강원도청 화천군청 모두 당직자만 있고 아무도 없어서 확인이 어렵다고 합니다."

"그 사람들도 우리나 똑같겠지……"

일어섰던 고 시장이 다시 자리에 털썩 앉으며 깊은 한숨을 내쉬었다. 고개를 깊이 떨군 고 시장의 얼굴이 까맣게 죽어갔다. 어찌할 바를 모르기는 직원들도 마찬가지였다. 까맣게 죽어가는 시장의 얼굴을 바라보던 한 직원이 시원한 냉수 한 컵을 따라와 시장 앞에 놓인 테이블 위에 놓았다.

고 시장이 그 냉수를 숨도 쉬지 않고 마시고는 이내 스마트폰을 꺼내 들었다.

"원장님, 저 고신백 시장입니다."

국정원장이 반갑게 받았다.

"네, 시장님. 안녕하십니까. 국가적 행사가 한창인데 어쩐 일이십니까?"

"저도 행사에 적극 동참하다가 시청 상황실로 급하게 왔습니다.”

“상황실로요……? 무슨 일이 있습니까?”

되묻는 국정원장의 어투에 궁금증이 묻어났다.

“열한 시 반쯤에 발생한 지진에 대해 뭣 좀 확인해 보려고 전화드
렸습니다.”

“아, 그 지진이요.”

거두절미하고 물었으나 댐이 터진 사실에 대해 전혀 모르는 어투
였다.

“그건 재난본부에서 더 잘 알 것 같은데요, 시장님.”

“재난본부에 연락했더니 당직자만 있고 담당자들과는 연락이 안
됩니다.”

“그렇습니까? 황금연휴이니 다들 여행을 갔거나 아니면 축구 응
원하러들 나갔겠지요.”

“저희가 여러 곳에 전화했는데 원장님께서만 유일하게 전화를 받
으시네요.”

그 말에 국정원장이 머쓱한 표정을 지었다.

“업무 특성상 항상 대기하고 있어야 하니까요.”

“원장님, 오전 11시 24분경에 발생한 지진으로 금강산댐이 터졌
다는데 확인할 방법이 없어 전화드렸습니다.”

“예에?”

놀란 국정원장의 목소리가 수화기에 똑똑하게 들렸다.

"누구한테 들으셨습니까, 그 정보?"

"제 후배가 지질학 박사인데 휴전선 인근까지 페러글라이더를 타고 가서 확인했습니다."

"그게 사실이라면 큰일인데, 어째 그런 보고가 저에게는 들어오지 않았는지……"

국정원장의 한숨소리가 수화기에도 크게 들렸다.

"시장님, 제가 육군본부에 확인하고 바로 전화드리겠습니다."

"감사합니다, 원장님."

"아닙니다, 저는 다만 이 일이 사실이 아니길 바랍니다. 아니 사실이 아니길 간절히 바랍니다."

"저도 같은 마음입니다, 원장님."

"확인하고 전화드리겠습니다."

"네. 감사합니다."

그나마 국정원장이 확인해 준다는 말에 힘이 난 고 시장이 전화기를 주머니에 넣고 의자 등받이에 등을 기대는데 얼굴에 핏기가 살아나는 것 같았다.

"김 실장님, 그리고 모두 이리 와 앉아 보세요."

고 시장이 테이블 앞에 앉은 상황실장과 직원들을 둘러보며 말했다.

"이제 국정원에서 확인하고 알려준댔으니 확인하는 일은 놔두고 지금부터는 비상연락망을 통해 우리 직원들…… 시청 직원들을 불러

모으세요. 일초가 급해요. 운전기사도 들어오라 하고 본청 당직자들
도 이쪽으로 오라 해서 비상 연락하라고 하세요."

시장의 단호한 지시에 상황실장과 직원들이 대답하고 제 자리로
돌아갔다.

시장 운전기사와 본청 당직자들 모두 종합상황실로 들어와 직원
들과 함께 비상연락망을 통해 전화하기 시작했다.

그러나 비상연락망은 좀체 가동되지 않았다. 휴가와 휴일은 업무
와 완전히 분리해 놓은 상황이라 쉬는 날 전화하면 개인의 프라이버시
를 침해한다고 하여 휴일에는 아예 스마트폰을 꺼놓거나 전화하지 않
는 풍습이 하나의 예절로 자리 잡은 터였다.

시청 밖 시청 광장에서는 함성이 계속해서 솟구치고 있었다. 시청
광장을 바라보는 고 시장의 얼굴이 다시 침통하게 굳어갔다. 웃어야
할지 울어야 할지 분간이 가지 않았다.

━

그 시각.....

축구 응원단과 전 국민의 우렁찬 함성을 시샘이라도 하듯 휴전선
을 넘은 시뻘건 흙탕물이 평화의 댐을 질풍노도처럼 들이치고 있었다.

어떤 수공도 막아낼 것 같이 웅장한 자태를 자랑하던 평화의 댐도
거세게 들이치는 검붉은 노도 앞에서는 항거다운 항거를 하지 못했다.

검붉은 황톳물이 평화의 댐을 쓸어 덮듯이 덮치자 평화의 댐은 삽시간에 거대한 폭포로 변해버렸고 진동하는 폭포 소리에 온 천지가 전율했다.

관광객들이 속수무책으로 그 물줄기에 휩쓸려 떠내려갔다. 관광을 끝내고 댐을 내려가던 관광버스들도, 또 주변 경관을 배경 삼아 사진을 찍던 관광객들도 천지를 쓸어 덮듯 광란하는 그 물살에 삼켜져 순식간에 사라졌다.

그러나 그것도 잠시, 거대한 폭포로 변한 평화의 댐에서 갑자기 콰콰콰쾅하는 고막을 찢듯 한 천둥소리가 들리더니 이내 폭포가 사라지고 통 물살이 마치 짙은 안개를 뚫고 별안간 눈앞에 나타난 천군만마처럼 쏜살같이 쏟아지며 굽이쳐 흘렀다.

질풍노도와 같은 검붉은 물살을 견디지 못하고 끝내 평화의 댐이 터진 것이다. 평화의 댐 광장에 세워진 평화의 종이며 사진들이 광란하는 그 시뻘건 물줄기에 힘없이 무너져 떠내려갔다.

평화의 댐을 무너뜨린 그 홍수가, 질풍노도와 같은 그 시뻘건 황토 흙물이 화천댐을 향해 우렛소리를 내며 달려가고 있었다.

━

중도의 질서를 유지시켜주는 것은 톱스타 주연수였다.

주연수가 마치 촬영하는 것처럼 이쪽저쪽으로 다니며 스텝들을 이끌고 다녔다. 그런 주연수가 움직일 때마다 팬들이 따라 움직이며 스마트폰으로 사진을 찍었다. 해인이를 찍던 다정이가 주연수를 촬영했다. 스키장에 앉아서 멀리 떨어진 중도의 주연수를 마치 바로 앞에서 찍는 양 바짝 끌어당겨 찍는데 다정이의 얼굴이 신난 표정이었다.

팬들이 스마트폰을 들이밀면 주연수는 의식적으로 손을 들어 손가락으로 V자를 펼쳐 보였다. 그러면 한 순간 셔터 누르는 소리가 진동했다.

그 소리에 놀란 주연수가 눈을 동그랗게 뜨고 조용히 하라는 듯 손가락을 입술 가운데에 대면 오히려 셔터 누르는 소리는 더 크게 들렸다. 영화에서 볼 수 없는 깜찍한 모습이었다.

열혈 팬들이 안달했다.

안달한 팬들이 더위도 잊은 채 주연수 찍기에 몰두했다.

주연수가 웃으면 웃는 모습을 찍고, 주연수가 앉으면 앉은 모습을 찍었다. 주연수의 모든 모습을 카메라에 담고 말겠다는 각오에 찬 모습들이었다.

주연수가 그런 팬들을 위해 아예 포즈를 잡아주었다 그러자 놀란 팬들이 환호하며 주연수 앞으로 몰려들었다.

그뿐 아니었다. 사진도 같이 찍었다. 그러자 더욱 놀란 팬들이 환희 가득한 얼굴로 달려와 주연수 곁에 바짝 섰다.

사진 촬영이 시작되면서 서로 가까이 가려는 팬들과 관광객들로 촬영장이 북새통을 이뤘다. 촬영장이 한동안 난장판이나 다름없었다.

그래도 주연수는 아랑곳하지 않고 사진을 찍었다.

몰려든 팬들이 주연수와 함께 사진을 찍고 또 찍었다. 둘이 살짝 찍고 다시 단체로도 찍고……

밀치고 당기며 복작대긴 해도 이런 기회는 좀처럼 없었다.

사진을 같이 찍은 팬들이 고마워했다. 톱스타 주연수가 이렇게 겸손할 줄 몰랐다며……

스마트폰과 디지털카메라를 요리조리 돌려가며 잘 나온 사진을 찾다가 자기들끼리 웃고 떠들며 자랑하기를 마다하지 않았다.

이미 사진을 찍은 사람은 사진 찍으러 달려가는 사람을 향해 웃어주었다. 주연수를 사랑하는 팬이라면 너, 나 없이 모두 소중한 순간이 아니겠는가.

어저께 저녁 바로 이 자리에서 주연수를 위한 작은 모임이 있었다. 주연수 팬클럽이 주최한 행사였는데 그 모임에서 영화의 주제곡이 선을 보였다. 선율이 고운 곡이었다.

그 고운 선율이 노을 진 강물 위를 물새처럼 나르고 석양이 명경(거울) 같은 호수를 붉게 물들여 보는 이의 가슴에 추억을 아로새겨 수놓아주는…… 호반의 벤치는 그대로 그림이었다.

떨어지는 낙조(석양)처럼 음악도 그렇게 흐르고 있었다. 이대로 시간이 멈추었으면 싶었다.

붉은 노을에 감싸인 호숫가 중도에서 사람들은 오래 두어도 좋을 감동을 주연수와 함께 가슴속에 차곡차곡 쌓고 있었다. 그 기억을 하는 주연수 팬들이 끝까지 남아 주연수를 지키고 있었다.

　용 박사와 최 형사의 입술이 하얗게 말라갔다. 등줄기가 오싹오싹 타들어가는 듯했다. 중도를 가득 메웠던 관광객들을 대부분 실어냈다고는 하나 그래도 관광객이 꽤 남아있었다.

　남아있는 마지막 관광객들을 모두 실어내자면 바삐 움직여야 할 것 같았다.

　스키장 바깥에 있는 콘도를 오가는 손님들이 평화로운 것으로 보아 아직 사태를 모르고 있는 것 같았다. 아니면 평화의 댐이 잘 버텨주고 있거나…… 진정 그렇기만 하다면 얼마나 다행일까 생각하며 용 박사가 스스로 위로하는데 최 형사가 스마트폰을 꺼내 계 총무에게 전화했다.

　계 총무의 전화는 계속 통화 중이었다.

　"총무님은 계속 통화 중임다. 박사님."

　굵은 땀방울이 흐르는 얼굴로 최 형사가 말했다.

　"그렇겠지. 축구 때문에 전화도 안 될 텐데 애쓰는구먼."

　용 박사가 허리를 펴며 흐르는 땀을 닦았다.

　"엄청 덥네. 땀 좀 닦고 해."

　햇볕에 벌겋게 그을린 최 형사가 수건으로 땀을 닦으며 중도를 바라보았다.

　"줄 서 있는 저 사람들이 마지막인 거 같은데요, 박사님"

　"그런 거 같다."

그때 레고랜드에서 안내방송이 나왔다. 부득이한 사정으로 오늘 행사를 마친다는 내용이었는데 한시라도 빨리 중도를 나가 높은 곳으로 피하라는 내용이었다.

그 방송으로 중도 타워에 입주해 있던 주민들이 한꺼번에 쏟아져 내려오면서 중도가 다시 인산인해가 되었다. 그나마 다행인 것은 길을 아는 중도 주민들이 춘천대교와 상중도, 고구마 섬으로 이어진 다리를 통해 가까스로 빠져나가고 있다는 것이다. 다리에 자동차와 사람들이 엉켜서 빠져나가기가 쉽지는 않았지만 그래도 피난 인파가 분산되고 있었다. 그 길을 모르는 외국 관광객들만 보트장으로 다시 몰려들었다.

"어? 인파가 다시 몰래 듣다."

최 형사가 놀란 얼굴을 했다.

"이제 촬영을 끝냈나 보네. 관강객들이 나오는 걸 보니."

안내방송을 듣지 못한 용 박사는 그렇게 생각했다. 용 박사의 그 말에 최 형사가 "아~"하며 안도했다.

"춘천대교와 상중도로 올라가는 사람들은 춘천 시민들이고, 줄을 선 사람들은 외국 관광객들이네, 보니까. 그래도 저렇게 질서가 유지되니까 얼마나 좋아. 우리가 일하기 좋잖아."

"저 많은 인파가 한꺼번에 몰래(몰려) 나오면 다 죽는 기지요, 머."

"그런 불상사를 주연수라는 스타가 막아주고 있었으니 얼마나 다행인가."

"맞습다."

"그러니 주연수야 말로 진정한 스타 아닌가. 저 살 궁리보다 팬들부터 챙기는 거 보면."

"예, 박사님. 주연수란 배우, 다시 봤습다. 참 대단함다."

잠시 숨을 가다듬은 용 박사와 최 형사가 다시 보트를 몰았다. 길게 늘어선 관광객들을 실어내기 위해서였다.

—

평화의 댐이 무너지면서 합쳐진 검붉은 물살은 그 양도 엄청났거니와 치고 나가는 파괴력도 놀라웠다. 금강산댐만 해도 저수량이 엄청났는데 급격히 높아지던 평화의 댐 물이 합쳐지면서 물의 높이와 속도, 그리고 힘이 몇 배로 불어났다.

거대한 파도같이 물마루를 이룬 검붉은 물살이 소용돌이치며 덮쳐 내리는 소리가 쿠르릉, 콰콰콰콰 하며 요란했고 솟구치는 물보라가 한여름인데도 소름이 돋도록 차가웠다.

이 속도로 내리 쏟아진다면 화천댐까지 삼, 사십 분이면 당도할 것이고, 다시 파로호의 물이 합쳐진다면 속도와 힘은 더욱 커져 마치 산꼭대기에서 일어난 눈사태처럼 걷잡을 수 없을 것이다.

그 어마어마한 홍수가 갈수록 막강한 파워를 흡수하며 새로운 힘을 확대 재생산하고 있는데 평화의 댐에서 화천댐으로 이어지는 강변로를 달리던 승용차와 화물차가 그 홍수 속으로 빨려들 듯이 사라졌다.

강 언덕에 그림처럼 지어놓은 펜션과 전원주택들도 순식간에 급류에 휘말려 사라졌다. 강력한 해일도 이보다 더 참혹할 수 없고 광란하는 토네이도도 이보다 더 전율스러울 수 없었다. 그저 쿠르릉 꾸르릉 하는 물속에서 바윗돌 구르는 소리와 보이는 건 솟구쳐 흐르는 시뻘건 흙탕물뿐이었다. 그 흙탕물 속에 집도, 자동차도, 사람도 통째 삼켜져 사라져 가고 있었다.

―――

"시장님, 큰일 났습니다. 평화의 댐이 무너졌습니다."
"그게 정말입니까?"
순간 고 시장의 가슴이 덜컹하며 얼굴이 까맣게 굳었다. 평화의 댐이 버텨주길 속으로 빌고 또 빌던 고 시장이었다.
"전방부대 부대장이 확인했고 또 저희 춘천지부 직원들이 확인했으니까 확실한 정보입니다."
틀림없는 사실 앞에서 고 시장의 미간이 경련했다. 숨이 다 멎을 지경이었다.

"홍수가 벌써 화천댐 가까이 갔다고 합니다. 저는 대통령께 보고 드릴 테니 시장님께서는 홍수에 대비하십시오."
국정원장의 음성에서 비장감이 묻어났다.
"네, 원장님. 만반의 준비를 서두르겠습니다."
그 대답과 동시에 통화를 마친 고 시장이 청와대 비서실장에게 전화했다. 비서실장이 몹시 놀라 경악해하는 음성이었다. 놀라지 않을 수 없는 국가적 재난이었다.

통화를 끝낸 고 시장이 서울과 수도권 시민들에게 긴급 재난을 알리는 일에 골몰했다. 비상연락이 안 된다면 방송을 통해서라도 서울과 수도권 시민들에게 위급상황을 알려야 하고 수도권 공무원들을 긴급 소집해야 했다.

그러나 내일이 광복절, 월차까지 낸 사람들이 있다면 그만큼 공백이 많이 생긴다. 모레나 글피까지 연락이 되지 않는다면 국가는 치명상을 입을 것이다. 연휴가 길어 고통스러워 보기는 처음이었다. 두 눈을 질끈 감은 고 시장의 한숨소리가 길어졌다.

고 시장이 용 박사 사무실로 전화했다. 통화가 안 되었다. 다시 최 형사에게 전화했다. 최 형사 전화도 안 되었다. 다급해진 고 시장의 얼굴색이 사색으로 물들었다.

금강산댐이 터진 사진을 찍은 장본인이니 평화의 댐도 터지리라 예상하고 중도 관광객들을 구출하고 있을 것이라 믿으면서도 스마트폰을 잡은 고 시장의 두 손이 떨고 있었다.

마치 쏟아져 내리는 눈사태가 설원을 덮치는 것 같았다. 물보라를 일으키며 쓸어 덮는 시뻘건 흙탕물이 순식간에 파로호를 집어삼킨 것이다. 쏟아지는 흙탕물이 파로호의 대여섯 배가 넘었다. 파로호를 덮친 물이 화천댐을 향해 질주하고 있었다.

그때까지 물고기를 건져 올리느라 분주하던 어부들과 낚시꾼들이 산더미처럼 쏟아지는 급물살에 그대로 어선과 함께 묻혔다.

파로호를 수놓던 좌대들도 물보라를 앞세운 높은 파도 앞에서는 반항 한번 못 하고 사라졌다.

"바, 박사님. 물살이 빨라짐다."

보트를 운전하던 최 형사가 놀라 소리쳤다. 순간 용 박사가 물살 주변의 바위들을 돌아보았다.

"수위(물높이)가 올라가지 않는 걸 보면 수문을 연 것 같다."

"그, 그러면 평화의 댐은 무사하다는 말씀임까?"

"그렇다고 봐야지."

용 박사가 빠르게 흘러가는 물살을 바라보며 안도의 숨을 쉬었다.

"천만다행임다. 박사님."

"중앙정부가 사태를 잘 수습하고 있었구만. 사이렌이 울리지 않는다고 괜한 걱정을 했었어."

"박사님이 먼저 보시고 서울시장님께 전화했으니까 수문 개방도 제때 된 거지 그렇잖았으면 아직도 모르고 있었을 겁다."

"정부의 대응을 보면 참 대단해. 침착하잖아. 정부가 허둥지둥 사이렌을 울리고 긴급방송을 내보냈어봐. 사람들이 얼마나 놀랐겠나."

"어쨌든 한시름 놓았슴다. 박사님."

"그래, 이제야 마음이 놓이네. 긴장했었는데⋯⋯"

용 박사의 얼굴에 비로소 화색이 돌았다.

"이제 머, 몇 사람 안 남았는데 천천히 하시죠, 박사님."

최 형사가 땀에 젖은 얼굴로 용 박사를 돌아보았다.

"그래, 그러자고."

용 박사가 순순히 대답했고 최 형사가 마지막 관광객을 태우고 있는 큰 유람선을 바라보는데 용 박사가 웃는 얼굴로 말했다.

"여선생한테 전화부터 해줘. 이제 염려 안 해도 된다고."

"예, 알았슴다."

최 형사가 전화를 꺼내는데 액정이 깨져 전화가 먹통이었다.

"왜? 액정이 나갔어?"

용 박사가 걱정스러운 표정으로 물었다.

"예, 박사님. 아까 보트에서 뛰어내리다가 선착장 난간에 부딪쳤는데 그때 깨진 거 같슴다."

"되나 안 되나 확인해 봐."

최 형사가 요리조리 살펴보며 전원을 껐다 켰다 해보았다. 전혀 움직임이 없었다.

"못 쓰겠는데요, 박사님."

깨진 스마트폰을 바라보는 용 박사의 얼굴이 어두워지는데 최 형사가 씩 웃으며 바지 앞주머니에서 작은 폴더폰을 꺼냈다. 비상용으로 가지고 다니는 핸드폰이었다.

"이기 요긴하게 쓰일 줄은 몰랐슴다, 박사님"

작은 폴더폰을 펴는 최 형사를 바라보며 용 박사가 웃었다.

최 형사가 여선생과 통화하는 사이 용 박사가 보트를 몰았다. 운전하는 용 박사의 모습이 시원해 보였다.

여선생과 통화를 끝낸 최 형사가 다시 계 총무의 전화번호를 누르려는데 그 계 총무에게서 전화가 왔다.

"하이고, 참 내. 지금 막 버튼을 누를라고 하는 참이었는데."

"그래? 역시 잘 통하는구만. 자네 폰이 안 되더라고. 전원이 나갔데. 그래서 비상 폰으로 한 건데."

"예, 폰이 깨졌슴다. 그런데 뭔 내용 없슴까?"

"아, 조금 전 방송에 자막이 나왔어. 수문을 개방한다고. 그래서 염려가 돼서 전화했지."

"어쩐지…."

"왜, 무슨 일 있나?"

"물살이 빨라지더라고요. 그래서 드디어 올게 왔나 보다 하고 놀래 자빠질라고 했는데 박사님이 수문을 연거 같다고 하새서 안심했슴다. 그리고 주연수 씨한테 안심하라고 전화하고 그리고 바로 총무님한테 전화를 한 건데……"

"주연수 씨한테 직접?"

갑자기 계 총무의 목소리가 올라갔다.

"아니래요. 여선생님한테……"

"아, 그래. 그 조명 연출자가 친구라 했지."

"예."

"어쨌든 수고 많아. 아마 평화의 댐이 제 역할을 톡톡히 하나

봐.”

“그런 거 같습다. 그런데 축구는 어떻게 되고 있습까?”

“삼대 영으로 우리가 이겼어.”

“아우, 잘 됐네요. 내년엔 더 볼만 하겠는데요?”

“이를 갈며 준비하겠지. 우린 지금 중앙로 일대를 돌고 근화동으로 가고 있다. 사람들이 반신반의하는데..... 어쨌든 힘내.”

“알겠습다. 총무님. 이제 출연진만 나오면 됨다.”

“그래, 빨리하고 와. 우리도 곧 들어갈 테니까.”

“예. 총무님.”

　·

　　　━━━

화천댐을 무너뜨린 물줄기가 춘천댐을 향해 노도와 같이 밀려들고 있었다. 파로호를 합친 물은 처음보다 더욱 늘어 그 위력은 가히 폭발적이었다. 속도가 더욱 빨라지고 있었다.

빠른 속도만큼 파괴력도 엄청났다. 굽이진 산모퉁이는 여지없이 뭉텅 파여 나갔고 그 여파로 굽이졌던 물길이 직선으로 뚫리고 있었다.

정오를 지난 해가 서쪽으로 기울고 있었다. 그 뜨거운 태양 아래서 화천이 대공황 속으로 빠져들고 있었다. 화천 읍내가 물에 휩쓸려 잠긴 것이다.

고 시장과 국정원장이 사력을 다해 비상연락망을 두드린 끝에 다행히 재난안전본부 소속의 공무원들이 속속 사무실로 복귀하고 있었다. 뿐만 아니었다. 경찰과 소방공무원들도 함께 움직이고 있었다.

강원도청과 강원 재난본부로 전화가 빗발쳤다. 그 전화는 다시 중앙재난안전본부로 이어졌다.

"시장님, 화천댐이 무너졌다고 합니다."

"홍수의 직접 피해를 입는 한강 주변의 모든 구청에 연락해서 시민들을 대피시키세요."

시청 상황실에서 보고 받던 고 시장이 소리쳤다. 시장의 긴박한 지시에 긴급 복귀한 시청의 공무원들이 바삐 움직였다. 그러나 그 숫자는 평상시의 삼분의 일도 안 되는 작은 수였다. 당연히 차질이 빚어지고 있었다.

각 구청엔 공무원들의 복귀가 늦어지고 있었다. 비상 연락을 받은 구청장들은 헐레벌떡 들어왔으나 황금연휴와 축구 승리, 그리고 그 승리를 자축하는 뒤풀이까지 연이어 벌어지며 전국이 축제 분위기에 휩싸이자 직원들이 마음 놓고 축제를 즐기고 있었다.

방송국도 마찬가지였다. 긴 황금연휴에 맞춰 녹화방송만 틀어놓고 생방송은 없는 상황이었다. 방송기자 몇 명만이 방송국을 지키고 있었다.

우선 급한 것이 북한강 주변에 현 상황을 알리는 일인데..... 평화의 댐이나 화천댐이 터진 현장을 촬영해 긴급 방송으로 내보내야 하는 그 긴급한 일을 담당해야 할 담당자들이 없었다. 그저 발만 동동 구르는 상황이었다.

　더위도 잊은 채 근화동 일대에서 사실을 알리고 효자동으로 자리를 옮기던 계 총무의 스마트폰이 발악하듯 진동했다. 화천출장소에 근무하는 직원이었다.

　"그, 그게 무슨 소리야. 김 기자. 다시 말해봐. 화천댐이 무너지다니."

　순간 같이 움직이던 회원들이 목소리를 죽이고 계 총무의 전화에 귀를 기울였다.

　"그게 사실이라면 난리 났네. 그래, 알았어. 김 기자. 자네라도 빨리 피해."

　통화는 간단했으나 그 여파는 핵폭탄 수준이었다.

　"이거 큰 났습니다."

　계 총무가 부회장 옆으로 다가갔다.

　"부, 부회장님. 화천댐이 무너졌답니다."

　"머시라. 화천댐이 무너져? 그기 먼 소리여, 시방. 방송에는 아무 일 없다잖았어."

　놀란 부회장의 두 눈이 휘둥그레졌다.

　"우리 직원의 말로는 지금 화천 읍내가 물에 완전히 잠겼다는 겁니다."

　"머, 머라. 그러면 그다음은 춘천댐…… 아이고 이를 어째. 춘천댐에서 중도는 지척 간인디…… 박사님 헌티 전화부터 해보셔. 언능

피하시라고."

발을 구르는 부회장 앞에서 계 총무가 급하게 단축 버튼을 눌렀다.

"예, 총무님."

최 형사의 목소리가 씩씩하게 울렸다.

"최 형사, 빨리 피해, 급해. 화천댐이 터졌어, 박사님은 어디 계시나."

계 총무의 말이 빨랐고 듣는 최 형사의 두 눈이 커졌다.

"주연수 씨가 탈진해 쓰러졌는데 여선생 하고 같이 부축하러 가셨습다. 그런데 화천댐이 정말 무너졌습까?"

"그래, 화천지사에 있는 직원한테 전화가 왔는데 화천 읍내가 물에 완전히 잠겼데. 그러니 박사님 모시고 빨리 나와. 급해."

"예, 총문님. 알았스……"

채 말이 끝나기도 전에 폴더폰을 접은 최 형사가 보트를 선착장에 묶어두고 용 박사를 향해 달렸다.

평화의 댐이 안전하다는 소식을 들은 주연수가 갑자기 탈진 증세를 보인다는 전화를 받고 여선생이 하얗게 질려서 뛰어왔었다. 그 여선생을 싣고 급히 중도로 달려간 용 박사와 여선생이 20분이 지나도록 나오지를 않자 보트에서 대기 중이던 최 형사가 궁금히 여기던 차였다. 그런데 화천댐이 무너지다니…… 뛰 닫는 최 형사의 머릿속이 바쁘게 돌아갔다.

"박사님!"

댓바람에 달려간 최 형사가 숨이 턱에 닿은 채로 용 박사를 불렀다.

여선생과 함께 간이침대에 누운 주연수를 돌보던 용 박사가 놀라 일어섰다.

"크, 큰일 났슴다. 박사님."

최 형사의 태도에 위기를 직감적으로 느낀 용 박사가 최 형사를 데리고 조용한 곳으로 갔다.

"화천댐이 무너졌슴다."

순간 용 박사의 안색이 핼쑥하게 식었다.

"빨리 나가세."

더 묻고 자시고 없었다. 금강산댐이 터진 걸 두 눈으로 직접 목격한 주인공이었다.

"전화해서 보트를 이리 다 모이라고 해. 여기 남아있는 사람 모두 다 나가야 되니까."

최 형사가 전화로 스키장 코치들을 불러 모으고 있는데 계 총무에게서 전화가 왔다.

"나왔어?"

"나갈라고 하는 중임다."

"빨리 나와, 급해."

애가 타는 듯한 계 총무의 목소리였다.

"예, 이제 우리만 나가면 됨다, 주연수 씨를 부축해서 곧 나갈 겁다."

"주연수 씨를…… 부축해?"

"주연수 씨가 쓰러졌습다."

"머, 뭐야? 쓰러져? 언제?"

"평화의 댐이 안전하다고 하니까 그제서 안심이 되는지 탈진해 쓰러졌는데 여선생님 하고 박사님이 급히 달려가서 지금껏 돌보는 중이었습다."

"아이구, 급해 죽겠는데 왜 또 이럴 때 쓰러지냐. 그래, 괜찮은 거 같아?"

"부축하면 걸을 수는 있을 거 같습다. 지금 다 같이 모시고 나갈 겁다. 수련장으로 바로 갈 겁다. 총무님."

"그래, 조심하구. 빨리 나와. 이제 우리도 단선제로 들어가려고 한다."

"예."

그때 용 박사가 전화기를 달라고 했다.

"잠시만요, 박사님 바꿔 드리겠습다."

전화기를 든 용 박사가 빠르게 말했다.

"그 김 기자에게 전화해서 지금 상황을 동영상으로 찍어 자네에게 보내라고 해. 자네는 그걸 본사로 보내고. 아, 서울시청 상황실에도 보낼 수 있으면 보내봐. 서울시에 도움이 될 테니까."

"네, 알겠습니다. 박사님. 그건 제가 바로 할 테니까 빨리 나오십시오. 우리도 수련장으로 바로 가겠습니다."

"그래, 지금 나가고 있다."

전화기를 받은 최 형사가 전화기를 접어 바지 주머니에 넣고 춘천 대교를 바라보는데 차들이 엉킨 채 방치되다시피 했다.

쓰러진 주연수를 부축해서 일으키는 용 박사의 마음이 급했다. 우선 빨리 걸을 수 있는 스텝진과 장비들을 먼저 싣고 나가라고 했다. 우물쭈물할 시간이 없었다. 누구라도 먼저 나가는 것이 상책이었다.

김 기자에게 받은 동영상을 그대로 본사와 서울시청 종합상황실로 보내고 난 계 총무가 부회장과 박달수 사장을 바라보며

"우리가 이러고 있을 때가 아닙니다. 뭐라도 해야 됩니다." 며 당장 방향을 틀어 중도로 달려갈 태세였으나

"우리가 가면 오히려 짐이 된다."는 부회장의 말에 계 총무가 단선제를 향해 액셀을 밟았다.

━━

동영상을 보던 고신백 시장이 자리에서 벌떡 일어나 소리쳤다.

"중앙재난본부에 이 동영상을 보내고 서울과 춘천, 가평, 남양주에 사이렌을 울리라고 하세요. 지금 빨리."

그렇게 소리친 고 시장이 급히 시청 광장으로 향했다. 그 뒤를 수행비서와 운전기사가 급하게 뒤따랐다.

수많은 인파가 대형 전광판을 중심으로 둥그렇게 앉아 승리 뒤풀이를 하는 시청 앞 광장에서 고 시장이 방송 센터를 찾고 있었다. 응원하는 모습을 찍어 본사로 보내는 생방송 중개센터인데 인파가 많아 찾기가 어려웠다.

수행비서와 운전기사, 고 시장이 한 참을 찾은 끝에 방송기자와 마주하게 되었다.

땀에 젖은 고 시장이 기자에게 현재 상황을 설명하고 이 사실을 방송을 통해 빨리 알려야 한다 하자 놀란 기자가 카메라 앞에 고 시장을 바로 세웠다.

대형 전광판에 얼굴이 땀범벅인 채로 마이크를 든 고 시장이 나타나자 순간 뒤풀이를 하던 전국의 응원인파가 어리둥절했다. 서울시장이 웬일인가 싶었다. 그런데 그 말......

"존경하는 서울시민 여러분과 춘천시민 여러분. 그리고 북한강 수계에 계시는 주민 여러분. 오늘 오전 11시 24분에 일어난 지진으로 금강산댐이 터졌습니다. 그리고 그 밑에 있던 평화의 댐도 무너졌고 조금 전엔 화천댐도 무너졌습니다."

그 말에 TV를 보던 전국의 시청자들이 놀라 경악했고 뒤풀이에 흥이 돋았던 응원객들 머리 위로 찬물이 쏟아진 듯했다. 고 시장의 말이 계속되었다.

"이제 3시간 후면 거대한 홍수가 서울 잠실에 닿을 겁니다. 북한강 수계와 한강 수계에 계시는 모든 주민께서는 물길이 닿지 않는 높은 곳으로 대피해 주시길 바랍니다. 특히 잠실과 청담동, 금호동, 반포동, 흑석동, 여의도에 계신 주민들께서는 빨리 피하시고요. 그리고 이 방송을 보시는 모든 공무원은 긴급히 복귀해 주십시오. 간곡히 부탁드립니다."

고 시장이 이마와 얼굴에 흐르는 땀을 닦지도 않은 채 간절하게 호소했다.

"더 하실 말씀은..... 더 하시죠. 급한 일인데."

"예....."

마이크를 돌려받은 기자가 마이크를 다시 고 시장 앞으로 들이밀자 다소 어정쩡하던 고 시장이 천천히 말을 이었다. 전광판에 기자와 고 시장이 주고받는 이야기가 가감 없이 그대로 보여 지고 있었다.

"아직 시간이 있으니 우왕좌왕하지 마시고 질서 정연하게 대피해 주시면 고맙겠습니다. 그리고 정말 고맙게도 우리 시청엔 전체 직원의 삼분의 일 가량 되는 직원들이 복귀하여 맡은 바 직분을 수행하고 있습니다. 정말 감사합니다."

방송센터 주변에 있던 응원객들이 그런 장면을 신기하게 여기면서도 사태의 심각성 때문인지 조용하게 그 방송을 지켜보고 있었다.

그런데 그때 대형 전광판에 홍수에 휩쓸린 화천 읍내가 비쳤다. 저층 가옥들은 완전히 물에 잠겼고 고층 아파트도 중간까지 잠긴 모습이었다. 자동차가 홍수에 휩쓸려 떠내려가고 사람들이 홍수를 피해 높은 산속으로 피하고 있었다. 화천 읍내는 검붉은 홍수의 바다였다.

짧은 동영상이었지만 놀람은 컸다. 방송을 본 전 국민과 응원객들이 얼음장처럼 차가워지며 뒤풀이 열기가 싸늘하게 식었다. 그때 또 고 시장이 전광판에 비쳤다.

"우린 이보다 더한 어려움도 이겨낸 저력 있는 국민입니다. 국민 여러분, 이 위기상황에 맞서 결연히 일어나셔서 국난 극복을 위해 힘을 보태 주십시오."

고 시장의 간절함이 그대로 나타났다. 아니 그 간절함은 전 국민과 응원객에도 전이되어 마치 제가 고 시장이 된 것처럼 위기 상황에 스스로 뛰어들었다.

먼저 시민 응원단장이 고 시장 앞으로 왔다. 자신을 소개하더니 마이크를 건네받아 한마디 했다.

"시민 응원단장 태백산입니다. 지금부터 우리는 봉사단이 되어 서울시민들을 도웁시다. 서울은 우리의 심장이고 대한민국의 상징입니다. 위기 속의 서울을 우리가 구합시다. 그리고 시장님이 말씀하신 홍수에 직격탄을 받는 지역에 계신 시민응원단 회원들께서는 그 지역에서 주민들을 도와주십시오. 우리는 할 수 있습니다."

대형 전광판에 비친 응원단장이 큰 소리로 외치자 시청 광장은 물론 전국의 응원객들이 큰 소리로 함성을 질렀다. 이어 응원단장이 대~한민국을 선창 하자 시민응원단과 전 국민이 대~한민국을 따라 외치며 서로 격려했다. 그 응원 소리와 격려의 눈빛은 결속력이 있었다. 누가 시키지 않아도 단단하게 뭉쳐지는 결속력이었다.

—

　스텝진이 신속하게 움직였다. 끝까지 남은 열성 팬들과 관광객들이 스텝진의 짐을 들어주었다. 해인이를 따라 같이 들어온 다희와 슬기가 여선생을 따라 주연수를 부축하고 다정이는 그 상황을 계속 촬영했다.

　톱스타를 가까이서 보는 것만으로도 가슴이 벅찰 노릇이었는데 그 톱스타를 부축까지 하다니 도무지 믿어지지 않는 모양이었다. 슬기가 주연수를 부축하면서도 계속 주연수의 얼굴을 쳐다보고 있었다.

　주연수를 부축해서 나오는 동안 스텝진의 일부는 건너편 스키장에 도착했고 팬들과 관광객 일부는 보트를 기다리고 있었다. 해인이가 스텝들을 태우고 스키장에 먼저 도착해 이제 곧 도착할 주연수와 아빠를 기다렸다.

　그런데 그때였다.

　생전 듣지 못한 괴상한 소리가 들렸다. 멀리서 들리는 소리는 천둥소리 같기도 하고 탱크가 지나가는 소리 같기도 했다. 땅이 흔들리고 있었다.

　놀란 팬들과 관광객들이 서로 먼저 보트에 올랐다. 동시에 관광객들을 가득 실은 보트들이 굉음을 내며 달렸다.

　주연수를 부축한 용 박사가 고무보트에 올랐다. 그 고무보트엔 여선생과 아이들 둘, 그리고 최 형사와 주연수 매니저, 조명 감독 김상구, 모두 여덟 명이었다. 고무보트는 12인승이었다.

고무보트에 오르는 주연수와 용 박사 일행을 찍는 다정이의 귀에도 그 소리가 들렸다. 다정이가 소리 나는 곳으로 드론을 날렸다. 그런데...... 한 번도 본 적 없는 산더미 같은 검붉은 홍수가 위도를 쓸어 덮고 있었다. 놀란 다정이가 큰 소리로 해인이를 불렀다.

"해인아, 이것 봐 봐."

다정이가 스마트 선글라스를 해인이에게 씌웠다.

"이, 이게 뭐야. 다정아."

놀라기는 해인이도 마찬가지였다.

"나도 몰라, 하지만 당장 피해야 할 거 같아."

두려움에 가득 찬 얼굴로 다정이가 피하자고 했다. 하지만 해인이는 아빠와 선생님, 슬기와 다희가 건너오면 같이 가야 한다며 다정이보고 먼저 피하라고 했다.

"너 먼저 가, 저기 저 콘도 옥상으로. 난 아빠하고 같이 갈 테니까. 그리고 넌 이 드론으로 계속 찍어. 나중에 필요할지 모르니까."

스마트 선글라스를 다정이에게 씌워준 해인이가 다정이의 등을 떠밀며 빨리 피하라고 하는데 더욱 가까이 다가오는 공포스러운 소리에 놀란 다정이가 비명을 지르며 콘도를 향해 뛰었다.

소름 끼치는 소리가 점점 더 가까이 들려오고 있었다.

최 형사의 마음이 급했다. 시동을 걸자마자 엔진 출력을 높였다.

보트가 튕겨지듯 앞으로 나갔다. 그런데, 미처 자리에 앉지 못한 주연수의 매니저가 보트에서 튕겨나가 물에 빠졌다.

"아니?"

놀란 최 형사가 되돌아와 주연수의 매니저를 건져 올리는데 다른 보트들은 이미 다 출발하고 없었다.

매니저를 건져 올려 보트에 싣고 다시 나가려는데 콰르릉하는 소리와 함께 보트가 휘청했다. 출력을 높이지 않았는데도 보트가 튕겨지듯 앞으로 밀려나갔다.

왜 그런가 싶어 뒤를 돌아보는데 높다란 파도가 보트를 덮치듯 달려들었다.

"으아, 박사님."

놀란 최 형사의 비명소리가 저도 몰래 튀어나왔다. 동시에 용 박사가 소리 질렀다.

"그냥 달려! 엔진을 최대로 해!"

그러나 하얀 거품을 내뿜으며 쏟아지는 파도를 피할 수는 없었다.

파도가 덮쳐 누르고 있었다. 그런데 웬일인지 그때마다 보트는 앞으로 튕겨나가기만 할 뿐 파도에 삼켜지지는 않았다.

당황한 가운데서도 최 형사가 이유를 찾아보았다.

고무보트의 부력 때문이었다. 부력으로 인해 하얀 거품 앞에서 고무보트가 계속 튕겨나가고 있는 것이었다.

고무보트 안에서 비명소리가 울렸다. 거대한 파도에 놀라 기겁한 사람들이 질러대는 비명소리였다.

최 형사가 엔진 출력을 최대로 높이며 방향을 틀었다. 그런데 보트가 말을 듣지 않았다. 속이 탄 최 형사가 보트 좌우를 살펴보는데 그 최 형사의 눈에 소나무 가지가 보였다. 벌떡 일어난 최 형사가 소나무 가지를 치우려고 가지를 들었다. 그런데..... 최 형사의 입에서 악에 바친 비명소리가 절로 튀어나왔다. 뿌리 채 떠내려 온 커다란 소나무였다. 소나무에 걸린 보트가 방향을 틀지 못하고 같이 떠내려가는 상황이었다.

—

스키장이 휘청했다. 엄청난 물살에 옆구리를 맞은 것이었다. 스키장에 남아있던 코치들이 놀라 대피했고 해인이가 떠내려가는 보트를 바라보며 발을 구르다 제트스키를 타고 고무보트 뒤를 쫓았다.

"아빠! 선생님!"

그 모습을 본 용 박사가 소리쳤다.

"안 돼, 해인아. 돌아가!"

그러나 그 소리는 시뻘건 파도소리에 묻혀 들리지 않았다.

물의 높이가 순식간에 높아지고 있었다. 중도를 쓸어 덮은 시뻘건 진흙탕물이 스키장의 주차장까지 넘쳐 들어왔다. 스키장 코치들과 마지막으로 건너온 팬들이 주차장 뒤에 있는 콘도를 향해 뛰기 시작했다. 콘도 옥상으로 피해야 했다.

"이, 이게 어떻게 된 일이에요?"

탈진해 쓰러졌던 주연수가 가까스로 정신을 차려 사방을 둘러보았다.

"어떻게 아무것도 안 보여요? 여긴 어디예요?"

주연수를 부축한 여선생과 매니저, 용 박사가 아무 말을 못 했다. 끝까지 팬들을 도우려 했던 주연수를 구하지 못한 것이 못내 미안했다.

그때 최 형사의 폴더폰이 울렸다.

"초, 총문니…… 임."

"왜 그래, 최 형사. 무슨 일이야."

평소와 다른 울음 섞인 최 형사의 목소리에 계 총무의 목소리가 튀었다.

"우리가 떠내려가고 있슴다. 시뻘건 물살에 갇혀서요."

"머, 머야?"

순간 계 총무의 목소리가 자지러졌다.

"아이고, 이걸 우째. 이걸……"

계 총무 옆에서 듣던 부회장이 놀라 어찌할 바를 몰랐다.

"덮쳐 내리는 물이 굉장히 높아요. 중도가 묻혀 버렸슴다. 우린 붕어 섬 쪽으로 떠내려가고 있는데요, 대책 좀 찾아 주세요. 총문님."

"그래, 알았어. 내가 지금 119에다 전화할 테니까 조금만 참아."

"무엇보다 주연수 씨가 탈진 상태임다. 우리 보트엔 사람이 많이 탔는데 박사님하고 여선생님, 그리고 여학생 둘, 주연수 씨하고 매니저 한 분, 조명 김상구 씨, 이렇게 전부 여덟 명임다. 아, 해인이가 제 트스키를 타고 쫓아오고 있슴다."

"뭐야, 해인이가?"

"예, 우릴 구하겠다고 쫓아오는데 아후…… 그 용기가 너무 가상함다. 총문님."

옆에서 듣던 부회장이 놀라 두 눈을 화등잔같이 치떴다. 해인이 엄마가 지금 119에다 전화하고 있었다.

"아, 지금 해인이 어머님이 119에다가 전화로 신고하고 계시네. 그러니까 힘내. 나도 지금 의암댐 쪽으로 나갈 테니까."

"예, 총문님. 오실 때 로프……"

"로프? 그래, 알았어."

"로프로 땡개야(당겨야) 될 거 같아요."

계 총무가 허둥댔고 최 형사의 목소리에 힘이 빠져 달아나고 있었다.

콘도 옥상으로 피신한 다정이가 숨을 가다듬고 다시 촬영하기 시작했다. 고무보트를 향해 제트스키를 타고 달려가는 해인이의 모습이 드론에 담겼다.

해인이가 높은 파도 위에서 고전하고 있었다. 파도가 두껍고 거칠어 속도를 내지 못하는 것이었다. 그래도 파도 사이를 요리조리 헤쳐 가며 앞으로 내 달렸다.

한참을 그렇게 달린 끝에 고무보트 가까이 갔으나 그런데 고무보트가 6~7m쯤 아래에서 떠내려가는 것이 보였다. 그 옆으로 커다란 소나무가 함께 떠내려가고 있었다.

"아빠!"

"……."

"아빠……아."

희미하게 아이의 목소리가 들리는 것 같아 두리번거리는 용 박사가 덮쳐누르듯 쏟아져 내리는 높은 파도 위에서 자신을 부르는 해인이를 보고 놀라 자지러지듯이 소리쳤다.

"밖으로 나가. 빨리……이……."

보트에 탄 사람들이 용 박사가 소리 지르며 손을 휘젓는 방향으로 쳐다보다가 같이 놀랐다. 어린 여중생이 자신들을 구하겠다고 제트스키를 타고 쫓아온 그 용기에 감탄한 것이다.

"아빠…… 밧줄……"

해인이가 제트스키의 트렁크에서 밧줄을 꺼내 던졌다. 24미터짜리 플라이피쉬 용 로프였다.

용 박사가 밧줄을 잡아 고무보트 연결 고리에 묶고 두 팔을 머리 위로 들어 원을 만들어 보였다. 연결이 되었다는 뜻이었다.

해인이가 제트스키를 급선회하여 역류해 올라갔다. 150마력짜리 힘 하나는 끝내주는 제트스키였다.

제트스키가 굉음을 내며 역류하기 시작했다. 밧줄이 팽팽하게 당겨졌다. 고무보트에 걸렸던 소나무가 떨어져 나갔다.

최 형사가 엔진을 최대 속도로 높여 후진하며 해인이와 같은 방향으로 움직였다. 로프가 탱탱했다.

그 밧줄을 보고 생각났는지 용 박사가 고무보트에 묶여있던 구명 밧줄을 풀어 두 발씩 잘랐다.

"이 밧줄을 구명조끼에 묶고 한쪽 끝은 보트의 안전 고리에 묶으세요. 만에 하나 보트에서 튕겨져 나가면 큰일 나니까 튕겨나가는 것을 방지하려는 겁니다. 시간이 없으니까 빨리들 묶으세요."

용 박사가 주연수를 묶어준 다음 어린 여학생들을 묶었다. 그걸 본 사람들이 용 박사를 따라 서둘러 자기 몸을 보트에 묶었다.

고무보트가 더 이상 뒤로 가지 못하고 엔진 소리만 왕왕댔다. 거품을 일으키며 쏟아지는 폭포 같은 물 벽 위로 고무보트가 오르지 못하는 것이었다. 로프가 끊어질 듯이 팽팽했다.

해인이가 제트스키를 지그재그로 움직였다. 그러면서 뒤를 돌아보는데 보트는 보이지 않고 버드나무가 물에 휩쓸리는 광경이 눈에 들어왔다. 보트가 벌써 붕어 섬 하류까지 떠내려 온 것이었다. 붕어섬은 중도 아래에 있는 섬이다.

보트가 물에 휩쓸리는 그 버드나무 위로 흘러갔다.

순간 최 형사와 용 박사가 비명 소리를 지르며 뒤를 돌아보는데 일순 흙탕물이 폭포같이 보트를 덮쳤다. 버드나무에 고무보트가 걸리면서 시뻘건 물이 덮쳐누른 것이다.

잠시 후, 부력을 받은 고무보트가 튕겨 오르며 해인이와 같은 물

위에 떠올랐다. 그 모습을 본 해인이가 손가락이 끊어지라 제트스키 속도를 올렸다. 보트가 조금씩 역류하는 듯 보였다.

손가락이 아픈지 해인이가 손바닥 전체로 엑셀을 당겼다.

아뜩한 정신을 수습한 최 형사도 엑셀 손잡이를 최대한으로 돌렸다.

용 박사가 보트의 상황을 살폈다. 보트 안엔 쿨럭이는 사람들이 많았다. 다행히 튕겨나간 사람은 없으나 물을 먹은 모양이었다. 보트도 물로 가득 차 있었다. 용 박사가 두 손으로 물을 퍼냈다. 그러자 김상구도 힘을 합쳐 물을 퍼내기 시작했다.

시뻘건 흙탕물 위를 역류해 올라가는데도 고무보트와 제트스키는 떠내려가고 있었다. 큰 흐름 속에서 작은 역류는 역류라 할 수 없었다.

그때였다. 의암댐 쪽에서 천둥벼락 치는 소리가 들렸다. 늪은 물마루를 이룬 검붉은 홍수가 의암댐을 넘어 쏟아지는 폭포 소리였다. 나이아가라 폭포 같았다. 그 폭포 소리와 함께 물살도 빨라졌다. 마치 블랙홀 속으로 급격하게 빨려 드는 느낌이었다.

보트 안에서 놀란 비명소리와 울부짖는 소리가 들렸다.

그런데 그때 또 놀랄 일이 벌어졌다. 고무보트를 당겨주던 밧줄이 끊어졌다. 급물살에 빨려 들어가는 고무보트의 무게를 이기지 못한 제트스키의 연결고리가 통째로 빠졌다.

울부짖는 비명소리를 태운 고무보트가 높은 폭포로 변한 의암댐을 향해 빨려 들고 있었다. 다급해진 용 박사가 소리쳤다.

"머릴 숙이고 자셀 낮춰. 보트의 손잡이를 바짝 잡고 숨을 참아."

전율스러운 공포에 사람들이 차마 놀라지도 못했다. 솟구치는 차가운 물보라가 이미 얼굴에 닿았다.

놀란 건 해인이었다. 제트스키가 갑자기 가벼워져 뒤를 돌아보니 고무보트가 폭포 속으로 빨려 들고 있었다. 해인이의 두 눈이 동그래졌다.

"안 돼!"

두 눈을 부릅뜬 해인이가 제트스키를 급회전시켰다.

"아빠! 아빠……아……"

제트스키를 급회전시킨 해인이가 용 박사를 부르며 폭포에 빨려 드는 그 고무보트를 향해 쏜살같이 질주했다.

얼마나 휘몰았는지 해인이의 제트스키가 떨어지는 고무보트 위를 날아 폭포 속으로 파묻혔다.

"안 돼, 해인아!"

촬영하는 다정이가 울며 해인이를 불렀다. 울며 드론을 폭포 위로 날린 다정이가 해인이와 보트를 찾아보았다. 그러나 거대한 폭포에서 솟구치는 물안개로 보트와 해인이를 찾을 수 없었다.

물안개 위를 수없이 돌아본 다정이가 울며 드론을 회수했다. 배터리 충전을 알리는 빨간 불이 들어온 것이었다.

"어떡해, 해인아…… 해인아…… 슬기야, 다희야…… 선생님……"

드론을 회수한 다정이가 옥상에 꿇어앉아 통곡했다.

위험한 줄 알면서 고무보트를 구하러 뛰어든 해인이의 뒷모습이 눈앞에 어른거렸다. 빨리 피하라고 등을 밀어주던 해인이의 따뜻한 온기가 아직 그대로 남아 있는데...... 그렇게 어른스러울 수가 없는 해인이었다.

"해인.... 아......"
생각할수록 울음이 더 크게 터졌다. 눈물 콧물이 범벅되어 흐르는 줄도 모르고 다정이가 꿇어앉은 채로 대성통곡했다.
선생님 보고 결혼 언제 할 거냐고 짓궂게 농담한 것도 후회가 됐다. 친구 같은 선생님...... 그리고 언제나 행동이 먼저인 슬기, 그림을 잘 그리는 다희.....
눈앞에 친구들의 모습이 생생하자 울음이 또 토해졌다. 울음이 그칠 거 같지 않았다. 울수록 생각이 새록새록 더 돋아났다.

▄▄▄

밧줄이란 밧줄을 모두 챙겨 차에 실은 계 총무가 부회장과 박달수, 전재용 사장과 함께 의암댐을 향했다. 그런데 눈앞에 보이는 경춘가도가 난장판이었다. 상·하행선이 서로 얽혀 꼼짝하지 않았다.
"아니!"
놀란 중에도 계 총무와 부회장 등이 서둘러 의암댐으로 향했다. 삼천동 빙상장 삼거리를 지나 댐 가까이에 있는 김유정 문인비를 지나는데 밖에서 폭포 소리가 요란하게 들렸다. 계 총무와 일행이 바짝 긴장했다.
댐 위에 있는 인어동상 앞에서 더 이상 앞으로 갈 수가 없었다. 댐의 모습이 보이지 않았다. 폭포 소리가 전율스럽게 울리고 있었다.

차에서 내린 계 총무와 일행이 밧줄을 어깨에 둘러메고 무너진 댐 가까이로 다가갔다. 도로가 흔들리고 있었다.

문득 두려운 생각이 들었다. 갑자기 도로가 뭉텅 파여 나가지나 않을까 하는 방정맞은 생각이 든 것이었다.

네 사람이 사방을 둘러보았다. 고무보트를 찾아보려는 것이었다.

"이게 도대체……"

아무것도 보이지 않았다. 보이는 건 시뻘건 진흙탕 폭포뿐이었다. 계 총무가 손나팔을 입에 대고 용 박사와 최 형사를 불러보았다. 돌아오는 메아리조차 없었다.

생각 끝에 계 총무가 전화기를 꺼냈다. 두렵고 간절한 마음이었다. 제발 아니기를 바라며 최 형사의 단축버튼을 눌렀다. 그런데…… 힘없이 전화기를 내리는 계 총무의 표정이 어두웠다.

"왜, 전화가 안돼요?"

"전원이 나갔다고 나옵니다."

"그럼 전화기가 물에 젖었다는 거 아냐."

"그런…… 거 같습니다."

네 사람의 표정이 침통하게 일그러졌다. 저토록 엄청난 폭포에 떠내려갔다면 어찌 전화기만 젖었겠는가. 폭포를 바라보는 계 총무의 두 눈에 눈물이 차오르고 있었다.

"바, 박사님…… 최 형사… 아……"

계 총무의 목이 갑자기 메어 목소리가 갈라졌다. 기(氣)가 막힌다더니 목이 막혀 갑자기 숨이 나오지 않았다. 숨이 막혔다

계 총무에게 용 박사와 최 형사는 친형과 친동생 이상이었다.

친형, 친동생 일지라도 그렇게 자주 만나고 서로 간의 고민을 진솔하게 털어놓을 수 있을까. 그래서 클럽과 단선제에 아착이 갔던 계 총무였다.

기자가 기자로서의 시야가 넓지 못하면 기자의 생명은 끝이라며 용 박사는 자신에게 항상 새로운 기사 거리, 화두와 같은 정신세계적인 질문, 그리고 역사 지리에 얽힌 풍수이야기를 해주었다.

잘 알려지지 않은 고대 인물에 대한 역사고고학적 추론은 혈기 방장(혈기가 넘쳐 불끈불끈 뽐을 내는 모양)한 기자로 살아오던 자신에겐 신선한 충격이었다. 그리고 그 충격은 곧 감동으로 이어졌고……

기자라는 자존심에 목숨을 걸었던 자신의 삶에 변화가 일었다. 기자답지 않게 겸손하다는 말을 주변 사람들로부터 자주 들었다.

그런데 저 물이, 저 시뻘건 진흙탕 물이 용 박사를 삼켰다 생각하니 하늘이 무너지는 충격에 눈앞이 깜깜했다.

막내 동생 같은 최 형사. 그리고 진정한 스타 주연수. 그 주연수를 돕기 위해 끝까지 남았던 매니저와 조명감독 김상구, 그리고 작은 힘이라도 보태겠던 여선생과 아이들. 위험한 줄을 뻔히 알면서도 뛰어

든 해인이……

모두가 영웅이었다.

복받쳐 오르는 감정이 열꽃처럼 피어오르더니 시야가 뿌옇게 흐려졌다. 그 순간 막혔던 목이 터지며 오열이 솟구쳤다. 목 메인 울음이었다.

숨 막히는 울음을 한참 쏟아내는데 스마트폰이 울렸다.

'혹시 최 형사……?'

울음을 그친 계 총무가 급히 전화를 받았다.

"계 부장님? 조완혁입니다."

"아, 안녕하십니까, 구, 국장님."

"뉴스, 아니 방송 보셨습니까?"

"네, 국장님. 동영상을 제가 올렸습니다."

"아, 그래요? 역시……"

시청에 근무하는 재난국장이었다.

"그런데…. 수화기에서 폭포 소리가 들리는데, 거기 어딥니까?"

"의암댐 윕니다. 그런데……"

의암댐이라는 말을 하는 순간 가슴이 다시 복받쳐 흐느낌이 먼저 토해졌다. 계 부장이 말문을 막고 잠시 가슴을 진정시킨 다음 말을 이었다.

"의암댐이 터져 형체도 없이 사라졌습니다."

"뭐, 뭐라고요?"

"용 박사님과 최 형사가 중도 관광객을 다 구출하고 마지막에 주연수 씨와 일행들을 싣고 나오다가 저......"

계 부장이 다시 울컥 치솟는 울음을 참느라 꾸역꾸역 하는 소리가 조 국장의 귀에 들렸다. 조 국장이 끝까지 듣고 있었다.

"저 폭포 속으로 떠내려갔습니다."

"뭐라고요? 용 박사님과 최 형사가......?"

단선제의 용 박사와 최 형사와도 친분이 있는 조 국장이라 놀람이 컸다.

"네, 국장님."

조 국장도 정신이 없는지 잠시 말이 없었다.

"그, 그럼, 잠시 진정하시고......"

말은 그렇게 하면서도 조 국장 자신이 가슴을 진정시키느라 애쓰는 태가 역력했다.

"기왕 의암댐 위라고 하시니 자세한 동영상을 찍어 다시 방송에 보냅시다. 그래서 전화드렸어요."

"네, 국장님. 알았습니다. 그렇게 하겠습니다."

옆에서 같이 듣던 부회장이 계 총무의 어깨를 두드리며 고개를 끄덕였다.

"그럽시다, 이번엔 자세히 찍어 보내자고. 용 박사님과 최 형사, 해인이와 주연수 씨 등 실종자의 신원도 올리고 수색도 요청해 보자고."

부회장의 말에 계 총무가 성능이 좋은 스마트폰을 꺼내 들었다.

그때 벨이 울렸다.

"그래, 다정아. 어떻게 된 거야. 너는 보트에 안 탔니?"

계 총무가 놀라서 큰 소리로 물었다.

"어, 나는 드론으로 촬영하느라고 콘도 옥상으로 피했는데....."

수화기에서 흐느끼는 소리가 들리더니 이내 엉엉 우는 소리가 들렸다.

"다정아, 왜 그래. 어떻게 된 일이냐?"

계 총무가 놀랍고도 궁금한 목소리로 다정이를 달랬다.

"해인이가..... 해인이가 떠내려갔어. 다희도, 슬기도, 선생님하고 다 같이....."

"머? 그때까지 같이 있었던 거야?"

"어, 해인이가 관광객 실어 나르는 걸 찍다가 홍수까지 찍었어."

홍수까지 찍었다는 말에 계 총무의 귀가 쫑긋했다.

"그럼 고무보트와 해인이의 제트스키까지 찍었니?"

"어, 삼촌. 주연수 언니 탈진해서 쓰러진 거. 선생님과 애들이 주연수 언니 부축해서 나오는 거. 고무보트가 떠내려가는 거. 해인이가 고무보트 구하려고 제트스키 타고 들어가 고무보트에 밧줄 연결한 거. 고무보트를 끌고 올라가는 거, 그리고 고무보트가 의암댐으로 떨어질 때 해인이가 쏜살같이 달려 의암댐 폭포 위를 날아서 고무보트 위로 떨어지는 것까지, 그리고 폭포에 떨어진 고무보트와 해인이를 찾으려고 이곳저곳을 찾아봤는데 안개 때문에 못 찾았어, 삼촌."

같이 듣던 부회장과 일행의 입이 딱 벌어졌다.

"그 영상 있니?"

"응, 있어."

다정이가 다소 안정을 찾은 듯했다.

"내 폰으로 보낼 수 있지?"

"어, 보낼 수 있어."

"보내봐, 그 영상을 뉴스로 내보내게."

"알았어, 삼촌. 지금 바로 보낼게."

계 총무의 스마트폰에 동영상이 도착한 것을 확인한 계 총무가 의암댐이 터져 폭포로 변한 사진과 경춘가도의 뒤엉킨 차량 모습, 그리고 홍수가 역류해 올라가는 공지천의 모습들을 추가로 찍어 단선제로 돌아왔다.

———

동영상을 방송국 본사로 보낸 계 총무가 본사 기자어 게 전화했다.

"박 기자, 지금 동영상을 보냈는데 확인해 봐."

"지금 막 확인했습니다. 이걸 긴급 방송에 내보내려고 하는데요, 다른 내용은 없습니까?"

"확실한 건 의암댐은 형체도 없이 사라졌고 홍수의 수위도 경춘가도보다 높아. 지금의 추세대로라면 청평댐이나 팔당댐도 무사하지 못할 거야."

박 기자가 받아 적는지 예, 예, 하는 소리만 수화기를 통해 간헐적으로 흘러나왔다.

"동영상에 보이는 폭포가 의암댐이 있던 자리야."

"네, 생전 처음 보는 시뻘건 흙탕물 폭포입니다."

"어쨌든 내가 아는 사실은 여기 까질 세."

"아니 잠깐만, 박사님과 최 형사, 그리고 주연수 씨와 아이들이 있잖습니까?"

부회장이 정색하며 끼어들었다.

"아, 잠깐. 중요한 사실을 말 못 했구먼."

"예, 말씀하십시오. 뭐든지 다 내 보낼 테니까요."

그 말에 계 총무와 부회장, 박달수 사장과 수련장 안에 있는 사람들의 얼굴이 밝아졌다.

"금강산댐이 터지는 사진을 찍은 단선제 회장 용승주 박사와 춘천 경찰서 최강철 형사가 중도 관광객들을 모두 구출한 후 마지막으로 영화배우 주연수 씨와 주연수 씨 매니저, 조명 감독 김상구 씨와 선사시대 유적지 탐사 갔던 남춘천 여중 교사와 학생 두 명을 구출해 나오다가 보트 째 떠내려갔어. 동영상에 보이는 보트 안에 있는 사람들이야. 그리고 그 떠내려가는 보트를 구하기 위해 제트스키를 타고 뛰어든 남춘천 여중생 용해인이 연락두절이고."

"아, 그렇습니까? 그럼 모두 실종인가요?"

"그런 셈이네만, 마지막 통화 내용이 '시뻘건 물살에 갇혀 의암댐으로 떠내려간다.'였는데 그 이후론 통화가 안 돼. 동영상에 보면 고무보트와 제트스키가 폭포 속으로 떨어지잖아. 그 후부터 연락 두절이야."

"또 다른 내용은 없습니까?"

"칠전동에서 보이는 경춘 대로가 뒤엉킨 상황이고 두 늦게 이 사실을 안 사람들이 대피하는 소동이 벌어지고 있다는 것 외엔 없네."

"알았습니다, 부장님. 부장님이 하신 말씀과 이 동영상을 긴급 방송으로 바로 내 보내겠습니다."

"그래, 고맙네. 수고하게."

전화를 끊은 계 총무가 숨을 길게 내쉬었다. 얼굴에 안도하는 빛이 역력했다.

"방송기자로 살아오면서 이렇게 큰 중압감에 눌려보기는 처음입니다."

계 총무가 부회장을 바라보며 하는 말이었다.

———

"엄마..... 아..."

제트스키에서 튕겨져 나간 해인이가 폭포 속에서 정신없이 굴렀다. 곤두박인 채 엄마를 부르는 그 입속으로 흙탕물이 들어가 숨이 막혔다. 그리고 귀청이 터지도록 울려대는 폭포 소리와 무지막지하게 쏟아지는 폭포의 압력에 사지가 눌려 정신이 없었다. 정신을 차릴 수가 없었다.

팔다리가 오므려졌다. 어릴 때부터 배운 수영에 몸이 순간적으로 반응했다. 어둡고 깊은 폭포 속에서 억지로 숨을 멈춘 해인이가 급류에 휘감긴 채로 곤두박였다. 정신이 가물가물 했다. 가물가물한 의식 속에서도 빨리 물 밖으로 나가 아빠를 찾아야 한다는 생각이 곤두섰다. 그 일념밖에 없었다.

용 박사가 탄 고무보트도 마찬가지였다. 폭포로 떨어지는 순간 갑자기 조용했다.

아무것도 들리지 않았고 아무것도 보이지 않았다.

불현듯 나이아가라 폭포에서 떨어지는 영화가 떠올랐다. 마치 그 영화 속의 주인공이 자신이라는 착각이 들었다.

뿐만 아니라 그 짧은 순간에 지금까지 겪어온 지난 일들이 주마등처럼 스쳐 지나갔다. 무서움과 공포도 사라졌다.

두려움이 사라지면서 오히려 폭포에 빠져드는 시간이 꽤 길다는 생각이 들었다. 그러나 그 생각이 미처 다 끝나기도 전에 보트가 바위에 부딪는 듯 튕겨지더니 튕겨진 물보라에 실려 20여 미터를 날아가 떨어졌다.

보트 위로 쏟아져 내리는 물 폭탄에 눌려 몸이 보트 바닥에 붙어 버렸다. 엄청난 물의 압력이었다. 이대로 더 가면 이겨내기가 어려울 것 같았다.

무지막지한 압력에 눌려 숨을 참고 있는 중에도 두 아이와 주연수, 여선생의 참을성 있는 인내가 양손을 통해 전해지는 듯했다. 그나마 다행히라고 생각하는데 눈앞에서 최 형사가 보트 밖으로 떨어져 나가는 모습이 보였다.

"……!!!"

순간 용 박사가 발악하듯 소리 지르며 몸을 일으키는데 보트의 앞머리가 들리더니 하늘로 솟구치듯 솟아오르다가 다시 바닥으로 떨어지며 물 폭탄 세례를 받았다.

"박사님!!"

"아저씨!!"

보트가 다시 들린다 싶은 순간 양 옆에 있던 여선생과 주연수, 두 아이가 보트 밖으로 튕겨져 나가는 모습이 보였다. 그러나 그런 아이들을 보면서도 손 쓸 사이 없이 용 박사도 보트에서 떨어져 물속으로 곤두박질쳤다.

물살이 거칠고 급했다. 물속으로 빠져 들면서도 물의 속도와 질감이 느껴졌다.

물 밖으로 머리를 내밀어 숨 쉬려고 하는데 물속에서 몇 바퀴나 굴렀는지 어지러워 어디가 물 위인지 분간하기가 어려웠다. 차가운 물살이 미친 듯했다.

몸을 물에 맡겼다. 귓속으로 꾸르릉 쿠르릉 하는 물속에서 바위 부딪치는 소리가 들렸다. 그리고 이내 거칠게 출렁이는 물살 위로 몸이 떠올랐다. 숨을 몇 번 몰아쉬었다. 그러나 또 한 번 급격한 물살에 휩쓸리며 몸이 물속으로 곤두박였다.

물속으로 빠져들어 뒹구는 가운데서도 제발 이것이 마지막 소용돌이이기를 바랐다. 그리고 그 순간에 아이들과 가족이 생각났다.

애들 엄마와 같이 아이들을 데리고 봉의산과 국사봉에 오르던 한가로운 때가 불현듯 떠올랐다. 그리고 지금쯤 사람들에게 대피할 것을 이르며 뛰어다닐 단선제 회원들과 클럽의 코치들, 그리고 축구…… 그런데 축구에 정신 팔린 사람들이 이 사실을 알까 하는 생각이 나다가 다시 꼬꾸라지며 물살에 휘둘리는데 살아야 한다는 생각이 먼저 들었다.

그러나 급물살에 눌려 팔다리조차 맘대로 움직일 수 없게 된 상황에서 과연 살 수 있을까, 이런 물난리 속에서 정말 살아날 수 있을까 하는 생각이 들었다.

살아야 한다는 의지와 살 수 있을까 하는 의문이 순간에도 반복되었다. 머리가 물 밖으로 올라왔다. 그런데 그 순간 생각과는 달리 해인이의 이름이 튀어나왔다.

"해인아! 해인아!!"

수영을 잘하는 용 박사였지만 허우적대었다. 허우적댈 수밖에 없었다.

딸아이를 부르는 그 입속으로 흙탕물이 들어가 숨이 막혔다. 막힌 숨 앞에서는 용쓸 재주가 없었다.

급류에 휩쓸려 가면서 숨 막히는 기침을 컥컥 토해냈다. 기침을 토하면서 시뻘겋게 충혈 된 눈으로 다시 또 해인이를 찾았다. 본능적이었다.

숨 막히던 기침이 잦아들면서 정신을 차린 용 박사가 필사적이 되었다. 살 수 있을까 하는 의문보다 우선 살아야 한다는 필사의 의지가 앞섰다.

허우적대던 용 박사가 정신을 가다듬어 가만가만 헤엄을 쳤다.

몸이 중심을 잡아갔다. 그러나 그것도 잠시, 또다시 격랑 속으로 몸이 빠져들면서 숨이 멎는 듯한 충격을 받았다. 솟구치는 파도에 밀려 몸이 높이 치솟았다 떨어지며 물살에 가슴을 맞았다. 커다란 충격이었다.

'해인이와 아이들은 어찌 되었을까. 최 형사와 여선생은……?'

가슴을 부둥켜안고 물속으로 빠져들면서도 그 생각이 났다. 그리고 끝까지 미안한 생각을 떨쳐낼 수 없는 주연수…… 폭포 속으로 떨어지면서도 비명조차 못 지르고 자신의 손을 잡고 떨기만 하던 사람…… 그 가냘픈 손 떨림이 가슴을 웅크린 채로 뒹구는 용 박사의 기억에서 되살아나자 용 박사의 가슴이 쓰렸다.

'먼저 구했어야 했는데….. 먼저 구했어도 욕될 일이 아니었는데…..'

가슴의 통증보다, 살겠다는 의지보다 주연수와 아이들, 그리고 일행을 먼저 구해내지 못한 자신이 후회스러워 가슴이 아렸다.

귓속으로 쿠르릉 꾸르릉 하는 소리가 연신 들려왔다.

정신이 가물가물하는 순간에 물 밖으로 몸이 떠올랐다. 그 순간 숨을 내쉬었다. 숨을 마음껏 쉴 수 있다는 것이 얼마나 감사한 일인지 오전에 이어 새삼 다시 느꼈다.

정신을 수습한 용 박사가 아이들과 최 형사를 찾았다. 몸을 지탱하기조차 어려운 격랑 속에서 쉬운 일일 수 없는 일이었으나 용 박사가 사력을 다해 소리치기 시작했다.

"최 형사! 선생님! 주연수 씨, 슬기야, 다희야."

용 박사가 보트에 달린 밧줄을 잡아당기며 이름을 부르는데 아빠를 찾는 소리가 들려왔다.

"아빠."

"응? 해인이냐, 해인아!"

용 박사가 소리 나는 쪽으로 급히 헤엄쳐 갔다. 해인이가 용케 밧줄을 잡고 보트에 바짝 매달려 있었다.

"아빠……"

용 박사의 두 눈에 왈칵 눈물이 솟구쳤다. 목이 메었다. 아이의 머리와 어깨를 쓰다듬는 용 박사의 팔이 떨렸다.

"이젠 됐다. 조금만 힘내라, 해인아."

솟구치는 감정을 추스른 용 박사가 가까스로 용기를 북돋우는데 또 한 번 격랑이 솟구쳤다.

급류에 휘말린 용 박사와 해인이가 물속에서 한 참을 허우적댔다.

"아빠, 아빠……"

물 위로 올라온 해인이가 정신이 없어 보였다. 계속 콜록거리고 있었다.

용 박사가 그런 해인이의 어깨를 감싸고 밧줄을 힘껏 잡았다. 급물살과 격랑 속에서도 해인이를 찾았다는 안도감이 힘을 솟게 했다. 그런데…… 콜록이는 아이를 자세히 보니 해인이가 아니었다.

'아니……!'
해인이가 아니고 슬기였다.
'그럼, 해인이는……?'
처음부터 해인이는 없었다. 제트스키를 타고 고무보트보다 더 멀리 날아가 떨어진 해인이었다.
'그렇다면……'
용 박사의 착각이었다. 물 먹은 슬기가 무의식적으로 아빠를 찾았는데 그 소리를 해인이가 부르는 소리로 착각한 것이었다.
'해인이, 우리 해인이는……!'
용 박사가 슬기를 놓고 나가려다 순간 정신을 가다듬었다.
'허둥대면 또 다른 착각이 일어난다.'
슬기를 보트 옆에 안전하게 데려다 놓고 나가려던 용 박사가 또다시 급류에 휘둘리며 물속에 잠겼다.

물속에서 몇 바퀴를 구르고 난 용 박사의 몸이 수면 위로 떠올랐다.
"푸우 – "
입 속에 든 물을 뱉어낸 용 박사의 눈에 경춘가도가 어슴프레 보였다. 그런데…… 높게 보여야 할 경춘가도가 어깨 옆으로 보였다.

용 박사의 머릿속이 잠시 혼란을 일으켰으나 사방을 살펴본 용 박사가 이내 사태를 파악했다. 수면이 그만큼 높아진 것이었다.

의암댐 아래에 있는 북한강 수면은 경춘가도에서 까마득히 아래로 보였다. 그런데 그 높이만큼 물이차서 미친 듯이 흘러가고 있는 것이었다.

급류 속에서 슬기를 진정시키고 난 용 박사가 또다시 소리쳤다.

"최 형사, 다희야, 선생님....."

"박사님!"

"아저씨!"

반가운 소리였다. 분명 자신을 부르는 소리가 들렸다.

"그래, 최 형사, 다희야. 무사하니?"

"예, 박사님. 저는 괜찮습니다. 박사님은요?"

"나도 괜찮아."

대답하는 용 박사의 입속으로 흙탕물이 또 들어갔다.

"흡 – 푸우 – "

흙탕물을 뱉어 낸 용 박사가 물었다.

"다희야, 괜찮니?"

"예, 괜.... 찮아요."

희미하지만 분명한 다희의 목소리였다.

"슬기야, 밧줄을 꼭 잡고 뒤로 누워 있거라. 아저씨가 다희한테 갔다 올게"

슬기의 눈빛이 공포와 두려움에 떨고 있으나 이내 고개를 끄덕였다.

"조금만 참아라, 금방 갔다 올게. 응?"

그런 슬기의 머리를 쓰다듬어 주고 난 용 박사가 보트의 반대편에 있는 다희를 찾아 조심조심 움직였다. 다희도 슬기처럼 밧줄을 잡고 용케 매달려 있었다.

"다희야."

"아저……씨."

다희가 떨고 있었다. 무서워 울지도 못하던 아이였다. 폭포에서 떨어질 때 무서워 보트의 손잡이를 굳게 잡았던 아이였다. 보트가 뒤집히고 급류와 격랑이 이는 흙탕물 속에서도 밧줄을 잡고 놓지 않았다.

그런 집념이 있어서인지 그림을 잘 그린다고 칭찬이 마르지 않던 아이였다. 초등학교 시절부터 중학교 2학년이 된 지금까지 줄곧 큰 대회의 상이란 상은 모조리 휩쓸다시피 한 아이였다. 특히 파스텔과 연필 스케치를 좋아한다고 했는데 어느 날 해인이가 보여준 파스텔화와 연필 스케치를 보고 놀란 적이 있었다. 어린아이가 그린 그림으로는 믿기지 않을 만큼 정교하게 그린 풍경화와 인물화였다. 피아노를 좋아하는 해인이와는 어릴 적부터 가까이 지내 딸처럼 여기는 아이였다.

용 박사가 다가가자 다희가

"아저씨, 무서워요." 하며 울음을 토해냈다.

"그래, 다희야. 이젠 괜찮다."

밧줄을 꼭 잡고 있는 다희의 손을 용 박사가 잡아주었다. 무서움과 공포에 못 이겨 작은 어깨가 오들오들 떨고 있었다.

"다희야, 괜찮다. 조금만 참거라."

용 박사가 울며 떨고 있는 다희의 어깨를 다독여 주었다.

"아저씨, 우리 정말 집에 갈 수 있는 거죠?"

그 말에 용 박사의 콧등이 시큰하며 또다시 눈시울이 뜨거웠다. 자신도 장담할 수 없는 말이었다. 그러나 다희의 물음에는 자신에 대한 신뢰가 담겨 있었다. 잠시 망설이던 용 박사가 다희의 어깨를 힘주어 잡고

"그럼, 갈 수 있지. 이제 곧 구조대가 올 거야." 하며 자신도 믿지 못할 말로 용기를 주었다. 그때 최 형사의 목소리가 들렸다.

"박사님, 어디 계세요?"

보트에 가려 보이지는 않았지만 최 형사의 굵은 목소리가 분명하게 들렸다.

"보트의 왼쪽 후미, 다희와 함께 있다. 오른쪽 중간에 슬기도 무사하다."

"저는 선생님과 함께 있습니다."

"무사하신가?"

"예, 무사하십니다."

"주연수 씨는?"

대답이 없었다. 순간 용 박사의 머릿속으로 불길한 예감이 스쳐 지나갔다.

"최 형사, 전방 상황을 자네가 확인하게. 후방은 내가 확인할 테

니까."

그때 반가운 소리가 또 들렸다. 매니저가 무사하다고 했다.

"주연수 씨는……? 그리고 김상구 씨……"

용 박사가 다급한 마음으로 그 두 사람을 재차 불렀다. 그대도 대답이 없었다.

불안하고 초조한 마음인 용 박사가 제발 아무 일 없기를 바라며 밧줄 하나하나를 잡아당겼다. 생사라도 확인하려는 것이었다.

그런데 뜻밖에도 주연수 씨가 무사하다는 김상구의 외침이 들렸다. 보트의 왼편이었다. 왼쪽에서 김상구가 한 손으로 주연수를 붙잡은 채 다른 한 손으로 보트 옆구리에 묶인 밧줄을 꼭 잡고 있었다.

물을 많이 먹었는지 주연수가 몸을 가누질 못하고 있었다.

용 박사가 주연수 옆으로 다가갔다. 주연수를 보트 위로 올리려는 것이었다.

그런데……

"……!!"

보트가 뒤집어져 있었다. 주연수와 뒤집어진 보트를 번갈아 바라보는 용 박사가 입술을 욱 물었다. 주연수를 안정시키자견 보트를 뒤집어야 했다.

보트에 바짝 붙은 용 박사가 최 형사와 눈빛을 주고받았다. 그런데 이 급류 속에서 보트를 뒤집는 것이 문제였다.

뒤집힌 고무보트를 바로 하기가 쉽지 않아 보였다. 사람들이 보트 양옆으로 묶여 있는 데다 보트 후미에 있는 엔진도 문제였다. 엔진 무게가 보통 무게가 아니었다. 75kg이나 되었다. 보트 무게만도 130kg…… 그걸 육지가 아닌 급류 속에서 들어 뒤집는다는 건 하늘의 별을 따는 일만큼이나 어려운 일이었다.

최 형사와 용 박사가 고민하고 있는 사이에도 보트는 급류에 실려 등선폭포를 지나 강촌을 향해 흘러가고 있었다.

뒤집힌 보트에서 그다지 멀지 않은 곳에 풍덩대며 떠내려가는 여자 아이가 있었다. 해인이었다. 해인이가 누운 채로 울면서 떠내려가고 있었다. 울면서 풍덩대는 해인이의 귀에 물속에서 바윗돌 구르는 소리가 전율스럽게 들렸다.

3

물바다

고신백 시장이 두 눈을 부릅떴다.

"아니, 저게...."

고 시장이 말을 잇지 못했다.

저지대 주민 대피 상황을 보고받던 중 긴급뉴스를 튼 것이었다. 다정이가 촬영한 동영상 그대로였다. 마지막에 고무보트가 떨어지고 그 위를 날아 폭포 속으로 사라지는 해인이의 모습을 보며 고 시장의 등골로 오싹하는 전율이 흘렀다. 살신성인이란 말이 입에서 절로 나왔다.

—

울음을 그친 다정이가 가슴을 진정하고 배터리를 교체했다. 그리고 드론의 촬영 주파수를 재난본부와 쌍방향 동시 교신으로 맞추었다. 드론 기초안전교육을 받을 때 익혀둔 비상조치 내용이었다. 비상조치를 자신이 쓰게 되리라고는 전혀 상상도 못 한 다정이가 드론을 의암댐을 지나 강촌 방향으로 날려 해인이와 선생님을 찾아보기로 했다. 드론을 날리기 전 삼촌에게 전화했다.

"삼촌."

"다정아, 니가 큰일을 했구나. 지금 방송에서 니가 촬영한 동영상이 뉴스로 나오고 있다."

다정에게 그 말은 귀에 들리지 않았다.

"드론으로 해인이와 선생님을 찾아보려고...."

"...... 그래?"

계 총무가 머쓱해했다.

"쌍방향 교신 주파수 맞췄니?"

"어."

"보트가 보이거든 전화해라. 서울시청 상황실로 바로 알리게."

"알았어. 찾으면 전화할게."

머쓱한 계 총무가 다정이를 이해했다. 본래 무뚝뚝한 아이가 아니었다. 명랑하고 쾌활한 아이였다.

———

드론이 의암댐을 지나 강촌 방향으로 내려가며 세서히 살폈다. 드론에 보이는 건 무서운 속도로 요동치는 검붉은 홍수뿐이었다. 보기만 해도 아찔하고 간담이 서늘한 검붉은 홍수였다. 드론이 강촌 어귀에 들어설 무렵 햇빛에 반사되는 검은 물체가 보였다. 드론을 가까이 붙이며 화면을 크게 확대했다.

순간 다정이의 심장이 멎는 듯했다. 아저씨와 선생님, 슬기와 다희, 주연수 씨와 매니저, 최 형사님과 김상구 씨가 보트에 매달린 채로 떠내려가고 있었다. 재난안전대책본부에서 환호성이 울렸다. 드디어 실종자를 찾은 것이었다. 다정이가 삼촌에게 전화했다.

"그래, 다정아...."

"삼촌......"

다정이가 흥분되어 말을 잇지 못했다.

"차, 찾았어."

"뭐?"

계 총무의 놀람에 단선제에 있는 사람들이 계 총무 주변으로 몰려들었다.

"강촌이야. 강촌에서 떠내려가고 있어. 보트가 뒤집힌 채로."

다정이가 드론을 더 가까이 붙여 해인이도 찾아보았다. 그러나 해인이는 좀체 발견되지 않았다.

계 총무가 서울시청 상황실로 전화했다. 직원이 곧바로 시장을 연결했다.

"고 시장입니다. 저희도 지금 드론 영상을 같이 보고 있습니다."

"아, 그렇습니까?"

계 총무가 반가워했다.

"보트는 찾았는데 해인이는 아직 못 찾았습니다."

"해인이는 우리가 헬기를 타고 가서 찾겠습니다. 저분들 구조도 하고요."

서울시장의 그 말에 계 총무가 안도했다.

"감사합니다, 시장님."

"아이구, 아닙니다. 계 총무님이 고생 많으시지요. 뭐."

"저희도 계속 드론으로 해인이를 찾아보겠습니다."

"네, 그래 주시면 너무 감사하고요."

"바쁘실 텐데, 그럼 수고하십시오, 시장님."

"네, 고맙습니다, 계 총무님."

더 말이 필요 없었다. 무엇보다 헬기를 빨리 띄우는 일이 급했다.

전화를 마친 계 총무가 뉴스에 나오는 동영상을 바라보았다. 동영상에는 뒤집힌 보트 양 옆으로 세 명씩 바짝 붙어 있고 보트 앞뒤에서 남자 둘이 매달린 사람들을 보호하는 것으로 보였다.

다정이가 보트를 크게 확대했다. 주연수와 매니저가 보였고 담임 선생님과 슬기, 다희가 보였다. 슬기와 다희를 보자 다정이의 눈에서 다시 눈물이 솟구쳤다.

"슬기야..... 다희야...... 선생님....."

다정이가 울면서 보트를 촬영했다. 보트 앞에 있던 사람이 보트 뒤로 움직였다. 아저씨였다. 최 형사와 무얼 하려는지 서로 말을 하는 것 같았다. 보트 왼쪽에 있는 주연수 씨가 무척 힘들어하는데 김상구 씨와 매니저가 꼭 붙잡고 흙탕물과 사투를 벌이고 있었다.

동영상을 보는 사람들이 손에 땀을 쥐고 그 영상을 지켜보고 있었다. 다정이가 촬영하는 동영상이 생방송으로 나가고 있는 것이다.

▬

고 시장이 재난본부의 협조를 얻어 12인승 헬기 두 대를 얻었다. 9명을 구조하자면 헬기 두 대가 필요했다. 한 대에 구조대원 세 명씩 탑승했고 고 시장은 방송국 촬영기자와 함께 1호기에 탔다. 고 시장이 탑승한 1호기가 떠오르자 뒤이어 2호기도 떠올랐다. 두 대의 헬기가 의암댐을 향해 날았다.

▬

뒤집힌 보트에 매달린 용 박사 일행이 강촌을 막 지날 때였다. 강촌 다리를 덮친 홍수에 와류가 생겨 보트가 그 와류에서 다시 굴렀다. 순간적으로 일어난 일이었다. 작은 폭포나 다름없는 와류에 떨어지는 순간 전 국민이 비명을 질렀다. 재난본부에서도, 시청 종합상황실에서도, 단선제 안에서도 같은 비명이 터졌다. 뉴스를 보던 다희 엄마가 까무러쳤고 다희 아빠는 인사불성이 되었다.

주연수를 보호하려 했던 매니저와 김상구, 여선생을 보호하려 했던 최 형사도 떨어졌고 용 박사와 아이들도 떨어졌다. 언제 떨어졌는지도 모르게 떨어져서 구르고 있었다.

곤두박질치는 순간 용 박사가 다희의 팔을 잡았다. 와류에 말려 떨어질 때 또다시 가슴에 통증을 느꼈으나 딸 같은 다희만큼은 놓쳐서는 안 된다는 생각에 아이의 팔을 꼭 끌어당긴 것이다. 아이도 그런 용 박사의 마음을 알았는지 용 박사의 구명조끼를 꼭 끌어당겼다.

용 박사의 머릿속으로 해인이가 떠올랐다. 어찌 되었을까. 해인이는……?

그러나 그 걱정을 다 하기도 전에 또 다른 격랑에 휘둘리며 용 박사와 다희도 떨어졌다.

다른 사람들도 뿔뿔이 흩어졌다. 또 다른 와류에 떨어질 때 보트는 튕겨지고 사람은 그대로 폭포 속으로 빠진 까닭이었다. 그래도 다행히 밧줄은 끊어지지 않았다.

다정이가 자신도 모르게 엉엉 울고 있었다. 울며 통곡하며 기도했다. 기도하면서도 조종기를 놓지 않았다.

용 박사의 손에 누군가가 잡혔다. 용 박사가 사력을 다해 그 사람을 잡았다. 그 사람도 용 박사의 손을 잡고 놓치지 않으려 했다.

물 밖으로 머리가 치솟았다 잠기기를 여러 차례…… 사람들도 용 박사도 모두 지쳐가고 있었다.

최 형사와 주연수도 지쳤고 여선생과 아이들도 지쳐 인사불성에 가까웠다. 이런 와류를 한 번 더 만난다면 그땐 목숨 보전하기가 어렵겠다는 생각이 들었다.

작은 폭포나 다름없는 와류의 잔인한 물 폭탄 사정권에서 벗어나면서 물속에서 구르는 일도 줄어들었다. 물 밖으로 머리를 내밀고 숨을 들이쉬던 용 박사의 눈이 번쩍 뜨였다. 뒤집혔던 보트가 바로 놓인 것이다.

"최 형사! 최 형사!"

가슴을 옥죄며 영상을 보는 사람들이 안도했다. 보트가 바로 놓인 것에 박수를 보내는 사람들도 있었다.

용 박사가 소리쳤다. 그러나 폭포 소리에 묻혀 용 박사의 목소리가 들리지 않았다.

용 박사가 먼저 보트에 올랐다.

가까운 곳에 여선생이 보였다.

"선생님!"

용 박사가 여선생을 끌어올렸다. 여선생이 보트에 길게 누웠다. 용 박사가 급히 밧줄을 잡아당겼다. 다희와 슬기가 차례로 끌려왔다.

그런데 슬기가 늘어져 있었다.

"슬기야!"

슬기를 먼저 올리고 다희를 끌어올렸다.

"무사했구나, 다희야."

"아저씨, 무서워요."

"그래, 이젠 괜찮다. 다희야."

용 박사가 다희의 어깨를 토닥여 주었다.

"힘들면 누워 있거라."

다희가 슬기 옆으로 쓰러지듯 누웠다.

용 박사가 다시 소리쳤다.

"최 형사. 어디 있나, 최 형사."

용 박사가 있는 힘을 다해 최 형사를 찾으며 밧줄을 잡아당겼다.

주연수가 늘어진 채로 끌려왔다.

"주연수 씨!"

용 박사가 다급하게 주연수를 끌어올렸다. 보니 인사불성이었다. 주연수를 여선생 옆에 뉘었다. 그런데 그때 최 형사의 목소리가 들렸다.

"박사님."

"최 형사."

용 박사가 소리 나는 곳으로 반갑게 달려갔다.

"박사님, 저 여기 있습다. 이 사람 좀 끌어올려주세요."

"그래, 그래."

용 박사가 재빨리 최 형사가 붙잡고 있는 매니저를 끌어올렸다.

"자네도 빨리 올라와."

용 박사가 최 형사의 구명조끼를 잡고 끌어올렸다.

"박사님."

최 형사가 용 박사를 부르는데 그 목소리에 힘이 없었다.

"주연수 씨가 없어졌어요. 주연수 씨를 찾는데 주연수 씨는 보이지 않고 매니저 만 있더라고요."

"주연수 씨 저기 있잖아."

"예? 어디요."

최 형사가 놀라 돌아보았다.

"지금 막 끌어올렸어."

최 형사가 누워있는 주연수를 확인하고는 자리에서 일어났다.

"아휴, 천만다행임다."

"나머지 사람이 급해."

"알았슴다, 박사님."

최 형사가 그제야 기운 차린 모습으로 나머지 밧줄을 끌어당겼다.

김상구가 올라왔다. 여덟 명 모두 무사했다.

혼수상태로 보였던 주연수가 힘겹게 일어나며 김상구를 돌아보았다.

"모두 무사하신가요?"

"예, 다행히 모두 무사합니다"

그 대답에 힘겹게 앉아 있던 주연수가 가는 목소리로

"나..... 때문에…… 나 때문에…… 모두 힘드시네요.…" 하며 다시 쓰러졌다.

"주연수 씨!"

김상구와 용 박사가 동시에 소리쳤다. 최 형사를 합쳐 세 사람이 달려갔다.

"박사님. 응급조치부터 해야겠슴다."

"알았어, 자네 무릎 위에 올려봐"

최 형사가 주연수를 일으켜 자신의 무릎 위에 엎어놓았다. 물을 토하게 하려는 것이었다. 무릎 위에 엎드린 주연수의 등을 용 박사가 쿡 눌렀다 그러자 주연수가 컥! 하며 물을 토하기 시작했다.

한차례 물을 토하고 기침하던 주연수가 진저리를 쳤다. 그런 주연수의 등을 용 박사가 쓸어내리는데 또다시 우웩 하며 물을 토해 냈다. 그렇게 서너 차례 물을 토하고 난 다음에야 주연수의 숨이 안정을 찾았다.

최 형사와 용 박사가 주연수를 바로 눕히고 구명조끼의 끈을 느슨하게 풀었다. 숨쉬기 편하게 하기 위함이었다.

영상을 보는 사람들이 주연수를 치료하는 용 박사의 구급법에 감탄을 자아냈다. 처음 보는 새로운 광경이었다.

최 형사가 슬기를 끌어안았다. 슬기도 물을 많이 먹어 운신을 못하고 있었다. 다시 최 형사의 무릎 위에서 슬기가 물을 토해 냈다. 두 사람이 토해낸 물이 보트 바닥에 흥건했다.

슬기를 주연수 옆에 뉘었다. 그런데 슬기의 상태가 심상치 않았다. 혼수상태로 빠져드는 것 같았다.

"안 돼, 슬기야. 힘내."

통곡하던 다정이가 울음을 진정시키고 드론을 보트 가까이에 붙여서 찍었다. 혼수상태의 슬기가 클로즈업되었다. 그런 드론을 최 형사가 보았다.

"박사님, 저기...."

최 형사가 보트 가까이에 떠 있는 드론을 가리켰다. 슨간 용 박사와 보트 안에 있는 사람들이 그 드론을 향해 손을 흔들었다.

손 흔드는 사람들을 향해 다정이가 두 눈에 눈물이 가득한 채로 웃으며 손을 흔들었다. 뉴스에는 그들을 구출하러 떠가는 헬기 두 대가 보였다. 사람들이 헬기 두 대를 보며 안도하는 모습이었다.

누워있는 슬기의 머리카락이 토한 물에 젖어들자 김상구와 최 형사가 두 손으로 물을 퍼서 보트 밖으로 버렸다. 다행히 여선생과 다희는 정신을 수습하는 것 같았다.

보트 바닥에 누웠던 여선생과 다희가 힘겹게 일어나 앉았다.

"어머, 슬기야."

누워있는 슬기를 보고 정신을 차린 여선생이 슬기 곁으로 다가가 슬기의 머리를 자신의 무릎에 뉘었다.

여선생이 슬기의 젖은 머리를 쓰다듬으며 힘내라는 말을 반복했다. 그런 여선생 곁으로 다가간 다희도 슬기의 두 팔과 어깨를 주물렀다.

매니저와 김상구가 누워있는 주연수 곁으로 다가가 주연수를 부축해 안고 팔과 어깨를 주물렀다. 매니저의 상태도 썩 좋아 보이지는 않았다.

보트가 안정을 찾아가는 그 사이에도 급류는 강촌을 지나 백양리를 향하고 있었다.

아무래도 슬기의 상태가 좋지 않았다. 정신을 차린 듯하다가 이내 정신을 잃는 일을 반복했다.

"슬기야, 슬기야!"

다희와 여선생이 슬기를 부르고 주무르며 슬기의 회복을 위해 혼신의 힘을 다했다. 슬기는 다희와 여선생이 간호하고 주연수는 매니저와 김상구가 간호하고 있었다.

검붉은 급류 속에서 빠른 속도로 떠내려가는 작은 고무보트였다. 아슬아슬한 순간들이 연속되었다. 최 형사가 보트의 앞머리에, 용 박사가 보트의 후미에서 만에 하나 있을지 모를 주변 상황을 주시하며 보트의 균형을 잡고 있었다.

"슬기야, 눈 떠봐. 슬기야."

다희가 슬기를 부르며 어깨와 팔을 주물렀다.

"그래, 슬기야 힘을 내 눈을 떠봐. 선생님이 옆에 있다."

여선생이 슬기를 끌어안고 머리를 쓰다듬으며 간절하게 외쳤다. 그러나 슬기는 여전히 눈을 뜨지 못하고 있었다.

"주연수 씨는 어때요?"

용 박사가 주연수를 끌어안은 매니저에게 물었다.

"정신을 차렸어요. 그런데 어지럽데요"

"코에 물이 들어가고 먹은 물을 토하다 보면 탈진하게 마련입니다. 이제 이대로 아무 일만 없다면 주연수 씨나 슬기 다 무사할 겁니다. 조금만 힘내세요."

"예. 박사님."

용 박사가 엔진을 뜯어보고 있었다.

혹시나 하고 시동을 걸었는데 시동이 걸리지 않았다. 점화플러그가 물에 젖은 모양이었다.

용 박사가 엔진을 손보는 사이 최 형사는 보트 앞에 엎드려 두 팔로 보트의 방향을 잡고 있었다. 보트가 뒤집힐 때 노가 모두 떠내려가 버렸다. 하는 수 없이 두 팔을 노 삼아 파도를 헤치고 있었다.

다행히 보트는 강촌을 지나며 평온을 유지하고 있었다. 울퉁불퉁한 흐름이 없었다. 강바닥에 큰 바위가 없는 것이 고마웠다. 다만, 사방은 고요한데 물속에서 우르르, 콰르르르 하는 섬뜩한 소리만 쉬지 않고 들렸다.

여선생이 젖은 머리칼을 뒤로 쓸어 넘기며 잠시 하늘을 올려보았다. 구름 사이로 햇살이 보였다. 소름 끼치도록 찬 흙탕물 탓인지 더운 여름 낮인데도 뜨거운 햇볕이 그리웠다. 추워서인지 문득 따뜻한 밥을 지어주던 할머니가 생각났다.

저 경춘가도 어디멘가…… 허리 구부러진 할머니가 사는 집이 있다. 집은 낡고 허름했으나 인정이 배어있는 집이었다. 장작불로 밥을 지어 그저 밥이 보약이라 하시던…… 갑자기 그 할머니가 보고 싶었다.

밥 짓는 연기 피어오르는 토담 삼간 등잔불 아래 가만히 턱 괴고 앉아 낡은 추녀 끝에서 들려오는 풍경소리를 듣고 있노라면 마음이 평화로웠다. 여기서 무사히 구조된다면 속삭이듯 다정하게 불어오던 숲 속 맑은 그 바람을 다시 쐬고 싶었다.

용 박사가 엔진 뚜껑을 덮었다. 뜯어서 고칠 연장이 없기 때문이었다. 용 박사가 보트 가운데로 갔다.

"좀 괜찮습니까."

용 박사가 주연수에게 물었다.

"예, 덕분에 많이 좋아졌어요."

"아까는 많이 놀랐습니다."

"박사님 덕분에 살았습니다. 이 은혜 잊지 않을게요."

주연수가 예의 그 상냥한 얼굴로 인사했다.

"무슨 말씀을요, 감사는 오히려 우리가 해야지요."

"그 많은 사람을 실어내시느라 고생하셨을 텐데 여기서도 고생하시네요."

"주연수 씨 덕분에 모두 살았습니다. 아, 피곤하시면 누워 계십시오."

주연수가 매니저의 무릎을 다시 찾는 듯이 보이자 용 박사가 자리를 피해 주었다.

"매니저님도 수고 많으십니다."

매니저는 대답 대신 고개만 약간 숙여 보이고는 주연수의 팔을 주무르기 시작했다.

"선생님이 고생 많습니다."

용 박사가 다희의 어깨를 쓰다듬으며 여선생에게 인사했다.

"고생은요, 박사님이 고생 많으시죠."

"조금만 참으십시오. 곧 구조될 겁니다."

"예, 박사님."

"다희야, 조금만 참아라. 응?"

"예, 아저씨. 그런데 아저씨, 슬기가 자꾸 떨어요. 열도 높구요."

"열이 높아?"

"예."

용 박사가 슬기의 이마를 짚어보더니 최 형사를 돌아보았다. 최 형사도 다희의 말을 들었는데 마침 용 박사가 자신을 돌아보자 얼른 일어나 용 박사 옆으로 갔다. 슬기의 다리를 주무르던 여선생도 조심스럽게 슬기의 이마를 짚어 보았다.

'어머.'

여선생이 속으로 비명을 질렀다. 열이 펄펄 끓고 있었다.

여선생이 진정하고 나서 다희에게 물었다.

"언제부터 열이 높았니?"

"저도 지금 알았어요. 어깨를 주무르는데 슬기가 자꾸 떨어서 이마에 손을 대봤거든요."

여선생이 넋 나간 사람처럼 하늘을 쳐다보았다.

"최 형사, 아이를 자네 무릎에 다시 올려봐. 조끼를 벗기고."

최 형사가 슬기를 안아 일으켜서 자신의 무릎 위에 엎어놓자 다희와 여선생이 슬기의 조끼를 벗겼다.

"허리를 좀 더 높이 들고 머리는 낮춰봐."

최 형사가 자신의 오른쪽 무릎을 바짝 치켜들었다. 슬기의 허리가 들리고 머리가 바닥에 닿았다. 여선생이 그런 슬기의 머리를 두 손으로 받쳤다.

용 박사가 슬기의 등허리를 몇 번 쓸어내리더니 등 가운데에 손바닥을 가만히 대고 이내 손바닥으로 등허리를 쿡 눌렀다. 순간 쿵! 하는 울림이 일더니 슬기가 헉 소리를 내며 물을 쏟아 냈다.

용 박사가 다시 슬기의 등허리를 쓸어내렸다. 이번엔 쓸어내리는 시간이 길었다. 최 형사가 그런 용 박사의 동작 하나하나를 뚫어져라 쳐다보고 있었다. 드론을 통해 그 장면을 목도하는 시청자들도 숨죽인 채 다음 동작을 뚫어져라 지켜보고 있었다.

용 박사의 손바닥이 슬기의 어깻죽지에서 멈췄다. 이어 손바닥으로 쿡 눌렀는데 쿵 하는 울림이 일더니 슬기의 입에서 다시 컥 하는 소리가 났다. 그리고는 싸리 들린 사람처럼 한동안 기침을 쏟아냈다. 물은 더 이상 나오지 않았다.

기침을 멈춘 슬기를 보트 바닥에 누인 후 구명조끼를 입혔다. 슬기가 한결 편한 모습이었다.

용 박사가 슬기의 팔뚝 몇 군데를 가만히 눌렀다. 허파에 기운을 북돋우는 혈을 누른 것이다. 그런 용 박사의 행동을 최 형사가 고스란히 머릿속에 넣어 저장했고 시청자들은 신기해했다.

용 박사는 전통무예에도 정통해 많은 사람을 가르치고 있었다. 지금 보인 손바닥 치기는 내공의 일종인데 구급법으로 이용한 것이다.

언젠가 저 손바닥 치기를 선보인 적이 있었다. 전체 회원들이 모인 자리에서였다.

유리로 된 테이블 밑에 벽돌 다섯 장을 쌓고 지금과 같이 손바닥을 유리에 댄 채 가볍게 쿡 눌렀다. 그런데 놀라운 일은 유리는 아무렇지도 않은데 벽돌 다섯 장이 바스러지듯 깨진 것이었다. 용 박사는 아무것도 아니라는 듯 웃었지만 수련생들은 놀라 벌어진 일을 다물지 못했다.

이 타법을 용 박사는 손바닥 치기라고 했다.

그 놀라운 장면을 목격한 최 형사가 손바닥 치기, 그 장심 타법을 배우겠다며 아예 수련장에서 먹고 자며 출퇴근했다. 그러나 그런 류의 무공이 배우겠다는 일념만으로 단시간에 이루어지는 것이 아님을 어렴풋이 알게 된 것은 기(氣)라는 것을 알고 난 후부터였다.

기는 숨을 통해 이루어지는데 호흡 수련을 거치지 않고는 기를 쌓을 수 없고 기를 쌓지 않고는 손바닥 치기를 배울 수 없다고 했다.

형사 생활을 잘하려면 태권도나 합기도, 유도 같은 외공이나 부지런히 쌓을 일이지 뭣 하러 그 어려운 내공에 미쳐 시간을 까먹느냐며 동료 형사들이 핀잔을 주었지만 최 형사는 그런 동료들의 핀잔엔 아랑곳하지 않고 오로지 손바닥 치기, 장심 타법에만 집요한 집념을 보였다.

그런 최 형사를 용 박사가 설득했다. 아직은 때가 아니나 지금 하고 있는 호흡 수련을 부지런히 해서 호흡수가 일 분이 넘으면 그때 손바닥 치기를 가르쳐 주겠다고 약속했다. 그러나 그 약속을 한 지 5년이 지나도록 일 분 호흡엔 도달하지 못하고 있었다. 그만큼 경찰업무가 바빴다.

슬기의 숨결이 고르게 이어지는 것을 확인한 용 박사가 다시 엔진 쪽으로 자리를 옮길 때였다. 옛 기억을 더듬던 최 형사가 슬기의 머리를 짚어 보았다.

"……!"

거짓말 같았다. 열이 내린 것이었다.

"박사님, 열이 내렸습다. 열이요."

들떠 말하는 최 형사를 바라보며 용 박사가 웃었고 놀란 여선생이 슬기의 이마를 짚어 보았다.

"어머? 정말이네."

여선생이 놀라 소리치며 용 박사와 최 형사를 번갈아 바라보았다. 최 형사가 왜 용 박사 앞에서 어린아이처럼 구는지 알 것 같았다. 여선생의 눈에 용 박사가 진짜 어른처럼 비쳤다.

━

"이기 대체 우찌 된 일이래요."

숨이 턱에 닿은 슬기 아버지가 수련장으로 뛰어 올라왔다. 수련장은 이미 초만원이었다. 계 총무와 부회장, 그리고 최 형사와 같은 연배인 노래방 사장 박달수 등 여러 회원이 가장 가까운 친 인척과 친구, 이웃 주민들을 대피시킨 결과였다. 헐레벌떡 달려온 슬기 아버지가 하얗게 질려가는 얼굴로 계 총무를 찾았다.

"상황은 슬기 아버지께서 보신 바와 같은데요, 그런데 슬기를 찾았습니다."

"예? 슬기를 찾았어요?"

놀라 어리둥절한 슬기 아빠와 엄마에게 계 총무가 대형 TV를 가리켰다. 그런데..... TV를 보던 슬기 엄마가 자지러지며 슬기를 불렀다.

"슬기야. 슬기야..... 우리 슬기......"

슬기를 부르던 슬기 엄마가 주저앉은 채로 가슴을 쥐어짜더니 그대로 뒤로 넘어졌다. 놀란 건 슬기 아빠와 계 총무였다.

"아니, 슬기 엄마! 슬기 엄마!"

슬기 아빠가 뒤로 넘어진 슬기 엄마를 부르며 어쩔 줄 모르는데 해인이 엄마가 인파를 헤치며 뛰어나와 슬기 엄마의 목 뒷덜미를 거세게 주무르더니 발바닥 한가운데를 엄지손가락으로 세게 눌렀다. 계 총무가 해인이 엄마를 도와 다른 쪽 발바닥을 힘껏 눌렀다. 다시 해인이 엄마가 슬기 엄마의 손가락 끝을 아플 정도로 꼭꼭 집어주자 계 총무도 슬기 엄마의 다른 쪽 손가락을 꼭꼭 집어 주었다. 마지막 새끼손가락을 꼭꼭 집는데 슬기 엄마가 깨어났다.

"여, 여보.... 여기가 어디야.... 응....?"

슬기 엄마가 자신을 들여다보는 슬기 아빠를 올려다보며 하는 말
이었다.

"다정이 삼촌이 있는 단선제야, 단선제."

슬기 아빠가 불안한 얼굴로 대답했다.

"다정이......?"

슬기 엄마가 기억을 더듬는 듯하더니

"우리 슬기!" 하며 벌떡 일어나 앉았다. 기절했던 사람 같지 않았다.

"이 사람 정신이 이제 돌아왔구만요."

투박하게 말하는 슬기 아빠도 그제야 안심이 되는지 놀랐던 얼굴
이 안정을 찾았다.

"그런데, 우리 슬기가 왜 누워있지요?"

보트에 길게 누워 있는 슬기를 보고 기절했던 슬기 엄마였다.

"슬기가 물을 많이 토하고 탈진해서 누워있는 겁니다. 용 박사님
이 응급 치료했으니 곧 좋아질 겁니다."

계 총무가 슬기 엄마를 안심시켰다.

"정말이지요? 우리 슬기 잘 못된 거 아니지요?"

슬기 엄마가 불안에 젖은 눈으로 계 총무를 쳐다보았다.

"예, 아까 물 토하는 장면이 나왔어요. 그러니 안심하세요."

이번엔 해인이 엄마가 슬기 엄마의 등을 어루만지며 안심시켰다.
상심이 크기로는 해인이 엄마가 더 컸다. 해인이는 아직 찾지 못했기
때문이었다.

"슬기와 다희도 있고..... 그런데 해인이가 안 보이네요?"

네 아이가 단짝이듯이 엄마들도 서로 소통하며 지내는 사이였다.

"다정이가 열심히 찾고 있는데 아직 못 찾았네요."

"다정이가 요?"

슬기 엄마가 궁금한 눈으로 물었다.

"저 장면을 지금 다정이가 찍고 있거든요."

TV에서는 고무보트를 높은 곳에서 찍은 영상이 나오고 있었다. 사람을 알아볼 만큼의 높이에서 고무보트를 중심으로 지그재그로 움직이며 해인이를 찾고 있었다. 그런데 그때였다.

화면이 급속히 확대되고 있었다. 풍덩대는 사람이 보였고, 풍덩대는 사람의 얼굴이 확인되었다. 해인이었다. 그 장면을 보던 슬기 엄마가 환호를 질렀고 이번엔 해인이 엄마가 뒤로 넘어갔다.

"아니, 해인이 엄마!"

환호가 비명으로 바뀌며 혼비백산한 슬기 엄마가 해인이 엄마를 부축했다. 놀란 계 총무가 해인이 엄마가 슬기 엄마에게 했던 방법으로 해인이 엄마 목 뒷덜미를 꼭꼭 눌렀다. 이어 발바닥도 꾹꾹 힘주어 누르는데 해인이 엄마가 깨어났다.

풍덩대던 사람이 해인이로 확인되면서 전국이 들끓었다. 골을 넣었을 때보다 더 한 감격이 몰아쳤다. 자신의 딸을 찾은 느낌이었다. 조마조마했던 마음이 한시름 놓으며 안도와 감사가 넘쳤다. 진정 감사의 잔을 높이 들어야 할 판이었다.

일어나 앉은 해인이 엄마를 슬기 엄마가 꼭 끌어안았다.

"해인이를 찾았으니 이젠 안심하세요, 해인이 엄마."

정신을 수습한 해인이 엄마가 쑥스럽게 대답했다.

"고마워요, 슬기 엄마. 정말......"

"지가 슬기 아버지래요. 죽은 줄로만 알았던 애들을 찾았으니 더할 나위 없이 기쁘긴 한데요, 나라가 온통 난리니 마냥 기쁘다고만 할수도 없네요."

해인이 엄마가 슬기 아빠를 바라보며 고개만 끄덕였다. 꼭 꿈을 꾸고 난 사람처럼 붕 뜬 눈빛으로 고개만 끄덕이고 있었다.

"우린 그만 가볼게요. 요 앞 아파트에 처제가 살고 있거든요."

슬기 아빠가 계 총무를 보고 하는 말이었다.

"알았습니다. 이제 헬기로 구조한다고 했으니 곧 모두 구조되어 무사히 돌아올 겁니다."

"그럴 거 같구만요, 참 마이 더운데 수고하세요."

"네, 슬기 아버님. 조심해서 건너가십시오."

▬

누워있던 슬기가 다희의 손을 잡았다.

"어? 슬기야."

놀란 다희가 소리쳤다.

"괜찮니?"

다희가 슬기의 이마를 짚어 보았다. 열이 없었다.

"아까는 춥다고 몸을 막 떨었는데 정말 괜찮아?"

"응, 그런데 나 지금 이상한 꿈 꿨어."

"꿈?"

다희의 반문에 여선생과 용 박사, 최 형사가 돌아보았다.

"꿈에 봤는데 정말 용이 있더라."

"용?"

되묻는 다희뿐만 아니라 돌아보는 사람들의 눈도 커졌다.

"응, 용."

슬기의 대답에 최 형사가 용 박사를 바라보았다.

"커다란 용이었는데 글쎄 그 용에 우리가 타고 있더라니. 우리 전부 다."

"정말 용을 탔어?"

이번엔 다희가 큰 소리로 물었다.

"그래, 정말 마법처럼 용을 타고 하늘을 날았다니."

"좋은 꿈을 꾸었구나. 아주 좋은 꿈이야."

용 박사가 다가와 슬기의 머리를 쓰다듬어 주며 칭찬했다.

"그런데요, 아주 밝은 빛 속으로 우리가 들어갔거든요. 눈이 부셔 눈을 잘 못 떴는데 그 용에 아홉 명이 타고 있었어요. 맨 앞에 아저씨가 계셨고 맨 뒤에 저 아저씨가 계셨어요."

슬기가 용 박사와 최 형사를 가리켰다. 아홉 명이라는 말어 용 박사와 최 형사가 바짝 귀를 기울였다.

"그리고 해인이하고 다희가 아저씨 뒤에 앉았고요, 주연수 언니하고 선생님이 제 뒤에 앉았어요."

"해인이가 정말 있었어?"

여선생이 물었다.

"예, 아저씨 뒤에 탔고 그 뒤에 다희, 다희 뒤에 제가 있었다니요."

여선생이 용 박사를 바라보았다. 용 박사도 긴장했는지 숨을 꿀꺽 삼킨 후에 슬기의 꿈을 찬찬히 물어보았다.

"그래, 좋은 꿈을 꾸었구나. 그런데 밝은 빛 속에 들어간 다음, 그 다음 기억나니?"

그때 보트가 털썩 하고 떨어졌다. 순간 여선생의 입에서 비명이 터졌고 용 박사가 다희와 여선생을 꽉 잡았다.

다행히 보트는 더 이상 요동이 없었다. 다시 안정을 찾은 보트에서 슬기의 이야기가 이어졌다.

"할아버지들이 계셨어요. 꼭 사극 드라마에 나오는 할아버지들 같이 수염도 길고 옷도 긴 두루마기였는데 두루마기 색이 각각 달랐어요. 흰색도 있고 옥색도 있고 노란색, 빨간색도 있었어요."

"그래, 그분들이 무슨 말씀은 안 하시디?"

용 박사가 또 한 번 마른침을 꿀꺽 삼키며 물었다. 해인이 이야기가 궁금한 것이었다.

"아무 말씀은 안 하셨는데 그냥 웃으시며 반갑게 맞아 주셨어요. 그런데 거긴 얼마나 평화롭고 편안한 곳인지 마음이 너무 즐거웠어요.

주변엔 꽃밭이 있고 푸른 잔디도 있어요. 집도 꼭 경복궁같이 큰 옛날 집인데, 거기서 어떤 할아버지가 해인이를 안아 주었어요. 해인이가 꼭 어린애처럼 작아져서 할아버지 품에 안겼는데 할아버지가 해인이를 안고 좋아하시는 걸 봤어요."

"그래, 그리고는?"

용 박사가 다음 말을 재촉했다.

"할아버지 하고 젊은 아저씨 같은 분들이 웃고 있는데 웃음소리가 똑똑하게 들렸어요. 그 웃음소리를 들으니까 마음이 안심 되고 기분이 좋았어요. 꼭 집에 온 느낌이었어요."

말하는 슬기의 표정이 안정되어 보였다. 들떠 있지도 않았다.

"그리고는 꿈을 깼거든요."

"좋은 곳을 다녀왔구나."

용 박사가 슬기의 어깨를 토닥여 주었다.

"슬기가 우리를 대표해서 좋은 곳을 다녀왔으니 이제 곧 좋은 일이 있을 겁니다. 힘들을 내십시오."

그렇게 말하는 용 박사의 얼굴이 상기되고 있었다. 무엇보다 해인이에 대한 희망이 있었다. 반드시 살아있을 거라는 희망이 슬기를 바라보는 용 박사의 두 눈에 가득 서리고 있었다.

슬기의 꿈 이야기에 보트 안 사람들의 얼굴에도 희망의 빛이 비치기 시작했다.

"슬기라고 했니?"

주연수가 누운 채로 슬기의 손을 잡았다.

"내 꿈까지 꿔줘서 고맙다. 우리 여기서 구출되면 앞으로 친하게 지내보자. 응? 슬기야."

슬기의 입이 헤벌쭉 벌어졌다. 슬기에게 주연수는 꿈이었다. 소녀의 꿈 그 자체였다. 그런 주연수가 자기 손을 잡아주고 이름을 부르며 친하게 지내보자는 말까지 더하자 날아갈 듯 기분이 황홀했다.

용 박사가 사방을 두리번거렸다. 해인이를 찾아보려는 것이었다. 해인이가 던져 준 밧줄을 들고 보트 주변을 샅샅이 훑어보았다. 그러나 아무것도 보이지 않았다. 뿐만 아니라 격랑으로 인해 아무 소리도 들을 수 없었다. 시뻘건 흙탕물이 높은 파도를 일으키며 쏟아져 내리는 소리 외는 들려오는 소리가 없었다. 그래도 보트 주변과 사방을 주시했다.

꿈의 내용이 너무도 선명했다. 아이들의 꿈이 또렷하고 선명한 것은 아이들의 영혼이 맑기 때문이었다.

슬기의 꿈 얘기에 용 박사의 가슴이 자꾸 뛰고 있었다.

최 형사와 김상구도 보트 주변을 살폈다. 험한 파도 위를 제트스키를 타고 따라와 로프를 던져주던 해인이의 모습이 선명하게 떠올랐다. 로프를 던져주던 해인이의 모습은 아이의 모습이 아니라 구세주의 모습이었다. 그런 해인이가 실종된 것이다.

로프를 들고 사방을 두리번거리는 용 박사의 속이 시꺼멓게 탔을 텐데도 내색 않고 자신들의 안전을 위해 애쓰는 모습이 고마워 보트 안 일동도 슬기의 꿈 얘기 이후 용 박사의 일을 자신의 일처럼 여기기 시작했다.

보트 앞머리에 엎드려 보트의 균형을 잡던 최 형사가 일어나 사방을 두리번거렸다. 보트 뒤에 앉아 있던 여선생도 연방 두리번거렸고 주연수를 매니저에게 맡긴 김상구도 일어나 사방을 주시했다.

보트의 분위기가 해인이를 곧 찾아낼 것 같았다. 은연중에 낌새를 차린 용 박사가 힘을 냈다.

해인이 앞에 낮게 뜬 드론이 해인이를 보고 날개를 상하로 흔들었다. 그 드론은 해인이의 드론이었다.

'그렇다면 다정이.....?'

그렇게 생각한 해인이가 손을 들어 커다랗게 원을 그려 보았다. 그러자 드론이 커다랗게 원을 그리며 돌았다. 해인이가 손으로 드론을 부르자 드론이 가까이 다가왔다. 가까이 온 드론을 향해 해인이가 손가락으로 V자를 보여주었다. 그러자 드론이 날개를 아래위로 끄덕였다. 가까이 온 드론이 해인이를 크게 클로즈업했다. 다정인 줄 안 해인이가 다정이에게 윙크했다. 그러자 드론이 또다시 날개를 흔들었다.

드론이 다시 보트 앞으로 왔다. 용 박사와 최 형사 앞에서 날개를 아래위로 흔들었다. 용 박사와 최 형사의 관심을 끈 드론이 해인이가 있는 곳으로 날아갔다 다시 돌아와 날개를 상하로 흔들기를 반복했다. 그 뜻을 안 용 박사가 드론이 날아간 방향을 향해 손나팔을 입에 대고 해인이를 불렀다. 그러자 최 형사와 김상구, 여선생이 다 같이 손나팔을 입에 대고 함께 소리를 질렀다. 소리가 훨씬 컸다. 해인이를 부르는 소리가 계속되었다.

해인이가 제트스키를 타고 떨어진 자리가 고무보트에서 그다지 멀지 않은 곳이었다. 드론이 왕복하는 자리도 그다지 먼 곳이 아니었다.

"해인아…… 해인아……."

용 박사와 최 형사가 중저음의 낮은 소리로 길게 불렀다. 그 소리에 맞춰 김상구와 여선생도 낮게 소리 냈다. 작은북 소리보다 큰북 소리가 멀리 가는 이치였다. 그 소리를 해인이가 들었다.

"아빠, 아빠다."

해인이가 놀라 소리쳤다.

"아빠…… 아빠 · … 아……."

자신을 부르는 쪽을 향해 손나팔을 대었다.

"나 여깃써어……"

"자, 잠깐. 무슨 소리가 들리는 것 같은데."

용 박사가 사람들을 제지했다.

"아빠……"

"살아있슴다. 박사님."

놀란 최 형사가 소리쳤다. 그와 동시에 영상을 보는 시청자들이 또다시 환호했다.

"해인..... 아……"

갑자기 눈시울이 뜨거워진 용 박사의 목소리가 갈라졌다.

"아빠……"

"그래. 아빠가 갈게……"

"아라써어. 빨리 와아……"

소리 나는 곳을 자세히 살펴보니 높은 파도와 각종 쓰레기에 가려 해인이가 보이지 않았다. 그러나 소리 나는 곳이 그리 멀지 않았다. 다급해진 용 박사가 소리 나는 곳을 향해 당장 뛰어들려고 했다.

"박사님, 로프를 허리에……"

최 형사의 제지에 용 박사가 떨리는 손으로 로프를 허리에 묶었다. 해인이가 던져준 24m 로프와 고무보트에 묶여있는 구조용 로프를 연결해 소리 나는 곳으로 용 박사가 헤엄쳐 나갔다. 그런데 막상 헤엄을 쳐 나가려니 보통 힘든 것이 아니었다. 빠른 물살에 파도가 높아 물살 헤치는 그 자체가 어려웠다. 그래도 가야 했다.

"해인아, 아빠가 간다."

"아라써어, 빨리 와아. 무서워 죽겠써어...."

"그래, 이제 다 왔다. 조금만 참아라."

아이에게 용기를 주며 검붉은 물살을 힘겹게 헤쳤다. 드론이 용 박사를 해인이가 있는 곳으로 안내했다.

"어디 있어, 아빠. 안 보여."

"아빠 여기 있다."

입으로 물을 뱉어내며 용 박사가 사력을 다했다. 해인이와 거리가 점점 좁혀지고 있었다.

"어디 있어. 아빠."

"여기 있다. 해인아."

드디어 용 박사가 해인이의 손을 잡았다.

"아빠!"

"해인아!"

용 박사가 해인이를 힘껏 끌어안았다.

"무사했구나, 우리 공주."

"아… 빠… 아……"

해인이가 솟구치는 감정을 못 이겨 몸을 떨며 울었다. 시청자들이 박수를 치며 환호했다.

"무서워 죽는 줄 알았어."

끌어안은 용 박사의 두 팔이 가늘게 떨었다. 해인이를 품에 안은 용 박사의 눈가에 눈물이 맺혔다. 믿을 수 없는 현실이 참으로 고맙고 감사했다.

바들바들 떨며 힘들어하는 해인이를 힘껏 끌어안은 용 박사가 눈가에 맺힌 눈물을 두 눈을 질끈 감아 털어버리고는 용기를 북돋아 주었다.

"그래, 이젠 괜찮다. 빨리 보트로 가자."

용 박사가 해인이를 안심시킨 뒤 로프를 당기며 소리 질렀다.

"최 형사, 해인이는 무사해. 로프를 당겨."

"예, 박사님."

최 형사와 김상구가 긴 로프를 당겼다. 로프가 묵직했다. 용 박사와 해인이가 서서히 끌려오고 있었다.

———

"해인이부터 올려."

용 박사가 해인이를 보트에 가까이 밀착시켰다. 그런 해인이를 최 형사가 번쩍 들어 올렸다.

"아저씨."

"그래, 해인아."

최 형사가 해인이를 와락 끌어안았다.

"무사했구나, 해인아."

해인이를 끌어안은 최 형사의 목소리가 떨렸고 해인이도 목이 메었다.

"해인아."

담임선생이었다.

"선생님."

해인이가 선생님 품에 와락 안겼다.

"그래, 해인아. 무사했구나."

담임선생님 품에서 해인이가 울음을 터트렸다. 그런 해인이를 다희와 슬기가 어루만졌다. 시청자들이 너나없이 가슴을 쓸어내리며 손뼉을 쳤다. 각본 없는 드라마 같았다.

"슬기야, 다희야. 나 무서워 죽는 줄 알았어."

"해인아……"

이번엔 아이들끼리 얼싸안고 한바탕 눈물을 쏟아냈다.

해인이의 구조로 보트 안의 분위기가 한결 밝아졌다. 슬기의 꿈이 맞은 것이었다.

그 소란에 주연수가 자리에서 일어나 앉아 해인이를 바라보았다. 해인이도 주연수를 마주 보았으나 말을 잊었다.

"니가 저 로프를 던져준 주인공이니?"

"로프를 던진 건 맞는데..... 언니처럼 주인공은 아니에요."

해인이의 목소리가 안으로 기어들었다.

"주인공이 따로 있니? 너처럼 용감한 사람이 주인공이지?"

그래도 뭔 말인지 알아듣지 못해 해인이가 눈을 껌뻑였다.

"우리 이야기를 영화로 만든다면 여기 있는 우리가 모두 주인공이 잖아. 배우들은 그럴싸하게 연기하는 거고."

"아."

알아들었는지 해인이가 고개를 끄덕였다.

"슬기의 꿈이 맞았구나. 우리 모두 아홉 명."

"예?"

해인이가 어리둥절한 눈을 들자 다희가 나서서 꿈 이야기를 설명했다.

"정말 니가 그런 꿈을 꿨어?"

해인이가 놀란 눈으로 슬기를 바라보았다.

"그렇다니."

"야, 권슬기. 대단한데. 용꿈을 다 꾸고."

"그래, 이것도 보통 인연은 아닌 거 같다. 우리 여기서 무사히 구출되면 해인이와 슬기, 다희. 우리 자주 만나자. 응?"

"예? 정말요?"

"그래, 정말."

해인이의 물음에 주연수가 한쪽 눈을 찡긋 하며 대답했다. 그 모습이 여자인 해인이가 보기에도 예뻤다.

"다정이도 있어요."

해인이의 그 말에 주연수가 "누군데?" 했다.

"저 드론을 조종하는 우리 친구요. 네 명이 한 팀이거든요."

그 말을 알아들었는지 주연수 앞에서 드론이 날개를 상하로 흔들었다. 주연수가 놀란 표정을 지었다.

"그럼 지금도 촬영 중이니?"

"예, 처음부터 다 찍었을 거예요."

해인이의 대답에 두 눈을 깜박깜박하던 주연수가 자리를 고쳐 앉더니 흩어진 머리카락을 곱게 쓸어 올리고는 드론을 바라보았다. 마치 카메라 앞에 선 배우 같은 모습이었다.

그 모습을 본 다정이가 날개를 아래위로 흔들었다. 드론과의 교감이 신기한지 주연수가 드론을 향해 윙크했다. 그 모습이 깜찍했다. 주변이 검붉은 홍수이기는 했지만……

그 장면을 본 단선제의 계 총무와 해인이 엄마가 마음을 놓았고 시청자들이 가슴을 쓸어내렸다.

주연수와 대화를 나누는 해인이를 바라보는 용 박사의 가슴으로 형언할 수 없는 기쁨이 몰려들고 있었다. 기적 같은 일이 일어난 것이다. 아니, 기적이었다. 생사조차 가늠하기 어려운 엄청난 폭포를 두 곳이나 지나 이런 급류 속에서 무사히 만났다는 것은 기적 중의 기적이었다. 그 사실이 믿어지지 않아 용 박사는 남몰래 슬그머니 허벅지를 꼬집어 보았다.

'……!'

정신이 번쩍 들도록 아팠다. 분명 꿈은 아니었다.

용 박사가 속으로 하느님 감사합니다를 연발했다. 그리고 반드시 구조대가 오리란 믿음이 생겼다. 그 생각만으로도 용 박사를 옥죄던 마음의 부담이 줄어들었다.

"그런데 아빠, 우리 진짜 집으로 돌아갈 수 있어?"

주연수와 얘기를 나누던 해인이가 느닷없이 용 박사에게 질문했다.

"그럼. 돌아갈 수 있지. 아빠가 있잖아."

그런 용 박사를 주연수와 여선생이 바라보았다.

"그런데 엄만 어디 있어?"

"수련장에 있지. 회원 가족들하고 다 같이."

"그럼 나만 몰랐네."

"넌 내가 데리고 수련장으로 바로 갈려고 했지."

입을 삐죽 내미는 해인이를 달래는 용 박사의 모습이 여선생과 주연수의 눈에는 친근해 보였다.

"근데, 여긴 어디야?"

용 박사가 사방을 두리번거리더니

"백양리는 지났고 이제 서천리 쪽으로 내려가는 것 같다."라고 했다.

"예쁜 집 많은데?"

"그래."

해인이가 고개를 끄덕였다. 그때 보트가 작은 와류를 넘어가며 또다시 털썩 떨어졌다. 놀란 아이들이 비명을 지르며 손잡이를 잡았다. 반사적인 몸부림이었다.

흔들리며 떠내려가던 보트가 다시 안정을 찾았다.

"최 형사, 김상구 씨. 잠깐만 모여보세요. 선생님도요."

용 박사가 보트 안에 있는 사람들을 불러 모았다.

"구조헬기가 바로 오면 다행이지만 만일 이대로 간다면 청평댐과 팔당댐을 만나게 됩니다. 의암댐에서 겪었던 일을 두 번 더 겪게 될 거예요."

그 말에 여자들이 비명을 질렀다. 김상구도 두 눈을 감으며 두 주먹을 꼭 쥐었다.

"그 어려움을 좀 더 쉽게 이겨 내려면 숨 조절을 잘해야 합니다.

폭포에서 떨어질 때는 숨을 크게 들이 쉰 다음 입을 꼭 다물고 그리고 물속에서 머리가 나오면 숨부터 내쉬고 곧바로 뒤로 누우세요. 침착하게 행동하면 됩니다. 구명조끼를 입었기 때문에 몸이 뜨거든요. 뒤로 누워서 손과 발로 균형을 잡으면 됩니다. 아시겠죠."

아이들이 울먹이다가 울음을 참고 고개를 끄덕였다.

해인이가 침착한 얼굴로 아빠에게 물었다.

"청평댐은 얼마나 남았어?"

"여기가 서천리 근처이니까 아직 멀었어."

주연수와 여선생이 잔뜩 긴장한 눈으로 용 박사를 쳐다보다가 아직 멀었다는 말에 긴장을 풀었다.

"밧줄 하고 구명조끼를 확인하세요. 밧줄이 끊어지거나 풀어지면 못 찾습니다. 그러니 밧줄 매듭을 잘 확인하세요."

주연수와 여선생이 밧줄을 확인했다. 밧줄은 단단했다. 구름을 벗어난 햇살이 쨍쨍 비쳤다. 그런데도 추웠다.

해인이가 침착하게 자신의 밧줄을 확인하고 나서 슬기와 다희의 밧줄을 확인했다. 그리고는 슬기와 다희의 귀에다 대고 속삭였다.

"우리 같이 힘내자. 알았지?"

그 모습을 바라보던 최 형사가 기특하다는 듯 고개를 끄덕였다.

"주연수 씨, 그리고 선생님, 숨 잘 참으십시오."

"예. 최 형사님. 최 형사님도 힘내세요."

주연수와 여선생이 최 형사를 바라보며 웃었다.

"운이 좋다면 청평댐에 닿기 전에 구조될 수 있으니까 그렇게 믿고 힘들 내세요."

용 박사의 그 말에 주연수와 여선생, 아이들이 좋아라 했다.

해인이가 슬기를 바라보며 슬기의 꿈 얘기를 물었다.

"정말로 용을 본 거야?"

슬기가 너무도 선명했던 꿈을 생각했음인지 조금 들떠 말했다.

"본 것만 아니라 용을 탔다니까."

"우리 모두 탔다구?"

해인이의 물음에 슬기가 신나서 말했다.

"그렇다니, 그런데 신기한 게 하늘을 난다는 느낌이 드는 순간 밝은 빛 속에 우리가 있더라구. 그리고 조금 있으니까 경복궁 같은 궁궐 안에 우리가 있었고."

"우와, 정말 궁궐에 갔었어?"

해인이가 신기하다는 듯 감탄을 자아냈다.

"응, 그런데 거기에 꼭 사극 드라마에 나오는 할아버지 같은 분들이 계셨는데 수염이 이렇게 길더라."

슬기가 가슴까지 내려오는 긴 수염을 쓰다듬듯이 흉내 냈다.

"그런데 그 수염이 긴 할아버지가 너를 안아주었어."

슬기가 해인이를 바라보자 해인이가 놀란 듯 두 눈을 똥그렇지 떴다.

"나를?"

"그래, 해인이, 너."

놀란 해인이가 다희를 돌아보았다. 다희도 놀란 얼굴이었다.

"어떤 할아버지가 너를 안아주셨는데 글쎄 니가 어린애처럼 작아졌다니."

"뭐? 어린애처럼 작아져? 내가?"

해인이가 신기하다는 듯 동그란 눈으로 다희를 돌아보았다. 놀라기는 다희도 마찬가지였다. 아까 들은 이야기였으나 파도 소리 때문에 잘 듣지 못했었다. 그런데 지금 다시 들어보니 환상적인 이야기였다.

"너 지금 해리포터와 헷갈린 거 아니지?"

해인이가 정색하고 물었다.

"해리포터는 남자잖아. 니가 남자니?"

슬기의 무뚝뚝한 대답에 해인이가 쿡 하고 웃었다. 그 말을 같이 듣던 주연수와 여선생도 같이 웃었다. 그런데 웃는 여선생의 안색이 편치 않아 보였다. 얼굴이 하얘지고 있었다.

"그리곤 어떻게 됐어?"

해인이가 궁금한 얼굴로 물었다.

"거긴 너무 평화로운 곳이었어. 할아버지들이 허허하고 웃으셨는데 정말 집에 온 것 같이 편안했어. 그리고 꿈을 깼어."

"야, 꿈이 너무 환상적이다. 우리 꼭 구조될 거 같은 예감인데?"

해인이가 슬기의 손을 꼭 잡았다.

—

다정이가 찍은 동영상을 실시간으로 보는 단선제에서는 희비가 교차하고 있었다. 실종자들을 찾았다는 것은 기쁨이었고 피난민으로서는 고통이었다.

강릉 해일로 집을 잃고 울부짖는 재난민들의 모습이 뉴스에 나올 때는 남의 일로 알았다. 그런데 정작 닥쳐보니 그 모습이 내 모습이었다. 집을 두고 피난 온 자신들이나 해일로 집을 잃고 울부짖는 사람들이나 다를 게 없었다. 처지가 같았다.

당장 잠은 어떻게 자야 할지가 걱정이었다. 칠전동 5층 수련장이 넓지만 눕기는커녕 앉아있기도 힘들 만큼 비좁고 빽빽했다. 시간이 지날수록 사람들이 더 밀려들어 건물 계단에까지 사람들로 만원을 이루고 있었다.

화장실 다녀오는 일도 전쟁이었다. 사람들 틈 사이를 비집고 가는 일도 힘들었지만 이미 화장실은 기다리는 사람들로 장사진을 이루고 있었다. 비좁은 곳에서 줄을 설 수도 없는 일이고 더구나 급한 사람은 참고 기다릴 수가 없었다. 옷을 입은 채로 쌀 수밖에 없는 형편이었다.

재해는 사람의 몸만 고달프게 하는 것이 아니라 자존심까지도 여지없이 무너뜨리는 아비규환의 생지옥이었다.

처절하게 울부짖던 고성 산불 피해지역 주민들과 강릉 해일 피해주민들의 모습이 이젠 자신들이라 생각하니 억장이 무너지고 피눈물이 났다. 이제 이 현실을 어떻게 헤쳐 나가야 하나 그것만 머릿속에 맴

돌고 있었다.

———

"헬기는 다 어디 간 거야. 보트 안에 있는 사람들을 빨리 구출해야 하잖아."

"아까 출발했으니 곧 구출하겠지, 뭐."

"그건 그런데. 어저껜 강릉 앞바다에서 지진이 나더니 오늘은 춘천이야?"

"지진은 북한에서 났고 춘천에선 댐이 터졌다잖아. 저렇게 되면 서울이 물바다 가 될 텐데. 이거 큰일이군."

"우리나라도 볼짱 다 봤구만, 지진이 쉴 새 없이 일어나는 걸 보면……"

사람들 입에서 저마다 탄식하는 소리가 쏟아져 나왔다.

"서, 서울이 물바다 되면 우, 우쩐데 유. 우리 애들이 서울에 있는디."

"아이고, 참말로, 우리 애들도 서울서 직장 다니구 있구마."

자식들을 서울로 보낸 지방의 부모들이 발을 굴렀다.

서울은 단순한 수도가 아니었다. 전 국민 3분의 1이 모여 사는, 전국에서 올라온 사람들로 이루어진 지방 연합체였다.

서울시민의 뿌리는 전국 각 지방이었다. 서울이 물바다가 되면 전국 각 지방에 사는 그들의 부모와 형제들이 피해를 입는 일이었고 서울이 흉사를 당하면 전국 각 지방이 흉사를 당하는 일이나 다름없었다.

경상도와 전라도, 충청도와 강원도, 경기도의 부모들이 서울에 있는 자식들을 구하기 위해 서둘렀다. 전라도와 경상도를 따질 일이 아니었다. 다 같은 우리 자식이며 형제자매들이었다.

지진에 의한 물난리 소식은 인터넷을 통해서도 급속히 확산되었다. 지상파 방송보다 인터넷을 선호하는 누리꾼들에게도 이 소식은 마른하늘에 날벼락이나 다름없는 일이었다. 서울이 물바다가 된다면 그 피해는 직접적이든 간접적이든 자신들에게도 미칠 것이기 때문이었다.

더구나 톱스타 주연수의 선행 소식과 수많은 관광객을 구해낸 용 박사와 최 형사, 여선생과 여중생들의 활약상이 실시간으로 방송되면서 인터넷 사이트가 뜨겁게 달아올랐다. 영웅들을 구해야 한다는 것이었다. 그 영웅들을 구하러 가자는 글들이 인터넷 각 사이트를 도배하고 있었다. 특히 주연수와 용 박사, 용해인의 이야기가 사람들을 더욱 감동시키고 있었다.

늦은 오후부터 중앙재난본부와 서울시가 본모습을 찾아가고 있었다. 응원하던 직원들이 그대로 복귀 한 때문이었다.

도심 곳곳에 설치된 대형 전광판에서는 응원가 대신 긴급재난 방송이 진행되었고, 민방위 대원들의 신속한 집결과 예비군의 집결을 호소하는 안내방송도 이어지고 있었다. 그 안내방송이 끝나고 나서 애국가가 울려 퍼졌다.

동해바다의 일출과 추암 촛대바위의 해돋이 장면이 전광판과 TV

화면을 가득 메우고 있었다. 사람들은 그제야 나라에 재난이 닥친 걸 인정하는 모습이었다.

애국가를 남다르게 기억하고 있는 사람들이었다. 기쁠 때나 슬플 때, 즐거울 때나 괴로울 때 사람들은 애국가를 부른다.

올림픽에서 금메달을 땄을 때 울려 퍼지는 애국가는 그 선수뿐 아니라 응원하는 전 국민의 가슴에 뭉클한 감동을 준다. 반대로 나라에 닥친 급박한 상황이나 위기 때에 듣는 애국가는 사람들을 하나로 뭉치게 하는 힘이 있었다. 지금이 그랬다.

전광판과 TV에서 울려 퍼지는 애국가가 사람들의 가슴에 위기를 일깨우고 서로 손을 잡게 했다. 응원단장이 봉사단이라 선언한 이후부터 시민응원단은 움직임이 달라졌다.

우왕좌왕하는 모습이나 먼저 빠져나가려고 안달하는 모습은 보이지 않고 마치 이런 날이 올 줄 알고 미리 훈련한 것처럼 침착하게 움직이는 것이었다.

그때였다. 애국가 4절이 끝나고 축구경기장이 다시 화면에 떴다. 예의 그 아나운서와 해설자가 굳은 표정으로 안내하기 시작했다.

물이 빠른 속도로 내려오고 있으니 낮은 곳에 계신 분들은 가까운 곳의 높은 건물 옥상으로 신속하게 대피하라는 안내였다. 모든 방송이 정규 방송을 중단하고 국가적 재난에 대비할 태세를 갖추기 시작했다.

아나운서의 대피요령에 대한 안내가 끝나고 다시 화면엔 시민응원단의 응원 모습과 대형 태극기가 관중석을 가득 메우고 흘러가는 모습이 보였다. 이어 대~한민국 짝짝–짝–짝짝하는 박수 소리가 들렸다.

광장에서 나가는 사람들이나 지하철에서 올라와 가까운 빌딩으로 올라가는 사람들이 주먹을 꼭 쥔 채 응원을 따라 했다. 그 어디서도 혼란스러운 모습은 보이지 않았다.

홍수가 가장 먼저 닿는 잠실 지하상가의 상인들이 피난짐을 꾸리느라 어수선했다.

"아, 아니. 이게 어, 어떻게 된 거야. 자루가 다 어디 갔어?"

"박스도 없네, 박스도......"

놀란 상인들이 저마다 소리 질렀다. 고가의 상품이나 보석 상가일수록 놀람의 강도는 더했다.

"007 가방에다 다 쓸어 담아. 언제 골라 담냐"

보석상 주인이 소리를 치면서도 가방에 일단 비싼 것부터 챙겼다. 고가의 보석을 챙기면서 얼굴빛이 창백해진 주인의 눈빛은 두려움과 공포에 젖어있었다.

주인과 직원들이 007 가방과 대형 트렁크에 보석들을 쓸어 담기 시작했다.

피난 짐이 많은 의류상가나 통신판매점도 놀랍고 두렵기는 마찬가지였다. 주인과 아르바이트 직원들이 자루를 구하기 우해 사방팔방으로 뛰어다녔다.

잠실에 있는 지하철 역사의 직원들이 땀과 눈물로 범벅이 된 채 피난 보따리를 옮기는 상인들을 도와 같이 나르고 있었다.

"물이 서울에 도달하려면 아직 멀었으니까 너무 서두르지 마시고 차근차근하세요. 우리도 도와 드릴 테니까요."

뜻밖이었다. 역장인 듯한 사람이 지하철 직원들과 함께 상가로 뛰어들면서 상인들이 힘을 냈다. 역사엔 최소한의 인원만 남기고 전 직원이 나와 시민들을 도왔다.

"들어 옮기기 힘든 건 상가에 놔두고 들 수 있는 것들만 먼저 옮기세요. 일단 빌딩 위로 옮기는 것이 급선무입니다."

땀에 젖은 역장이 직원들에게 소리쳤다.

역장의 지시에 따라 직원들이 피난 짐을 등에 지고 빌딩 높은 곳으로 올라갔다. 엘리베이터는 기다리는 사람들로 이미 만원이었다.

잠실의 모든 지하상가가 철시했다. 무엇보다 다행인 것은 주변에 높은 빌딩들이 많다는 것이었다. 방송을 들은 빌딩 주인들이 신속하게 옥상 문을 열어 시민들 대피를 도왔다.

TV에서는 민방위 대원의 집결을 호소하는 방송이 잇달았다. 그러나 그 방송 이전에 공공의 직원들이 자발적으로 움직이며 위기에 대응했고 그리고 서울시민 봉사단들이 온 힘을 다하고 있었다.

━

최 형사가 여선생 등을 두드리고 있었다. 물을 토하고도 이물감이 남았는지 여선생이 계속 헛구역질을 하고 있었다.

"최 형사님도 박사님처럼 내 등에 손을 대고 한 번 탁 쳐보세요. 속이 메스꺼워 죽겠어요."

최 형사의 얼굴이 화끈했다. 그게 말이 쉬워 한 번 탁이지 손바닥 치기가 어디 쉬운 타법인가? 최 형사가 여선생의 등을 계속 두드리기만 했다.

"아우, 최 형사님. 속 시원하게 한 번 탁 쳐주세요. 죽겠어요."

그러면서 여선생이 헛구역질을 길게 했다.

난감해하는 최 형사를 나오게 하고 용 박사가 다가갔다.

등을 몇 번 쓸어 올리던 용 박사가 여선생의 등을 탁 하고 쳤다. 그런데 신기하게도 여선생이 우웩 하며 물을 토해 내는 것이었다.

용 박사가 최 형사에게 여선생의 등을 계속 쓰다듬으라 손짓하고는 뒤로 물러났다.

"아, 시원하다. 그런데 최 형사님. 그 탁 치는 법 저도 좀 가르쳐주세요. 아이들한테 써먹게요."

여선생은 최 형사가 손바닥 치기를 한 것으로 아는 모양이었다.

"이제 정신이 듭니까?"

최 형사가 물었다.

"예, 최 형사님 덕분에…… 이제 살 것 같네요."

여선생이 탈진한 사람처럼 힘겨운 모습으로 돌아서서 털썩 주저앉았다.

용 박사가 주연수와 매니저에게 갔다. 주연수와 매니저를 돕는 용 박사의 모습을 늘어진 여선생이 보고 있었다.

"주연수 씨, 정신이 듭니까? 주연수 씨……"

주연수가 점점 늘어지고 있었다. 놀란 용 박사가 급히 주연수의 맥을 짚었다. 맥으로는 큰 탈이 없었다. 탈진 현상이었다.

용 박사가 급한 대로 혈 몇 군데를 눌러 회복을 도왔다. 토하고 나면 위가 쓰리게 마련이었다. 그 쓰림을 방지하고 원기를 북돋우는 혈을 누른 것이었다.

여선생의 눈에 용 박사의 구급법이 신비롭게 보였다.

"박사님, 저도 좀 만져주세요. 기운이 없어 죽겠어요."

여선생이 체면 불고하고 용 박사에게 팔을 내밀었다. 용 박사가 여선생을 진맥했다. 다행이었다. 폐의 맥이 정상으로 뛰고 있었다.

여선생도 주연수와 같은 곳의 혈을 짚어 눌렀다. 이제 잠시 후면 기력이 회복될 것이었다. 해인이와 다희, 슬기는 스스로 회복되어 가고 있었다.

그때였다. 서쪽 하늘에서 헬리콥터 소리가 아련하게 들려왔다. 멀리서 들려오는 소리였는데 그건 분명 헬리콥터 소리였다. 보트 위의 남자들이 일제히 소리 나는 곳을 향해 고개를 돌렸다.

햇빛에 가려 헬기는 보이지 않았지만 헬기 소리는 점점 가까이 들려왔다.

———

서울에서 청평댐까지 일직선으로 날아온 헬기 두 대가 고무보트가 있는 곳을 향해 다시 일직선으로 날아갔다. 고무보트의 위치를 드론이 제공하고 있었다.

　두 대의 헬기가 청평댐을 지나 가평을 향해 가는데 하얀 물보라가 강폭을 가득 메운 모습이 보였다. 그런데...... 물보라의 높이는 상상조차 해본 적이 없는 높이였다. 15m가 넘는 것 같았다.

　그 검붉은 홍수를 본 헬기 안 모든 사람의 등줄기로 오싹하는 전율이 흘렀다. 구조하다가 자신들이 먼저 죽을 것 같은 공포의 홍수였다. 엄청난 속도로 쏟아져 밀려오는 검붉은 홍수를 바라보며 고 시장이 어금니를 꾹 물었다. 동시에 구조대원들도 전의를 가다듬었다. 두 대의 헬리콥터가 고압선을 피해 최대한 저공으로 비행하며 올라갔다.

　헬리콥터 소리를 들은 용 박사와 일행이 사력을 다해 손을 흔드는 사이 드론이 고무보트 앞에 자리 잡고 있었다. GPS를 통해 헬기가 드론이 있는 곳으로 바로 찾아오도록 한 것이었다.

　"발신지가 저긴데....."

　다가가는 고 시장의 두 눈이 점점 커졌다. 발신지에 고무보트가 보였다. 그와 함께 손 흔드는 사람들도 보였다.

　"승주다, 내 동생 용승주. 그리고 해인이, 최 형사.... 모두 무사하구나. 모두......"

　고 시장의 코끝이 시큰했다.

고 시장이 급하게 헬기의 문을 열고 내려가려 하자 놀란 구조대원들이 고 시장을 진정시키고 나서 사다리 밧줄을 내렸다. 헬기 조종사가 헬기를 보트 가까이 대고 사람들을 구조하기 시작했다.

구조대원이 1호기에는 5명만 탈 수 있다 했다. 그 말을 들은 용박사가 최 형사에게 말했다.

"최 형사, 애들하고 주연수 씨를 먼저 태우고 그리고 자네가 올라가."

"아닙다, 박사님, 주연수 씨 보호는 박사님이 하새야 됨다."

듣고 보니 그랬다.

"오케이, 알았어. 어서 애들부터 올리자고."

먼저 해인이가 올라갔다.

밧줄 사다리를 타고 올라오는 해인이의 손을 고 시장이 덥석 잡고 끌어올렸다.

"니가 해인이구나!"

올라오는 해인이도 놀랐다. TV에서 보던 서울시장이기 때문이었다.

"……."

헬기 안으로 들어온 해인이를 고 시장이 와락 끌어안았다.

"큰일을 했구나. 해인이 네가……"

고 시장 품에 안긴 입술이 파란 해인이가 부들부들 떨었고 해인이를 끌어안은 고 시장의 감동 어린 얼굴에 눈물이 흘러내렸다. 이어서 다희와 슬기가 올라왔다. 고시장이 슬기와 다희를 잃었던 딸을 찾은 아버지의 얼굴로 끌어안았다.

1호 헬기가 구조하고 있는 사이 2호 헬기는 주변의 그압선을 확인했다.

헬기로 10분 거리에 고압선이 있었다. 그 사실을 므전으로 알려 준 2호 헬기가 다시 구조 현장으로 올라왔다.

다희를 올리고 주연수 씨를 올리려 하는데 그때 2흐기에서 무전이 왔다. 고압선에서 7분 거리라는 것이었다.

무전을 받은 1호선 구조대원과 최 형사, 김상구, 용 박사가 사력을 다했다.

그런데 주연수를 올리는데 애를 먹고 있었다. 탈진 증세에다 힘이 빠져 사다리를 잡지 못하는 것이었다. 주연수를 올리자면 들것으로 올려야 했다. 그 사실을 안 구조팀이 재빠르게 들것을 내렸다.

구조대원과 최 형사, 김상구가 주연수를 들어 들것에 눕히고 안전 벨트를 채웠다. 그때 2호선 헬기에서 30초 전이라는 무전이 왔다. 벨트를 채운 1호선 헬기가 위로 솟구쳤다. 아슬아슬했다. 간발의 차이로 주연수를 태운 들것이 고압선을 피했다.

다시 구조가 진행되었다.

주연수를 무사히 올린 1호선에 용 박사가 올라가는데 올라가는 용 박사가 놀란 얼굴을 했다.

자신의 손을 끌어당기는 사람이 다름 아닌 고 시장이기 때문이었다. 선배의 손을 잡고 헬기에 오른 용 박사가 와락 끌어안는 고 시장을 서로 부둥켜안고 감격해했다.

"기적이구나, 기적."

고 시장이 용 박사를 바라보며 하는 말이었다.

"저는 지금도 믿어지지 않습니다, 형님."

용 박사가 들떠서 말했다.

"그래? 나도 그렇다."

고 시장이 용 박사의 얼굴을 다시 바라보다가 구조된 일행을 바라보며

"아이구, 감사합니다, 하느님."

하며 진심으로 감사한 얼굴을 했다.

"그런데 사람이 급해지니까 별별 기도를 다하게 되더라."

"예? 기도요?"

용 박사가 아직도 감격에 젖어 있는 고 시장을 바라보며 궁금한 표정이었다.

"그래, 니가 용 씨잖아."

"예, 형님."

"내가 동해 용왕, 서해 용왕에게 기도를 다 했다니까. 내 동생이 용 씨인데 용왕님들께서 제발 좀 구해달라고……"

말하고도 쑥스러운지 고 시장이 너털웃음을 지었고 그 말에 등줄기가 쩌르르 떤 용 박사가 웃지도 않고 말했다.

"아이구, 어쩐지…… 그래서 슬기가 그런 신기한 꿈을 꾸었구나."

"꿈?"

고 시장이 궁금해했다.

"네, 용 꿈."

하며 용 박사가 골똘한 표정으로 말했다.

"구조되기 조금 전에 슬기가 용꿈을 꾸었는데요, 그 용에 우리 아홉 명이 타고 밝은 빛 속으로 들어갔답니다."

용 박사가 해인이와 다희의 손을 꼭 잡고 있는 슬기를 바라보는데 놀란 고 시장도 슬기를 바라보았다. 슬기가 갑자기 쑥스러운 듯 어른들의 시선을 피해 발가락만 꼼지락 대었다.

"빛 속으로 들어가자 곧바로 경복궁 같은 궁궐에 도착했는데 거기서 사극 드라마에서나 볼 수 있는 수염이 긴 할아버지들을 만났다고 했거든요. 제가 느끼기에는 신선들을 뵙고 온 듯해요."

듣는 고 시장이 더욱 놀란 얼굴로 말했다.

"그런 세계가 있긴 있나 보구나, 너를 보면 그런 세계가 느껴져."

고 시장이 용 박사를 돌아보며 하는 말이었다.

"그건 형님의 간절함이 통한 것이지요, 뭐."

"그런가?"

고시장이 웃었다.

"주파수만 맞으면 모든 방송을 보고 들을 수 있잖아요? 우리가 무언가를 간절히 원하면 원하는 것을 얻을 수 있는 세계...... 그런 정신 세계가 있다고는 합니다."

용 박사의 말이 무슨 뜻인지 몰라 주연수와 아이들이 그 두 어른을 바라보았다.

"다른 사람은 몰라도 자네 말은 믿지. 계 총무나 최 형사를 보면 자네를 보는 거 같거든."

"그렇습니까?"

"그래. 좋아하니까 저도 모르게 닮아 가는 거 아니겠어?"

용 박사가 겸연쩍어하는 그때 1차 구조를 마친 1호선 헬기가 2호선 구조를 지켜보았다. 고압선 위치를 알려줘야 했기 때문이었다. 1호선의 방송기자가 구조 장면을 계속 찍고 있었다. 다정이도 구조 장면을 세밀하게 찍고 있었다.

2호선 헬기가 고무보트에 바짝 붙었다. 비교적 건강한 남자 둘에 여자 둘이라 구조가 수월했다. 여선생과 일행이 헬기 발판인 스키드를 밟고 바로 올랐기 때문이었다.

━━

"그런데, 어떻게 알고 오셨어요?"

용 박사가 서울로 향하는 헬기 안에서 고 시장에게 물었다.

"단선제에서 보낸 동영상을 보고 왔지."

"아, 계 총무가 동영상을 잘 보냈나 보네요."

"그래, 그 신속한 보도 덕분에 서울과 춘천 시민들 피난 갈 시간도 벌었고, 또 너와 일행도 이렇게 구조할 수 있었다. 그리고 무엇보다 지금까지 실시간 방송을 한 드론이 큰 역할을 했다. 너와 일행이 의암댐에서 떨어지는 모습이거나 강촌 부근에서 고무보트를 찾은 거. 그리고 해인이를 찾아 구조한 이 모든 것이 실시간으로 방송이 됐거든."

용 박사가 놀라 해인이를 돌아보았다.

"다정이가 처음부터 촬영했어. 중도에서 주연수 언니가 움직이는 것부터.... 요."

"그래?"

용 박사가 눈치 것 존댓말을 쓰는 해인이의 어깨를 두드리며 고개를 끄덕였다.

"근데 아빠, 엄마한테 전화 안 해도 될까..... 요?"

해인이의 어색한 존댓말에 고 시장이 나섰다.

"춘천에서도 방송을 다 보셨을 거다. 드론도 촬영했겠지만 우리 방송기자도 헬 기로 구출하는 장면을 찍어 뉴스로 다 내보냈거든."

"네......"

해인이가 어색하게 대답했다.

"그래도 전화는 해야지. 너 전화기 없지?"

고 시장의 물음에 용 박사가 검붉은 흙탕물을 바라보며 말했다.

"전화기가 다 저 흙탕물 속에 있어요."

"그런 줄 알았다."

고 시장이 웃으며 해인이에게 스마트폰을 건네주었다.

해인이가 엄마에게 전화했다.

"엄마."

"해인아, 괜찮니?"

"우린 다 괜찮아. 엄마도 잘 피했어?"

"단선제로 왔지. 회원 가족 분들 모두 여기 있어. 여기서 너 헬기에 오르는 거 봤다. 홍수 끝날 때까지 몸조심하고, 해인아."

"알았어, 엄마."

용 박사가 해인이에게 전화 좀 바꿔달라고 눈짓했다.

"잠깐만, 엄마. 아빠가 전화 바꿔 달래요."

해인이가 전화기를 용 박사에게 건넸다.

"많이 놀랐지?"

"살다 살다 이런 날은 처음이네요. 뉴스 보니까 당신하고 최 형사님이 고생 많으시던데요."

용 박사가 웃었다.

"고생은 뭐. 어쨌든 하느님이 보우하신 거지. 거기 우리 총무 있으면 좀 바꿔 줘 봐."

계 총무가 전화를 받았다.

"괜찮으신 거죠, 박사님."

"우린 모두 괜찮네. 자네와 부회장님, 박달수 사장 등 우리 회원들이 수고 많았네."

"수고는 요, 당연히 해야 할 일을 한 건데요."

그 말에 용 박사가 허허하고 웃었다.

"우린 지금 시장님하고 같이 서울시청으로 가는데, 부회장님과 같이 피난민들 잘 돌봐드리게. 도착하면 다시 전화할게."

"네, 박사님. 피난민들은 잘 돌봐 드릴 테니까 염려 마시고요, 박사님 안전도 좀 챙기십시오. 그리고 최 형사도 고생 많았다고 전해 주십시오."

"그래, 알았어. 전해줄게. 도착하면 전화할게~."

"네, 박사님."

전화는 그것으로 끝났다. 그리고 그와 함께 단선제어서는 때아닌 환호성이 솟아올랐다. 5층 전체가 피난민들로 가득했는데 국민적 영웅이나 다름없는 용 박사와 통화했다는 사실만으로도 5층 전체가 환해지는 것 같았다. 긴 장마 끝에 보는 햇살같이 반가움이 이는 통화였다.

서울시청에서도 환호성이 울렸다. 고 시장이 구출한 아홉 명의 실종자가 고 시장과 함께 시청 대회의실로 들어선 것이다. 고 시장이 용 박사와 주연수, 최 형사, 어린 학생들을 데리고 대회의실로 들어서자 누가 먼저랄 것도 없이 전 직원이 자리에서 일어나 손뼉 치며 환호했다. 열렬한 환호 끝에 헬기에서 촬영한 구조 동영상과 엄청난 높이로 쏟아져 내려오는 홍수의 모습이 전파를 탔다.

구조 뉴스를 보던 전국의 시청자들도 구조 장면을 보며 환호했다. 그러나 이어진 화면에서 한 번도 본 적 없는 엄청난 높이의 무시무시한 홍수가 화면 가득 광란하며 쏟아져 내리자 시청자들이 놀라 자지러들었다. 사람으로는 막을 수 없는 어마어마한 홍수였다.

고 시장이 직접 본 홍수의 이동 경로가 확인되었다. 홍수는 현재 남이섬을 지나 금대리를 지나고 있다고 했다. 재난본부의 헬기와 방송사의 헬기들이 급히 동원되어 초대형 홍수의 현재 경로와 파괴력 등을 생중계로 내보내고 있었다.

한강 주변이 꿈틀댔다. 서울시가 긴급 재난을 대비하기 시작한 것이다. 중앙재난본부를 중심으로 서울시와 국정원, 국방부가 긴밀한 관계를 유지하며 재난에 대한 대비를 갖추어 나가자 국난을 극복하자는 소리가 퍼져 오르기 시작했다.

텅 비어 가는 시청 광장을 바라보던 고신백 시장이 부시장과 실, 국장, 과장, 계장, 담당 직원들로 가득 찬 대회의실에서 큰 소리로 말했다.

"저지대 주민 대피는 어떻게 되고 있습니까?"

"각 구청과 행정복지센터 직원들이 직접 뛰어다니며 주민들을 대피시키고 있습니다."

상황실장이 기다린 듯 대답했다.

"상황실장은 홍수에 직접 피해를 받는 지역의 동장과 구청장들이 저지대 주민들을 안전하게 대피시킬 수 있도록 시내버스와 여행사의 대형버스, 시, 구청의 출퇴근용 버스, 각 경찰서의 병력 후송 버스들을 동원해 주세요. 그리고 노인요양소, 고아원, 병원 등의 환자들도 안전한 곳으로 대피시키고, 각 국장들은 주민 대피 상황들을 실시간으로 보고토록 하세요."

고 시장이 회의장이 울리도록 큰소리로 외쳤다. 고 시장의 단호한 외침에 전 직원들이 다급하게 움직였다. 담당 직원들이 뛰었고 더구나 늦게 복귀한 직원들은 사죄의 마음으로 뛰었다. 결사적으로 뛰기 시작했다.

조금만 일찍 서둘렀더라면 하는 후회가 없는 것은 아니었으나 그러나 아직 서울에 홍수가 들어오지 않았다는 사실만으로도 시간은 있었다. 그 사실을 직시하며 한강과 북한강 수계의 모든 공무원이 바삐 움직이고 있었다.

　고 시장과 용 박사 일행이 종합상황실로 자리를 옮겼다. 그때 해인이의 눈에 드론이 보였다. 해인이가 드론 앞으로 갔다.

　"아빠, 이걸로 위험 지역의 주민들을 찍으면 어떨까... 요?"

　해인이의 말에 용 박사와 고 시장의 눈썹이 꿈틀 했다.

　"위험 지역을......?"

　"지하상가나 골목은 헬리콥터가 못 찍잖아요."

　고 시장과 용 박사의 머릿속으로 무언가가 번개같이 지나가는데 주연수가 소파에 조용히 기대며 앉았다. 앉아 기댄 주연수의 얼굴이 피로한 기색으로 가득했다. 그런 주연수 옆에 매니저도 같이 앉았다.

　"이게 환경감시용 장비인데......"

　고 시장이 드론을 들어 보이며 상황실장을 돌아보았다.

　"담당 직원도 나갔습니까?"

　상황실장이 고 시장 앞으로 달려와 대답했다.

　"담당 직원은 핀란드에 출장 갔습니다. 국제환경 심포지엄에 참석차....."

　"그럼 이걸 조종할 사람이 없습니까?"

　상황실장이 애매한 표정을 지으며 대답했다.

　"다들 자기 업무가 바빠......"

그 모습을 보던 해인이가 나섰다.

"시장님, 이거 제가 할 줄 알아요."

해인이의 말에 고 시장과 상황실장이 놀란 얼굴을 했다.

"니가?"

"저와 다정이, 슬기, 다희가 한 팀이거든요."

생글생글 웃는 해인이를 바라보며 놀란 고 시장이 반색했다. 다정이의 드론 촬영으로 전 국민이 생생한 사실을 알게 된 것이었다.

"조종기 있나요? 그리고 성능은 어떤가요?"

시장의 물음에 상황실장이 한 걸음 다가서며 대답했다.

"성능은 아주 좋습니다. 환경감시용이라 멀리서도 자세히 찍을 수 있는 고성능 카메라가 장착되어 있고 쌍방향 통신도 됩니다. 그리고 조종기는 여기 있습니다, 시장님."

조종기는 드론이 놓여있는 아래 칸에 있었다. 조종기와 스마트 선글라스를 받아 든 고 시장이 드론을 바닥에 놓고 조종기와 스마트 선글라스를 해인이에게 주며 말했다.

"한번 날려봐라, 해인아."

해인이가 생글생글 웃으며 드론을 띄웠다. 솟아오른 드론이 상황실 안을 자유자재로 날아다녔다. 능숙한 솜씨였다. 고구마 섬 교각 통과에 비하면 식은 죽 먹기나 다름없는 시험비행이었다. 한참을 날리던 해인이가 드론을 제자리에 안착시키고 고 시장을 쳐다보았다.

"그런데 시장님, 이 선글라스 하고 스마트폰을 연결해야 하는데요. 제 핸드폰이 물에 젖어서 못써요."

"아, 핸드폰...... 우리 비상용 핸드폰이 있지요?"

고 시장이 상황실장을 돌아보았다.

"예, 있습니다. 시장님."

상황실장이 캐비닛 보관함에서 비상용 스마트폰 두 개를 꺼냈다. 최신 스마트폰이었다.

"하나는 해인이, 또 하나는 너."

고 시장이 해인이와 용 박사에게 주었다. 그런데 스마트폰을 받은 해인이가 그 스마트폰을 다희에게 주었다.

"동영상 순간 편집은 다희가 잘하거든요. 저는 조종만 하고......"

고 시장이 미소 지으며 고개를 끄덕였다.

"그리고 슬기는요, 전체를 살펴봐야 하거든요."

역할 분담을 설득력 있게 말하는 해인이를 보고 고 시장이 밝은 얼굴로 용 박사의 어깨를 툭 치며 엄지 척을 했다.

"됐다. 그럼 가자."

고 시장이 상황실장은 시청에 남으라 하고 재난담당 국장과 재난담당 직원만을 데리고 여의도로 향하려고 할 때였다.

"아, 잠깐만 시장님."

자신을 부르는 용 박사를 고 시장이 궁금한 얼굴로 바라보았다.

"저기....."

용 박사가 소파에 누워있는 주연수를 가리켰다.

"제가 가서 인사하고 올게요."

누워있던 주연수와 매니저가 다가오는 용 박사를 바라보며 자리에서 일어나려 했다.

"아, 누워 계십시오."

용 박사가 뛰어가며 일어나려는 주연수와 매니저를 제지했다. 아이들과 여선생. 최 형사도 소파 앞으로 달려갔다.

"우린 시장님과 함께 주민들을 도우러 갈 겁니다. 홍수가 지나가고 나면 다시 올 테니까요 그 사이에 몸조리 잘하고 계세요. 매니저님도요."

용 박사의 말을 듣고 있던 주연수가 눈을 부릅뜨더니 자리에서 벌떡 일어나 앉았다.

"저를 빼고 가신다고요?"

주연수의 갑작스러운 행동에 용 박사와 일행들이 어리둥절했다. 매니저도 부스스 일어나 앉았다.

"지금 일손이 부족해 시민들이 나와서 봉사하고 있는 판인데 저보고 누워 있으라고요?"

빤히 올려다보는 주연수의 눈빛이 당차 보였다. 전혀 피곤한 기색이 아니었다.

"지금 주연수 씨는 안정을 취해야....."

"저 아무렇지 않아요, 박사님."

용 박사의 말을 주연수가 단호하게 끊었고, 용 박사와 일행이 그런 주연수를 의아한 눈으로 마주 보았다.

"저 정말 아무렇지도 않다니까요."

그 말과 함께 주연수가 소파에서 일어나려 했다. 그러자 해인이가 말렸다.

"언니, 정말 괜찮아요? 언닌 지금 환잔데....."

해인이가 소파에서 일어나려는 주연수의 손을 잡으며 걱정스럽게 쳐다보았다.

"아니야, 해인아. 나 정말 괜찮아. 볼래?"

주연수가 두 팔을 들어 이두박근(알통)을 뽐내는 보디빌더 흉내를 냈다. 그 모습을 보는 용 박사와 해인이가 쿡 하고 웃었다. 귀여워 보였기 때문이었다.

"그럼, 걸을 수 있겠어요?"

용 박사가 웃으며 말했다.

"그럼요, 박사님."

그 말과 동시에 주연수가 일어섰다. 일어선 주연수가 제자리걸음을 했다.

"자, 보세요. 괜찮지요?"

제자리걸음을 하는 주연수가 더욱 씩씩하게 걸었다. 그 모습을 보는 용 박사와 일행이 해맑게 웃었다.

"정말 다행입니다, 이렇게 걷는 모습을 보니."

그동안 잠자코 있던 최 형사가 한마디 했다.

"제가 원래 깡다구가 있거든요. 최 형사님."

그 말에 최 형사가 하하하고 웃었다.

"정말 괜찮으시다면 같이 가시죠. 매니저님은 어떠세요?"

용 박사의 말에 주연수가 매니저의 손을 잡았다.

"저도 괜찮습니다."

매니저가 가는 목소리로 대답했다.

"우리 매니저가 숫기는 없어도 힘은 장사거든요."

주연수가 매니저의 손을 잡은 채로 자랑하자 매니저가 쑥스러운 듯 고개를 숙였다. 지금껏 말이 없던 매니저를 바라보며 용 박사와 최 형사가 고개를 끄덕였다.

"그럼 가시지요."

그 모습을 멀리서 바라보던 고 시장이 환하게 웃었다.

고 시장 일행이 탄 24인승 미니버스와 시청 소속 중계차가 여의도를 향해 질주하기 시작했다. 도심으로 들어가는 도로는 한산했으나 도시 외각으로 나가는 도로는 차량 행렬이 꼬리에 꼬리를 물고 있었다. 그런데 길가엔 일반 시민과 붉은 티셔츠를 입은 붉은 악마 봉사단들이 5~6 명씩 조를 이루어 저층 소형 상가의 피난 짐을 옥상으로 옮겨주고 있었다. 그 모습에 고 시장의 가슴이 뭉클했다.

여의도가 분주했다. 모든 음식점이 철시했고 상가들은 피난 짐을 꾸리느라 경황이 없었다. 라임색 민방위복을 입은 고 시장 일행을 영등포 구청장과 재난본부의 직원들이 맞았다. 차에서 내린 해인이가 드론을 띄워 촬영하기 시작하면서 다희와 슬기, 여선생이 같이 움직였다.

"지하상가의 짐들을 옥상으로 옮겨야 하는데 사람이 턱없이 부족하니……"

처연한 표정의 고 시장을 바라보며 구청장이 빠르게 말했다.

"영등포의 모든 공무원이 여의도와 영등포 재래시장으로 나뉘다 보니 일손이 좀 부족합니다만 그래도 최선을 다하고 있습니다."

그때 지하상가를 둘러보던 여선생이 소리쳤다.

"저기…… 해인아, 저기를 촬영해."

해인이가 담임선생님이 가리키는 지하상가 계단 쪽으로 카메라를 돌렸다.

가냘파 보이는 젊은 여자가 큰 보따리를 어깨에 메고 비틀대며 계단을 오르고 있는데 계단 중간에서 더 이상 오르지 못하고 있었다. 아무래도 위태로워 보였다. 구청장의 보고를 받던 고 시장이 놀란 얼굴로 그 지하상가를 바라보았다.

"잠깐만 계세요, 저희가 도와 드리겠습니다."

영등포구청 직원과 재난본부 직원들이 뛰었다. 구청의 젊은 공무원이 달려가 여자가 짊어지고 있는 짐을 잡았다. 무거운 짐이었다.

"이렇게 무거운 짐을……"

직원이 어금니를 욱 물며 들어 올리는데 뒤따라온 재난본부 직원들이 같이 들었다. 상당히 무거운 짐이었다. 무거운 짐을 벗은 여자가 그제야 허리를 펴며 고마운 얼굴을 했다.

"감사합니다......?!"

인사하던 여자가 두 손으로 입을 가린 채 놀라워했다. 자신의 무거운 짐을 들어준 사람이 다름 아닌 민방위복을 입은 공무원인 까닭이었다. 그리고 멀리서 자신을 바라보고 있는 고 시장과 구청장을 보며 더욱 놀라워했다.

"엘리베이터로 올라가실 거죠?"

공무원의 물음에 "예.... 예" 대답하면서도 젊은 여자는 믿기지 않는 얼굴을 했다.

"엘리베이터가 어디 있는지 앞장서시지요."

공무원의 그 말에 젊은 여자가 앞에서 뜀걸음을 했고 보따리를 든 공무원들이 그 뒤를 바짝 쫓았다. 엘리베이터는 멀리 있었다. 숨이 찰 정도의 거리였다. 드론이 그 장면을 찍고 있었다.

엘리베이터 앞엔 이미 짐들이 가득했고 사람도 많았다. 민방위복 차림의 공무원들이 커다란 보따리를 같이 들고 들어오자 주민들이 자리를 비켜주며 놀라운 얼굴들을 했다.

공무원들이 보따리를 내려놓는데 젊은 여자가 "감사합니다, 선생님. 정말 고맙습니다." 며 허리 굽혀 인사했다.

"아닙니다. 아녜요. 또 옮길 건요? 이 건장한 남자들이 있을 때 말씀하세요. 도와드릴 테니까요." 보따리를 내려놓은 공무원이 허리를 펴며 말했다.

"이게 마지막으로 올라온 거예요, 선생님. 정말 감사합니다."

젊은 여자가 그제야 환한 얼굴로 고마워했다. 그 모습을 지켜보던 엘리베이터 앞의 많은 사람이 같이 고마운 얼굴을 하며 한 마디씩 했다.

"고맙습니다, 선생님들. 선생님들 덕분에 힘이 납니다."

"바쁘실 텐데 이렇게 도와주시고요. 아유..... 참."

사람들이 허리를 납죽하며 내일처럼 고마워했다.

"어려울수록 힘을 합해야지요, 뭐. 그리고 이 보따리가 무거운데 좀....."

공무원의 말뜻을 알아차린 한 사람이 선뜻 나섰다.

"그건 걱정 마십시오, 저희가 알아서 올려 드리겠습니다."

공무원이 기꺼운 마음으로 고맙다는 인사를 하려는데 다른 사람이 나섰다.

"여긴 그나마 다행인데요, 다른 곳은 지금 난리도 아닙니다. 여긴 저희들한테 맡기시고 선생님들은 급한 데를 도와주십시오."

하므로 공무원들이 홀가분한 마음으로 고 시장이 있는 곳으로 돌아왔다.

고 시장이 아파트 단지로 향했다. 아파트 단지로 가면서 고 시장이 구청장을 돌아보았다.

"아파트 주민들은 한 사람도 남지 말고 밖으로 피해야 합니다. 아파트는 옥상도 위험해요. 홍수가 정면으로 들이치기 때문에 아주 위험한 곳입니다."

용 박사와 여선생과 해인이, 슬기, 다희가 고 시장을 쫓아갔고 최 형사, 김상구는 주연수와 함께 그 뒤를 쫓았다.

그때 사이렌이 울렸다. 30분 간격으로 울리는 사이렌이었다. 사 이렌이 끝나길 기다려 구청장이 시장에게 말했다.

"이미 TV를 보신 주민들은 간단한 짐을 싸서 밖으로 나갔고, 아 직 남아 있는 주민들을 대피시키기 위해 구청 직원들이 방송하며 다니 고 있습니다. 문제는 짐이 많은 지하상가들입니다."

멀리 아파트 단지를 순회하며 방송하는 차량이 보였고 하늘에는 헬기가 날아다니고 있었다. 고 시장이 아파트 단지로 들어서는데 단지 가 어수선했다. 단지 전체가 한꺼번에 이사하는 것 같았다. 짐을 실은 차들이 앞 다퉈 빠져나가느라 혼잡했다.

그런데 고급 외제 SUV 차량 앞에 가족인 듯한 사람들이 차에 오 르지 못하고 발만 동동 구르는 모습이 보였다.

저층에 사는 주민으로 보이는 중년의 사내가 귀중품과 비싼 옷들 을 챙겨 트렁크와 뒷좌석, 앞 좌석에 구겨 넣듯이 집어넣고는 부인과 아이들 탈 곳이 없다며 발을 구르고 있었다.

고 시장이 그쪽으로 갔다.

"옷은 다시 구할 수 있지만 가족은 돈으로 구할 수 없잖습니까?"

그 말에 돌아보던 사내가 상대가 서울시장임을 알고 허리를 조금 숙여 보였다.

"그렇다고 이 비싼 걸 내버릴 수도 없고요."

"가족보다 귀한 것은 없으니 가족부터 챙기십시오."

그래도 사내가 옷에 대한 미련을 못 버리고 우물쭈물하자 고 시장이 눈을 부릅떴다.

"가족부터 구해야지요, 가족부터!"

고 시장이 버럭 소리를 지르자 부릅뜬 고 시장의 눈을 마주 보던 사내가 이내 옷가지들을 꺼내 들고 다시 집안으로 들어갔다. 부인과 아이들도 옷을 챙겨들고 다시 집안으로 들어가는 것을 보고서야 고 시장이 다른 곳으로 이동했다.

그때까지의 상황을 찍은 영상을 담임선생님과 같이 편집한 다희가 종합상황실로 보냈다. 동영상을 받은 종합상황실에서는 재난본부로 보냈고 재난본부에서는 여의도의 현재 상황과 일손 부족 상황을 재난문자와 함께 전 국민에게 발송했다. 그러자 놀라운 일이 벌어졌다. 여의도 일대에 있던 시민봉사대와 붉은악마 봉사대가 바로 모여든 것이다.

고 시장의 스마트폰에도 재난문자와 동영상이 떴다. 그 동영상을 본 고 시장이 여선생과 해인이, 다희, 슬기를 고마운 눈으로 바라보는데 재난국장이 고 시장에게 놀라운 보고를 했다.

"지금 시민 봉사대와 붉은 악마 봉사단 500여 명이 여의도역 5번 출구 쪽에 모였다고 합니다."

고 시장의 두 눈이 커졌다. 순식간에 500여 명이 모여든 놀라운 사실에 고 시장이 해인이와 다희, 슬기 그리고 여선생을 바라보며

"스마트 시대에 스마트한 사람들이 있어 정말 힘이 납니다."라고
말했다. 그리고는 해인이의 머리를 쓰다듬었다.

"그리 갑시다."

두 말할 필요가 없었다.

여의도역 5번 출구 쪽에는 일반 시민과 함께 붉은 티셔츠를 입은
젊은 사람들이 모여 고 시장 일행을 기다리고 있었다.

"그렇잖아도 일손이 턱없이 부족했는데 이렇게 와주셔서 고맙습
니다."

고 시장이 둥그렇게 둘러선 시민봉사대에게 머리 숙여 인사했다.

"무엇보다 상가가 급합니다. 아파트 주민들은 피난을 하시는데 상
가 주민들은 속수무책입니다. 특히 옷가게나 귀중품 판매상가일수록
더합니다. 이분들의 짐을 그 빌딩 옥상으로 옮겨 드리면 됩니다."

시민봉사대원들이 알았다고 했다.

고 시장이 그 500여 명을 50명씩 나누어 10개 팀으로 구성했다.
팀별 팀장 1인씩을 정하고 그리고 전체 팀의 이름을 여의도 팀이라 정
했다. 전체 팀인 여의도 팀장은 제1 팀장이 겸하도록 했다. 그 10명의
팀장을 불러 모아 고 시장이 설명했다.

"한 팀이 빌딩 하나씩을 맡아 상가들을 도와주시고요, 그 빌딩이
끝나면 다음 빌딩으로 옮겨 순차적으로 도와주십시오."

각 팀장들이 알았다고 하는 그때 여의도 상공에 뜬 드론이 현재

상황을 재차 찍고 있었다. 붉은 옷을 입은 시민봉사대와 민방위복 차림의 공무원들이 무언가 준비하는 과정을 찍고 그리고 이내 시민봉사대 500여 명이 10개 팀으로 나뉘더니 빌딩 하나에 한 팀씩 10개 빌딩의 지하로 들어가는 모습을 찍었다. 잠시 후 그 광경이 빌딩 옥상에 설치된 대형 전광판에 그대로 방송되었다.

아! 팔당운하

"할머니, 빨리 옥상으로 올라가세요. 물난리가 났다고요."

"뭐여? 물난리?"

"예, 그러니 빨리 올라가세요."

"비도 안 왔는디 뭔 물난리여? 시방 날 놀리는 거여? 읍시 산다고?"

몸이 단 흑석동 행정복지센터 직원과 반 지하에 사는 독거노인이 실랑이를 벌이고 있었다. 축구나 뉴스와는 담을 쌓고 사는 노인이었다.

"할머니, 지금 그런 말로 보낼 시간이 없어요. 빨리 옥상으로 피하세요."

"아, 글씨, 뜬금없이 뭔 물난리냐고. 나가 여그 오래 살았어도 물난리 한번 적거 보지 않은 사람이여. 그랑께 나 걱정 하덜 말고 딴사람 가서 도와줘. 어여 가봐."

행정복지센터 직원의 등줄기로 식은땀이 흘렀다. 그러나 너색 못하고 할머니를 대피시키기 위해 안간힘을 쏟고 있었다. 이렇게 가다가는 몇 사람 대피시키기가 어려울 것 같았다.

"아이고, 할머니."

행정복지센터 직원이 발을 굴렀다.

"아, 글씨 나 걱정 말고 딴 데 가보라니깐 그려쌌네. 어여 가봐. 남 귀찮게 굴지 말고."

할머니가 반쯤 열었던 문을 쾅 소리가 나도록 닫고는 안에서 찰칵 잠가 버렸다. 난감한 것은 행정복지센터 직원이었다. 한 사람이라도 더 대피를 시켜야 했다. 그런데, 이거야 말로 보통 심각한 난관이 아닐 수 없었다.

동작구청에서 차량을 동원해 안내방송을 하고 다녔으나 좁은 골목까지는 확성기의 내용이 전달되지 않았다. 그래서 행정복지센터 직원들이 구역별로 돌아다니며 일일이 대피시키고 있었다.

"할머니, 그러지 마시고 빨리 나오세요. 시간이 급합니다."

행정복지센터 직원이 오히려 큰 소리를 지르며 문을 쾅쾅 두드렸다. 방법이 없었다. 이렇게 큰 소리로 떠들면 이웃 주민들이라도 나와 보려니 해서였다.

"할머니, 빨리 나오시라니까요. 시간이 없어요."

행정복지센터 직원이 또다시 큰소리로 외쳤다.

"할머니 빨리 나오세요."

"아, 뭔데 이 난리요."

드디어 이웃 주민들이 문을 열고 나왔다. 바라던 바였다.

"댐이 터져서 그러는데요, 빨리 피하시라고 행정복지센터에서 나왔습니다. 높은 데로 빨리 피하세요."

이웃 주민들이 그렇게 말하는 행정복지센터 직원을 아래위로 훑어보며 빤히 쳐다보았다. 머리가 돈 사람이 아닌가 여기는 눈빛들이었다.

"언, 별사람도 다 있구만."

이웃 주민들이 끌끌 혀를 차며 문을 닫으려 할 때였다. 1층에 사는 집주인이 나왔다.

"아, 뭣들 하시는 겁니까. 뉴스도 안 보셨어요. 지금 댐이 터져 서울 사람 다 죽게 생겼는데 피난들 안 가고 뭐 하는 겁니까. 빨리 피하세요."

"예? 댐이 터져요?"

집주인 남자가 지른 소리에 세입자의 목소리가 올라가며 문이 다시 열리자 할머니도 문을 빼꼼 열고 다시 나왔다.

"뭐시여? 댐이 터졌어?"

"예, 할머니 그러니 빨리 높은 건물 옥상으로 피하세요. 저는 또 다른 곳으로 가봐야 합니다. 빨리 피하세요."

그 말을 끝으로 다른 집을 향해 성큼 걸음을 내딛는 행정복지센터 직원의 뒷모습을 퀭한 눈으로 바라보던 할머니가 그제야 자지러지며 소리쳤다.

"아이고, 이걸 워쩐디야."

행정복지센터 직원은 다시 다른 집의 현관문을 두드렸다. 반 지하에 사는 소녀 가장 집이었다.

고 시장이 흑석동으로 이동했다. 흑석동 저지대에서 직원들을 독려하던 동작구청장이 고 시장에게 급하게 보고했다.

"저희 직원들이 이곳 반 지하에 사시는 주민들을 일일이 대피시키고 있습니다."

"그래요?"

굳은 고 시장의 안색이 밝아졌다.

"아파트 주민들은 어찌 되었습니까?"

"한강변에 위치한 아파트 주민들 절반은 이미 대피했고 나머지 분들도 계속 대피하고 있습니다."

구청장의 대답에 고 시장이 심각한 어조로 부연하여 설명했다.

"홍수의 높이가 기존 수위에서 15m 이상 높아요. 물살도 빠르고…. 그 홍수에 직접 맞으면 아파트도 붕괴될 수 있어요. 그러니 한 분이라도 남아 있어서는 안 됩니다."

"예, 시장님. 한 분도 빠짐없이 대피시키겠습니다."

긴장한 모습으로 대답하는 구청장을 바라보며 고 시장이 또 다른 질문을 했다.

"현충원 방비는 어떻게 되고 있습니까?"

"국방부에서 나와 물막이 둑을 쌓고 있는데 출입구는 높게 막았고 그 주변으로 계속 쌓고 있습니다. 현충원이 워낙 넓은 지역이라……"

구청장이 동작구 관내를 돌며 직접 본 내용이었다.

"국방부라 신속하게 대처하고 있군요."

"예, 시장님."

고개를 끄덕이던 고 시장이 다시 물었다.

"지하상가는 어떻게 지원하고 있습니까?"

"때마침 달려온 시민봉사대가 팔을 걷어붙이고 돕고 있고, 해병대 전우회에서도 달려 나와 돕고 있어 상가 주민들이 힘을 내고 있습니다."

"그래요?"

고 시장이 감격했다.

"이렇게 고마울 수가……"

고 시장의 얼굴에 감동의 빛이 흘렀다.

"좀 늦긴 했지만 우리 직원들도 모두 달려 나와 주민들을 돕고 있습니다."

그 말에 고 시장이 동작 구청장의 손을 두 손으로 덥석 잡았다.

"고맙습니다. 정말 고생들 많습니다."

고 시장이 구청장의 손을 꾹 잡고 고마워했다.

"무고한 우리 시민들 단 한 사람이라도 억울한 피해를 당하면 안 됩니다."

"예, 시장님. 혼신의 힘을 다해 주민들을 돕겠습니다."

구청장이 허리 굽혀 대답했다.

대답하고 일어서는 구청장의 손을 한 번 더 힘주어 잡고 고 시장이 다른 질문을 했다.

"물이 쓸고 내려간 뒤에 일어날 일들에 대한 준비는 어찌 되어 있는지요?"

"방역과 재난민들의 안정적 구호에 차질이 없도록 준비하고 있습니다."

구청장의 준비된 대답에 고 시장도 힘이 났다.

"준비를 잘하고 계시는군요, 우리 구청장님이......"

고 시장의 칭찬에 겸연쩍어하는 구청장이 조신하게 더답했다.

"당연히 해야 할 일을 하는 것뿐입니다, 시장님."

그 말에 고 시장이 구청장의 어깨를 가볍게 툭 치는데 해인이가 스마트폰을 들고 고 시장에게 달려왔다.

"시장님, 청평댐이 위험하대요."

스마트폰을 받아 든 고 시장이 스마트폰을 자세히 보다가 주변에 있는 대형 전광판을 올려보았다.

대형 전광판에는 초대형 홍수가 청평댐을 뒤덮는 장면이 나오고 있었다. 자막에는 청평댐이라고 쓰여 있었다.

순간 고 시장과 동작 구청장, 재난국장이 놀라 어! 소리도 못 지르고 자지러들었고 주연수와 용 박사 일행도 진저리를 치며 자지러들었다. 자신들이 겪었던 거대한 홍수가 청평댐을 덮쳐누르는데 청평댐이 작아 보였다. 청평댐이 형체도 없이 그대로 묻혀 버렸다.

이어 천둥소리 같은 우렛소리가 들리더니 청평댐이 흔적도 없이 사라졌다.

청평댐을 무너뜨린 검붉은 홍수가 광란하며 몰려오고 있었다. 공포에 질려 굳어진 사람들이 꼼짝 못 하고 있었다. 마치 가위에 눌린 듯했다.

사이렌 소리가 들렸다. 이어 확성기에서 빨리 대피하라는 방송도 들렸다. 왕왕대는 소리에 꿈에서 깬 듯 고 시장이 구청장을 돌아보았다.

"나는 반포, 금호, 잠실로 가볼 테니까 구청장님은 하시던 일 마저 하세요."

고 시장이 대답하는 구청장의 손을 한 번 더 쥐고는 그대로 차에 올라 반포로 향했다. 반포로 향하는 차 안에서 주연수가 고 시장에게 고맙다고 했다.

"시장님이 아니었으면 저 엄청난 홍수에 우린 아마 죽었을 겁니다."

"기적이었습니다. 저런 홍수 속에서 살아 나왔다는 것은."

고 시장이 다행이라는 듯 고개를 끄덕이며 주연수와 일행을 돌아보았다.

"저 장면만 봐도 까무러칠 거 같은데 정말 저렇게 어마어마한 홍수 속에서 살아 나왔다는 사실이 믿어지지 않아요. 의암댐에서 떨어질 때는 지옥으로 떨어지는 줄 알았다니까요."

주연수의 그 말에 용 박사와 여선생, 최 형사와 김상구, 해인이, 다희 슬기가 똑같은 생각을 했는지 모두 오싹하며 진저리를 쳤다.

"그래도 침착하게 잘 견디셨습니다. 그때."

용 박사가 진저리 치는 주연수의 손을 잡아주었다.

"정말 박사님이 안 계셨더라면 저는 아마 이 자리에 있지도 못했을 겁니다."

주연수의 솔직한 심정에 용 박사가 겸연쩍어했다.

"중도에서 주연수 씨가 그렇게 해주지 않았다면 우리도 이 자리에 있지 못했을 겁니다. 한꺼번에 몰려나온 인파로 다들 물에 빠져 익사했을 테니까요."

두 사람의 이야기를 듣고 있던 고 시장이 궁금한 얼굴로 용 박사를 돌아보았다.

"아, 인산인해의 중도에서 중국 배우가 빠져나가니까 촬영이 끝난 줄 알고 선착장으로 사람들이 한꺼번에 몰려나오더라고요. 하마터면 대형 참사가 일어날 뻔했습니다."

고 시장이 웃으며 고개를 끄덕였다. 동영상을 통해 본 내용이었다. 그러나 업무가 바빠 그 영상을 못 본 재난국장은 바짝 긴장해서 들었다.

"그때 주연수 씨가 「팬들이 자신을 보려고 멀리 동남아와 중국에서 왔는데 그런 팬들을 두고 어떻게 먼저 나가느냐. 그분들 다 내보내고 자신은 맨 나중에 나가겠다.」 하면서 촬영하는 것처럼 꾸며줬어요. 저기 있는 조명 감독 김상구 씨가 확성기를 크게 틀고 조명을 밝게 하면서 거짓으로 촬영했고 그리고 주연수 씨가 팬들과 사진도 찍어주고…… 그러는 바람에 대형 참사를 막았습니다. 사람들이 다시 주연수 씨 쪽으로 몰려갔거든요."

고 시장이 가만히 듣고 있었다. 다시 들어도 감동적이었다.
"그 덕분에 관광객을 무사히 다 내보낼 수 있었어요. 그러고 나서 맨 마지막에 주연수 씨 일행을 태우고 나오다가 저 홍수에 쓸린 거예요."

김상구의 얼굴이 빨개졌다. 당연히 할 일을 한 것뿐인데 칭찬처럼 들리자 얼굴이 붉어진 것이다. 그런 김상구와 주연수, 매니저를 바라보는 고 시장의 얼굴로 감동의 빛이 흘렀고 재난국장의 두 눈은 붉어지고 있었다. 인간극장이 따로 없었다. 인간극장의 그 주인공들을 눈앞에서 직접 보고 있다는 사실이 믿기지 않는 모양이었다.
"그래서 해인이가 떠내려가는 보트를 구하겠다고 제트스키를 타고 따라간 거고?"
고 시장의 말에 해인이가 쑥스러워하는데 그런 해인이를 바라보는 재난국장의 표정이 또다시 놀란 얼굴이었다.
"여선생님은 영어를 잘하시니까 마이크를 들고 중도에서 나온 관광객들에게 영어로 설명했고, 다희와 슬기는 지쳐 쓰러진 주연수 씨를 부축해서 나왔어요."

용 박사의 부연 설명에 재난국장의 두 눈에 고이던 눈물이 소리 없이 흘러내렸다. 눈물 없인 들을 수 없는 이야기였다. 그 급박한 상황에서 먼저 도망가지 않은 것만으로도 가슴을 울리는 감동이었다.

미니버스가 반포에서 섰다. 서초구청장과 담당 공무원들이 아파트 밀집단지에 나와 있기 때문이었다.

서초구청장과 공무원들이 차에서 내리는 고 시장과 뉴스에서 보았던 주연수 씨와 용 박사, 용해인 등 관광객들을 구한 그 주인공들을 보자 놀랍고도 감격한 얼굴로 맞이했다.

"아파트 주민들은 대피 완료했습니다."

구청장이 진행 상황을 보고했다.

"이제 마지막으로 상가 주민들의 피난을 돕고 있는데요, 여의도에서 시장님과 시민봉사대의 뉴스가 난 것이 큰 힘이 됐습니다. 자원봉사자들이 쏟아져 나왔거든요. 특히 주연수 씨가 힘든 몸으로 나온 것을 보고 젊은 봉사자들이 많이 나와서 수월하게 피난 짐을 옮기고 있습니다."

듣는 고 시장이 해인이와 주연수를 돌아보며 다시 감탄했다. 상상도 하지 못한 큰 힘을 해인이와 주연수가 발휘하고 있는 것이었다.

"정말 다행입니다. 정말 다행..... 평소 구청장님이 잘 해오셨으니 이런 도움을 받는 것이지요, 뭐."

고 시장의 겸양에 구청장이 몸 둘 바를 몰라하며 대답했다.

"아닙니다, 시장님. 관광객 수만 명을 구출한 용 박사님과 주연수 씨, 그리고 해인이의 이야기가 인터넷 사이트에 1순위로 도배가 되어 있습니다. 지금쯤 병원에 있어야 할 사람들이 자신의 안위보다 서울시민들을 먼저 도우러 나왔다는 뉴스를 보고 모두 감동하고 있습니다. 사실 저부터 힘이 납니다, 시장님."

서초구청장의 진심 어린 얘기를 들으며 고 시장이 재삼 감동했다. 진심과 진실은 통한다는 말이 사실이었다. 용 박사나 주연수, 해인이의 행동은 진심이었고 진실이었다. 그것이 사람들을 움직이게 하고 있었다.

주민들 대피가 원활하게 진행되고 있는 반포에서 서초구청장과 담당 공무원들을 독려하고 난 고 시장이 홍수에 직격탄을 맞는 옥수동, 금호동으로 향했다. 옥수동과 금호동을 향해 달리는 한강 다리와 강변도로들은 상하행선이 모두 텅 비어 있었다. 강북은 북쪽으로 피난했고 강남은 남쪽으로 피난한 때문이었다.

옥수동과 금호동은 전쟁터를 방불케 했다. 홍수의 직접 피해를 받는 곳이다 보니 주민들의 공포가 극에 달해 있었다. 중국에서 발생한 대형 홍수에 건물들이 통째 쓰러져 파괴되고 쓸려가는 뉴스를 본 주민들이었다. 남의 일로만 알았던 사태를 자신이 직접 겪게 되면서 공포의 강도는 더했다. 고 시장이 모를 리 없었다.

지금 할 수 있는 일이란 촌각이라도 빨리 위험지역에서 벗어나는 일이었다. 그러나 집안에 귀중품이 많은 주민은 죽어도 못 간다 버티면서 공무원들이 그런 주민들을 설득하고 피난시키는데 시간을 뺏기고 있었다.

옥수동의 1층 상가와 금호동의 저지대 주민들 대피는 시민봉사대와 붉은 악마 봉사단이 결사적으로 돕고 있었다. 시민봉사대와 붉은 악마가 서울 시민들을 살리고 있었다. 아니 치우천황이 부리부리한 두 눈을 치켜뜨고 후손들을 지키고 있었다. 분명 그랬다.

저 뜨거운 열정…… 스스로 참여하는 뜨거운 열정이 위대한 힘을 발휘하고 있었다.

고 시장이 금호동 저지대에서 성동구청장의 대피 상황을 보고 받고 고 시장이 직접 저지대 현장을 살피러 갈 때였다.

"내 빌딩 옥상 문을 열어 놨으니까 빨리빨리들 올라가세요. 홍수가 들이치면 우리 지역이 가장 큰 피해를 봅니다. 빨리빨리 올라가세요."

하는 소리가 들려 돌아보니 중년의 건장한 사내가 양손을 입에 대고 소리치고 있다. 성동구청장이 "우리 지역에서 제일 큰 빌딩을 가진 주인입니다." 했다.

금호동의 지역 유지가 거리에 나서 양손을 입에 다고 큰 소리로 외치는 걸 본 그 동네 통장이 달려가 가세했다.

"이쪽 빌딩으로 올라가세요. 옥상 문이 열려 있답니다."

동네 주민들이 동네 통장의 안내에 따라 그 건물로 올라가는 것을 보고 구청장과 고 시장 일행이 가세했다. 고 시장과 일행을 알아본 주민들이 놀라워했다.

고 시장과 뉴스의 주인공들이 돕고 있다는 사실이 알려지며 젊은 청년들과 학생들이 구름처럼 모여들었다.

"청년들과 학생들은 지체 부자유자나 거동이 불편한 노약자부터 돌보세요. 우리는 나중에 뛰어가도 되니까."

고 시장의 그 말에 학생들이 뛰기 시작했다. 결사적으로 뛰었다.

고 시장과 뉴스의 주인공들이 옥수동 주민들을 대피시키고 있다는 소문이 퍼지면서 자원봉사대의 수가 급격히 불어났다. 동시에 지역 유지들도 나서기 시작했다.

"내 마트에 있는 물과 음료수, 그리고 먹을 수 있는 식품 모두 비상식량으로 내놓을 테니까 빌딩으로 옮기세요. 급합니다. 빨리요."

대형마트 사장이 고 시장이 있는 자원봉사대로 찾아와 자신의 물건을 전부 비상구호품으로 내놓겠다 하자 통장이 봉사대원들을 이끌고 급히 뛰어갔다. 어차피 물에 잠기면 쓰지 못할 물건들이었다. 그럴 바엔 차라리 지역 주민들에게 나눠주겠다는 것이 마트 사장의 말인데 그 말에 따라 빌딩 옥상엔 비상식량들로 가득 차기 시작했다. 그 모습을 스마트 선글라스를 낀 해인이가 드론으로 찍었다. 담임선생님과 다희가 옆에서 꼼꼼하게 챙긴 덕분이었다.

"휠체어를 이쪽으로 가져오세요."

용 박사와 고 시장이 지체부자유자를 부축한 채 고 시장이 소리쳤다. 그러자 한 청년이 휠체어를 끌고 득달같이 달려왔다.

"자, 조심해서 앉으세요."

고 시장의 도움으로 안전하게 대피하게 된 지체부자유자가 고맙다는 인사를 거듭했다. 휠체어가 없는 중증의 지체부자유자는 학생들이 업어서 대피시켰다.

"거동이 불편한 분들은 이리 모시고 오세요."

어디서 구했는지 젊은 청년이 전동카를 몰고 왔다. 그 전동카에 거동이 불편한 노인들이 탔고 전동카는 댓바람에 달려가 고층 빌딩의 엘리베이터 앞에 섰다.

"올라가다 엘리베이터가 서면 큰일 아녀?"

전동카에 탄 할아버지가 청년을 보고 하는 말이었다.

"아, 그래도 낮은 곳에 있다 물에 빠져 디지는 거 보다야 낫제. 어서 올라가세. 젊은이."

다른 노인이 그 노인을 핀잔 주며 젊은이를 고마운 눈으로 쳐다보았다. 곧이어 엘리베이터 문이 열리며 청년 둘이 나오더니 거동이 불편한 노인들을 부축해서 올라갔다.

금호동은 마치 거대한 벌집에 벌들이 들고 나는 것 같았다. 이미 방송을 통해 위기 상황을 안 주민들이었다. 방송을 본 주민들이 스스로 움직였고 방송을 미처 보지 못한 사람들은 공무원과 통장, 청년, 학생들이 뛰어다니며 긴급 상황을 알렸다. 더구나 서울시장이 금호동 주민들을 직접 대피시키고 있다는 소문에 금호동은 위기 속에서도 활기

4. 아 팔당운하 **253**

를 띄었다.

언제 열었는지 빌딩마다 옥상 문이 열려 있고 경비원들이 빌딩 앞에서 안내했다. 위기에 대처하는 마음은 다 같았다.

금호동의 마지막 점검을 하기 위해 고 시장 일행과 구청장, 재난국장과 직원, 동네 통장이 핸드 마이크를 들고 골목으로 뛰었다. 그 뒤를 젊은 청년들이 따르고 있고 여선생을 포함한 해인이의 드론이 따르고 있었다.

"아직 대피하지 못한 분들은 신속하게 건물 옥상으로 올라가세요. 그리고 거동이 불편하신 분들은 집 밖으로 나와 계십시오. 저희가 도와드리겠습니다."

거듭되는 방송에도 골목엔 사람이 보이지 않았다.

"이젠 다 피한 것 같은데 우리도 피하지요."

고 시장이 구청장에게 말했다.

"학생들, 이젠 우리도 피해야 될 것 같아요."

고 시장의 말에 학생들이 알았다는 듯 빌딩을 향해 뛰어가려는 순간이었다.

"여봐요. 여기…… 우리 좀 도와줘요."

분명 노인의 목소리였다.

"어디 예요. 어디 계세요."

고 시장과 용 박사가 반사적으로 발길을 돌려 소리 나는 곳을 찾았고, 해인이의 손을 잡은 여선생이 뛰었다. 그 뒤를 슬기와 다희가 뒤따랐다.

"여기…… 골목 끝…… 지하요."

고 시장이 뛰었다. 그 뒤를 사람들이 우르르 쫓아갔다. 놀랍게도 골목 끝엔 사람 눈에 잘 띄지 않는 작은 계단이 있었다. 소리는 거기서 들려오고 있었다. 모두 우르르 쏟아져 내려갔다. 드론이 이들을 촬영했다.

햇빛도 온전히 닿지 않는 어두컴컴한 곳이었다. 집도 다 허물어져 가는 스레트 지붕에 비닐로 바람을 막은 허름한 집이었다. 사람들이 우르르 내려오는 소리를 듣고 방 밖으로 나오는 두 사람을 보는 순간 고 시장과 용 박사, 여선생의 콧등이 시큰했다. 분명 반갑게 나오는 모습이었다.

한 손엔 지팡이를 들고 다른 한 손으로는 남편이 부인의 손을 잡았는데 어깨엔 작은 가방이 메어져 있었다. 급하게 싼 피난 짐이었을 가방이었다. 부인의 다른 손이 허공에서 허위허위 맴돌았다. 부인은 바깥출입을 전혀 안 하는 모양이었다. 머리 모양이 부스스했다.

"우린 앞을 못 보는데요. 우리 얘가 오늘 아침에 천안으로 출장 갔어요. 아까, 조금 전에 천안에서 전화가 왔는데 빨리 피하래요. 애가 울면서……"

50대 중반으로 보이는 시각장애인 부부였다. 뉴스를 볼 수 없으니 소식을 듣지 못한 것은 당연한 일이었다. 붉게 충혈 된 눈의 고 시장과 용 박사가 성큼 다가들어 두 사람을 업으려 했다. 그러자 뒤에 선 젊은 청년들이 뛰어 들며 자신들이 모시고 가겠다고 했다. 청년들의 등에 업힌 시각장애인 부부를 바라보는 고 시장의 눈시울이 붉어졌다.

그 두 사람을 업고 계단을 오르는 청년들의 맨 뒤에서 다시 한 번 그 집을 돌아보는 고 시장이 결국 눈물을 흘렸다. 음지에서 들려오는 소수 장애인의 깊은 신음소리를 직접 듣고 본 것이었다. 자신의 행정력의 한계를 뼈저리게 느끼며 고 시장이 흐르는 눈물을 손등으로 닦았다.

저지대 주민 대피를 끝내고 청담동으로 이동하려는 고 시장의 눈에 편의점에서 피난 짐을 싣는 트럭이 보였다. 편의점 사장과 부인인 듯한 사람이 피난을 가기 위해 물건들을 급히 트럭에 싣고 있었다.

"그렇잖아도 장사가 안 돼 죽겠는데 웬 물난리까지 나서 사람을 괴롭히는 거야. 니미."

땀에 젖은 상점 주인이 물건을 차에 실으며 투덜댔다. 도와주는 사람 없이 부인과 둘이서 부지런히 물건을 싣고 있었다.

고 시장이 편의점으로 향했다. 구청장과 재난국장, 직원과 청년들이 뒤 따르며 그 마지막에 통장이 따라오는데 갑자기 편의점에서 울음소리가 들렸다. 고 시장이 급히 뛰어갔다. 드론이 따랐다.

"아, 진짜. 힘들어 미치겠네. 이걸 언제 다 싣냐?"

물건을 싣는 남편이 짜증을 냈다.

"그래서 이걸 다 퍼주자고?"

"그럼 어떡할 거야. 물 먹으면 못쓰게 될 텐데."

남편과 부인이 물건을 두고 말다툼을 벌이고 있었다.

"싫어. 버리면 버렸지 난 못 줘. 이걸 어떻게 모은 돈으로 차린 편의점인데. 난 못 줘, 못 준다고."

부인이 손으로 얼굴을 가린 채 소리가 나도록 엉엉 울고 있었다.

두 사람의 말다툼 소리를 들으며 고 시장과 통장이 편의점으로 들어섰다.

"저..... 고신백 시장인데요. 시각장애인 두 분을 마지막으로 대피시키고 저도 대피하는 중입니다."

울던 부인이 울음을 그치고 고 시장을 빼꼼 쳐다보았다.

"......?!"

TV에서 보던 진짜 서울시장이었다.

"어떻게 도와드리면 되겠습니까?"

고 시장이 정색하고 다가서자 눈물범벅의 부인이 반색하며 달려들었다.

"어머, 시장님. 우리 좀 살려주세요. 이게 우리 전 재산입니다."

아내의 반색에 남편도 이게 웬일인가 하는 눈빛이었다.

뒤따라 들어온 통장이 보니 미용실에서 몇 번 본 적이 있는 편의점 여주인이었다. 편의점 규모에 비해 씀씀이가 커 보이는 여주인이었는데 구의원 출마를 꿈꾸고 있다는 소문을 들은 적이 있었다. 통장이 나섰다.

"이 많은 물건을 한 순간에 안전한 곳으로 옮기기란 마술이 아닌 이상 불가능한 일입니다."

반색했던 여주인의 표정이 금세 실망스러운 낯빛으로 일그러졌다.

"하지만 세상의 이치란 주면 받는 게 아니겠습니까?"

통장이 마치 선문답 하듯 여주인을 바라보자 여주인이 시큰둥한 얼굴로 듣는 둥 마는 둥이었다.

"특히 인심이란 되로 주면 말로 받는 것이 정한 이치인데요."

남편이 언뜻 알아들었다.

"맞습니다. 통장님. 통장님 말씀이 백번 옳습니다."

맞장구를 쳐대는 남편이 얄미운지 여주인이 눈자위를 모로 찢었다.

"당신, 구의원 나가는 게 꿈 이랬잖아. 어차피 이판사판이라 생각하고 동네에 인심 한 번 써봐. 진짜 선거 때는 이런 거 주고 싶어도 못 주니까."

구의원이란 말에 여주인의 눈빛이 반짝했다. 죽자 사자 말려대던 남편이 웬일로 구의원 타령이냐 싶은 것이다.

"맞아, 그땐 이런 거 주고 싶어도..... 못 주지 응?"

눈빛만 반짝이는 것이 아니었다. 여주인의 말끝에 신바람이 일었다. 구의원 얘기만 나오면 자다가도 벌떡 일어나는 여자였는데 말리던 남편이 인심 한 번 써보라 하자 이게 웬 떡이냐 싶은 것이었다. 두 눈을 깜박이는 여주인의 머리가 바쁘게 돌아갔다.

'전략상 이걸 미리 푼다면 명분도 얻고 인심도 얻고 그리고 실리

도 얻고…… 일타삼피…. 아, 아니 일거삼득이지.'

도리질 치던 여자가 꿈에도 그리던 구의원…… 생각만 해도 벌써 구의원이 된 기분인지 어깨 끝이 으쓱하고 올라갔다.

"여보, 이거 빨리 돌리자. 응? 그리고 어차피 물에 젖을 거란 생각은 하지도 마. 이건 분덩 수해 주민들을 위해 내가 내는 구호품이니까. 알았지? 응?"

이젠 오히려 동네 주민들에게 물건을 돌리지 못할까 걱정이었다. 물에 젖어 물건을 돌리지 못하면 구의원도 물거품이 된다. 생각이 거기에 이르자 여주인의 머릿속으로 걱정이 홍수처럼 밀려들었다.

"시장님, 좀 도와주세요. 물에 젖기 전에 이 물건들을 비상구호품으로 빨리 전달해야 합니다. 시장님, 예?"

고 시장이 어정쩡했으나 여주인은 안달했다.

"그리고 여보, 내가 일일이 인사 안 다녀도 될까? 아이 씨."

여주인이 거울 앞으로 쪼르르 달려가 머리를 매만지며 옷깃을 여미는데 그 테가

톱스타처럼 몹시 분주해 보였다.

"여보, 여보, 구의원 후보가 청바지를 입고 다니면 안 되잖아. 아이 씨. 청바지는 괜히 입고 나왔나 봐. 이럴 줄 알았으면 정장을 입고 나오는 건데."

남편 앞에 나와서 한마디 하고는 다시 거울 앞으로 쪼르르 달려갔다. 홍수에 떠밀려 곧 죽을지도 모르는데 여주인은 구의원에 당선이라도 된 양 바빴다.

남편의 의견을 들은 통장이 봉사대를 이끌고 곧바로 물건들을 빌딩 옥상으로 나르기 시작했다. 건장한 청년들이 편의점으로 들어서자 여주인이 반색하며 나섰다.

"예, 어서 오세요. 이건 우리 주민들을 위한 구호품입니다. 그리고 제가 이제 곧 구의원……."

순간 남편이 여주인을 낚아채듯 끌고는 안으로 들어갔다.

"당신 미쳤어? 지금 구의원 얘기를 하면 어떡해. 선거관리위원회에 잡혀가면 모든 게 끝이야, 끝. 알겠어?"

여주인이 머쓱한 표정을 지었다.

"알았어, 자기야. 내가 좀 예민했나 봐. 조심할게."

조신함도 잠시, 말을 마친 여주인이 바람같이 내달아 편의점 입구에 서서 다시 연방 허리를 숙여댔다.

"감사합니다. 여러분. 감사합니다. 감사합니다. 진짜진짜 감사합니다. 여러부~운."

청년들이 들어오다 말고 주인인 듯한 여자가 구부렁구부렁 인사하자 참 친절한 여사장도 다 있다 싶은 얼굴로 물건들을 날랐다.

땀에 젖은 청년들이 갈수록 늘어났다. 덩달아 여주인도 신바람이 났다. 이제 드디어 자신을 알아보는 것이라고……

편의점에 쌓인 물건들이 서서히 바닥을 드러냈다. 그러자 여주인이 남편에게 달려가 창고에 있는 물건들을 빨리 내오라며 소리 질렀다. 그리고 다시 입구로 달려

나가 허리를 굽혔다. 물건이 바닥나는 만큼 표가 쌓이는 것으로 보였다.

물건이 동이 나자 대가 탔다. 여주인이 남편에게 달려가 물건이 왜 요것밖에 안 되냐며 윽박지르는데 청년들이 또다시 우르르 몰려들었다. 그러자 반색한 여주인이 득달같이 입구로 달려 나가 배꼽인사를 했다. 두 손을 곱게 모아 배꼽에 대고 90도로 인사하는데 그 모습이 날아갈 듯이 사뿐했다. 청년들은 인심 좋은 주인이 인사성도 밝다며 웃어주었다.

20분이 채 안 되어 편의점의 물건들이 빌딩 옥상으로 옮겨졌다. 이윽고 여주인도 남편과 함께 빌딩 옥상으로 올라갔다. 남편과 여주인이 빌딩으로 올라가는 것을 보고 고 시장 일행은 삼성역으로 향했다. 삼성역으로 향하는 차 안에서 다희가 조금 전의 영상을 편집하는데 여 선생이 그 장면은 지우는 게 좋겠다고 했다. 다희가 웃으며 여주인 영상을 다 지웠다. 그 모습을 바라보며 용 박사가 고개를 끄덕였다.

▬

피난민들로 북적이는 옥상에 자기가 보낸 물건들이 수북이 쌓여 있자 여주인의 입이 함지박처럼 벌어졌다. 그 벌어져 다물어지지 않는 입으로 여주인이 옥상의 주민들에게 일일이 악수하며 돌아다녔다.

"여러부~운, 힘내세요. 제가 여러분을 도울 겁니다. 힘을 내세요. 여러...부~운."

편의점 여주인이 아예 팔을 걷어붙인 채 빌딩과 빌딩 사이를 오르
내렸다. 날이 밝을 때 한 사람이라도 더 만나보려는 생각에서였다.

갑작스러운 정전으로 엘리베이터가 정지하자 18층 계단을 두 발
로 오르내리며 악수하고 돌아다녔는데 이런 천재일우(좀처럼 만나기
어려운 기회)의 기회가 언제 또 오겠는가 싶어 여주인은 이 기회를 확
실하게 활용하고자 했다. 사람들에게 자신을 완전하게 인식시키기로
다짐한 것이다. 여주인은 위기가 곧 기회라는 말을 곧이들었다.

걸어서 빌딩을 오르내리는데 빌딩 두 채까지는 남편이 따라왔으
나 세 번째부터는 파김치가 된 남편이 더 이상 따라오지 못했다.

여주인이 다섯 번째 빌딩 옥상에서 악수를 끝내고 여섯 번째 빌딩
으로 향했다. 그런데도 피로한 기색이 없다. 빌딩을 오르내리느라 두
다리가 부들 떠는데도 얼굴엔 웃음기가 싱글벙글했다.

꿈에도 소원이 구의원이었다. 그 소망의 주인공이 여섯 번째 빌딩
을 올랐을 때였다. 서울이 조용했다. 그때서야 서울이 참 조용하다는
걸 여주인이 알아차렸다. 오가는 차들이 없었고 이토록 조용한 서울은
처음이었다.

여주인이 빌딩 밖을 내려다보는데 온 세상이 고요했다. 심산유곡
도 이만저만이 아니었다. 숨소리조차 멎은 여섯 번째 옥상 그 고요한
곳에서 여주인이 사람들과 악수하며 인사를 나누려는데 다리가 자꾸
후들거렸다. 그러나 다리가 떨리든 말든 여주인은 인사했다.

"안녕하세요, 여러부~운. 힘을 내세요. 제가 여러분을 도와드

릴...... 겁니다."

여주인이 후들거리는 다리를 억지로 끌고 다니며 악수를 청하는데 옥상의 분위기가 심상치 않았다.

사람들이 삼삼오오 모여 근심 소리만 늘어놓았다. 그때 한 노인이 가슴을 치며 진저리를 쳤다.

"아이구, 저눔에 홍수. 84년도 홍수 때 나는 집과 새끼털을 모두 잃었어. 그래서 난 물 쏟아지는 소리만 들어도 잠을 못 자. 잠을…….어이구."

"자네만 그런감. 그건 나도 마찬가지 아녀?"

1984년도 대 홍수에 집과 자식을 잃은 노인들이 금호동의 반 지하 셋방에서 어렵게 삶을 꾸려가고 있었다. 그런 노인들에게 장마철 홍수는 지금도 진절머리가 나도록 싫었다. 그런데 저 홍수가 노인들을 불안에 떨게 했다.

"할아버지. 앞으론 할아버지의 어려운 일을 제가 도와드릴 건데요. 그런데 할아버지, 홍수가 얼만 큼 차오를까요?"

"건 나도 모르지. 아짐씨는 알어?"

노인의 갑작스런 물음에 여주인이 난감한 얼굴을 했다.

" 모르지?"

"……예."

눈을 뚱그렇게 치뜨고 반문하는 노인 앞에서 여주인의 목소리가 목안으로 기어들었다.

"댐이 터져 서울이 물에 잼길 거라는 건 아는디 월맨큼 차오를지는 모른단 말여. 그란디 아짐씨는 먼 일로 악수를 하고 댕기는 겨?"

"아, 예. 저……"

난감했다. 구의원 후보라고 솔직하게 말할까 하다가 한 번 더 참았다. 구의원 후보라고 말했다간 할아버지한테 혼 날 것 같았다. 여주인이 대충 얼버무렸다.

"첨 보는 분들에게 인사하고 악수하는 게 제 취미거든요."

"그려? 참 존 취미네. 덕분에 젊은 여자 손도 잡아보고. 난 또 무신 선거 나온 여잔 줄 알았제."

그러면서 할아버지가 여주인의 손을 한 번 더 잡았다.

"존 취미를 가졌응께 이 나가 한 번 더 잡아 보는 거여. 여자가 선거하러 다니면 못 쓴당께. 아, 바람난단 말여. 나가 다 적거 본거여. 그라지만 이런 취미는 존 취민께 이 나가 한 번 더 잡아 주는 거여."

키가 멀대같이 큰 할아버지가 헐헐 웃으며 여주인의 손을 꾹 눌러 잡고 한동안 흔들었다.

그때 옆에서 가슴을 치던 다른 노인이 다시 우는 소리를 했다.

"아이고~오, 저눔에 홍수. 징그러워 죽겠어. 징글맞어 죽겠어. 아이고~오……"

노인이 옥상 바닥에 털썩 주저앉으며 주먹으로 가슴을 쳤다.

"저 엠뱅할 눔에 홍수가 내 새끼덜을 다 쓸어갔단 말여. 내 새끼덜을. 아이고~오."

쿵쿵 소리가 울리도록 가슴을 치던 노인이 통탄하던 끝에 하늘을 원망하며 울부짖기 시즈했다. 그러자 여주인이 어쩔 줄 몰라 했다. 각본에 없던 일이었다.

자신의 각본대로라면 자신은 그저 방긋방긋 웃으며 가볍게 살짝 악수나 하는 일이 전부였다. 꼬질꼬질한 노인이 옥상에 퍼질러 앉아 가슴을 치며 울리라고는 상상해본 적도 없었다.

"아이—씨."

여주인이 난감한 얼굴을 했다.

"그러잖아도 다리가 떨려 죽겠는데 이러면 난 어떡하라구—잉."

여주인이 난감한 얼굴을 들고 폴짝폴짝 뛰었다. 그러건 말건 노인은 억장이 무너 져 내리는 소리로 넋두리를 쏟아 냈다.

"방학 때 집에 오면 줄라구 품 팔아서 모아 논 돈도, 내 새끼덜도 저눔에 황톳물이 싹 쓸어 갔단 말여. 아이고~오 춘식아. 내 아들 춘식아~ 으……"

"나는 어떡하라구~ 잉……"

노인의 넋두리에 댁이 풀린 여주인이 그 자리에 풀썩 주저앉으며 어깨를 흔들었다.

"내 아들 춘식아~ 으……"

"나는 어떡하라구~ 잉……"

노인이 가슴을 치던 여주인은 어깨를 흔들었다.

"춘식아~ 으……

노인이 마치 판소리 하듯 가슴을 쥐어짜며 아들을 부를라 치면 여주인은

"나는 어떡하라구~ 잉……" 하며 어깨를 흔드는데 그 모습을 지켜보던 키가 멀대 같이 큰 노인이 두 사람 앞에 쭈그리고 앉아서

"둘이 아는 사인감?" 하고 물었다.

키다리 노인의 뜬금없는 물음에 꼬질꼬질한 노인이 두 눈을 꿈뻑대었고 여주인은 도리질을 쳤다.

"아는 사이도 아닌데 어찌 그리 장단을 잘 맞추남."

무슨 소린지 몰라 노인과 여주인이 서로 마주 쳐다보았다.

"이쪽에서 춘식아~ 으 하면 저쪽에선 나는 어떡하라구~ 잉 하는데 그래도 아는 사이가 아니란 말인감?"

두 사람이 동시에 고개를 끄덕였다.

"머야 그럼, 곡도 아니고 노래도 아니고…. 언, 지랄일세, 지랄이야."

키다리 노인이 눈알을 부라리며 지랄이라 하자 여주인이 발버둥을 쳤다.

"아이 씨, 난 몰라. 난 이제 어떻게 해ㅡ 잉……"

"어이, 자네. 춘식아~ 으, 해야지. 이쪽에선 했는데 안 해?"

노인이 아직 뭔 소린지 몰라 두 눈만 뜸부기 같이 뜨고는 끔뻑댔다.

"하던 지랄도 멍석을 깔면 안 한다더니 하라고 하니 안 하고 지랄이네."

키다리 노인이 휭하고 일어나 다른 곳으로 가버렸다.

가슴을 치던 노인이 울려고 하다가 새삼 울기가 민망한지 자리를

털고 일어나 키다리 노인 옆으로 갔고 혼자 남은 여주인만이 어깨를 흔들며 발버둥을 쳤다.

———

"압구정동 주민들 대피는 끝났습니다. 청담동과 삼성동 주민들도 대피가 끝났는데 상가 주인들이 아직 남아 있습니다."

고 시장이 고개를 끄덕였다. 금호동에서 겪었던 일이었다.

"고가의 물건들 때문이겠지요?"

"그것도 있지만 사람들이 모두 대피한 상황이라 도울 사람들이 없어 주인들이 발만 구르그 있는 실정입니다."

상세한 구청장의 설명에 고 시장이 깊게 한숨 쉬며 고민에 빠졌다. 목숨을 구하고자 피난한 사람들을 다시 불러 모으기도 어렵고…… 그렇다고 상가 주인들을 무작정 피하라 하기도 어려운 상황인데……

슬기와 다희의 손을 잡고 어른들 이야기를 듣고 있던 해인이가 고민에 싸인 시장과 아빠를 번갈아 보다가 주연수를 돌아보았다. 주연수를 돌아보는 그 순간 해인이의 머릿속으로 아이디어가 떠올랐다.

"시장님."

해인이가 고 시장을 불렀다.

"주연수 언니하고 우리가 실종되었던 사람이잖아요."

고 시장과 용 박사가 동시에 해인이를 바라보았다.

"주연수 언니하고 시장님이 상가 주민들 도우러 간다고 방송하면 사람들이 도우러 올 거 같은데요."

"그게 무슨 말이냐, 해인아?"

고 시장이 궁금한 얼굴이었다.

"주연수 언니하고 시장님이 앞장서고 우리가 따라가는 것을 드론으로 찍어 방송 에 내보내면……"

"아! 그렇지!"

순간 용 박사가 최 형사의 어깨를 툭 쳤다.

"중도에서 주연수 씨가 촬영하는 것처럼 했잖아."

그 순간 최 형사도 아! 하고 감탄했다. 그런 두 사람을 고 시장이 궁금한 눈으로 바라보았다.

"주연수 씨가 형님하고 같이 상가 주민들 도우러 가는데 어린 여학생들도 같이 가고 있다고 하면 감동한 사람들이 도우러 올 거다 이런 뜻이에요."

고 시장이 눈을 깜박거리는데 용 박사가 해인이를 바라보며 "그렇지?" 하자 해인이가 아빠를 바라보며 해맑게 고개를 끄덕였다.

궁금해하는 고 시장에게 용 박사가 중도에서의 일을 다시 설명하자 고 시장이 손뼉을 쳤다.

"나보고 연기자가 돼라 그런 뜻이지?"

"아니, 형님뿐만 아니라 우리가 모두 연기해야지요, 머."

느긋하게 대답하는 용 박사를 바라보며 고 시장이 웃었다.

"하자. 지금 이것보다 더한 것도 해야 할 판인데."

고 시장이 가뿐한 다음으로 주위를 둘러보다가 용 박사에게 농담을 한마디 했다.

"그런데 출연료는 느구한테 받냐?"

그 말에 둘러선 사람들이 소리 없이 웃었다.

뉴스에 주연수와 고 시장, 그리고 어린 여학생들이 청담동 상가 주민들 도우러 가는 장면이 크게 클로즈업되어 방송되었다. 그리고 이 장면은 중도에서 관광객 수만 명을 구출하고 실종되었던 주인공들이 천우신조로 구조되어 지금 고 시장과 함께 미처 피난하지 못한 청담동 상가 주민들을 다시 도으러 가는 모습이라고 했다. 그러면서 여의도에서부터 금호동까지 고 시장의 행적을 보도하고 난 아나운서가 고 시장과 주연수의 행보는 잠실로 이어질 것이라고 했다. 그리고 금호동에서 있었던 고 시장의 장님 부부 구출 장면이 뒤이어 방송되었고, 옥상에 비상 구호품이 쌓이는 모습도 방송되었다.

청담동과 잠실에 기적이 일어났다. 텅 비었던 거리가 온통 붉은색으로 뒤덮이고 있었다. 마치 1919년 3월 1일, 거리를 가득 메운 태극기 물결 같았다. 장롱 속 깊이 감춰두었던 태극기를 꺼내 들고 거리로 뛰쳐나와 만세 부르던 그날 같이……

그런데 붉은 티셔츠를 입은 사람들이 젊은이들이 아니었다. 대부분 4~50대 중 장년들이었다. 이들 중 장년들이 2002년 월드컵 때 입었던 티셔츠를 옷장 속에서 꺼내 입고 청담동으로 뛰쳐나온 것이다.

부끄러워 견딜 수가 없었다는 것이다. 미리 대피했던 중장년층들이 주연수와 어린 여학생들이 나오는 뉴스를 보고는 부끄러워 가만있을 수가 없었다고 했다.

이것이 드론을 통해 다시 뉴스를 탔고, 그 뉴스를 보는 고 시장이 해인이를 끌어안고 볼에 입맞춤을 했다. 기특해서 죽겠다는 표정이었다.

달려온 중장년의 시민봉사대와 함께 고 시장이 힘을 냈다. 상가의 주인들도 힘이 났다. 마치 죽었다 살아난 사람들 같았다. 혼자 물건을 나르다 홍수에 휩쓸려 꼭 죽을 줄 알았는데 난데없이 나타난 중장년층 시민봉사대가 무거운 물건들을 들고 옥상으로 올라가자 삽시간에 매장이 텅 비었다.

청담동 일대의 상가들을 정리한 고 시장이 강남 구청장을 불러 시민봉사대와 함께 빨리 대피하라 이르고는 곧바로 잠실로 향했다.

잠실의 아파트 주민들은 모두 대피했고 도로엔 차들도 없었다. 고 시장 일행이 잠실역으로 갔다. 지하 2~3층의 짐들을 나르느라 시민봉사대들이 혼신의 힘을 다하고 있는데 그때 붉은 티셔츠를 입은 몇 사람이 고 시장 일행 앞으로 오더니 용 박사에게 인사했다. 용 박사의 얼굴이 환해졌다. 수상스키클럽의 단골 멤버들이었다.

"오전에 박사님이 빨리 피하라고 해서 우린 일찍 피했는데 박사님 실종 소식을 뉴스를 보고 알았습니다."

"그렇습니까?"

고 시장이 그런 두 사람의 대화를 흐뭇한 표정으로 바라보고 있었다.

"박사님 구조 장면드 뉴스를 통해 봤고요, 고 시장님이 직접 구조하시는 모습을 보고 가슴이 울컥했습니다."

그 말에 고 시장이 다소 멋쩍어했다.

"그런데 병원에 계셔야 할 박사님이 쉬지도 않고 이렇게 구조 활동에 나선 모습을 생방송 뉴스를 통해 보았는데 저기 주연수 씨랑 시장님, 그리고 우리의 영웅 해인이가 서울시민들 돕는 모습을 보고 부끄러워 가만있을 수가 있어야지요."

해인이와 슬기, 다희가 그렇게 말하는 붉은 악마 아저씨를 신기한 듯 쳐다보았다.

"이게 2002년 월드컵 때 입었던 티셔츠인데요. 저만 아니라 여기 이분들 모두 같은 마음으로 티셔츠를 입고 나왔습니다."

그 말에 용 박사가 다시 밝은 표정으로 멤버들의 손을 잡았다. 이어 멤버들을 고 시장에게 소개했다.

"시장님, 우리 클럽 멤버들입니다."

고 시장이 반가운 얼굴로 멤버들을 맞았다.

"위험한 줄 알면서도 이렇게 나와 주셔서 고맙습니다."

"아닙니다, 시장님. 시장님과 박사님 같은 분이 계셔서 마음이 든든합니다."

또 다른 멤버가 한 마디 했다.

"좀 더 일찍 나오지 못 한 걸 부끄럽게 생각하고 있습니다, 시장님."

"무슨 말씀을 요, 이렇게 나와 주신 것만으로도 고마운데요."

고 시장이 멤버들의 손을 잡고 감사의 마음을 전했다.

고 시장 주변으로 사람들이 몰려들었다. 고 시장이 그런 사람들을 이끌고 잠실역 지하로 들어갔다. 지하 1층 상가들은 텅 비었고 지하 2층, 3층에서는 아직도 붉은 티셔츠를 입은 시민봉사대가 짐을 지고 주변 고층 건물로 올라가고 있었다. 상가들은 대부분 비어 가고 있었다.

그런데 롯데타워 지하상가엔 시민봉사대 외에 상아색 점퍼를 입은 사람들이 부지런히 움직이고 있었다. 고 시장이 궁금한 얼굴로 송파구청장을 돌아보았다.

"롯데그룹 전체 임직원이 롯데타워 지하상가의 물건들을 롯데타워 20~30층 사이에다 쌓고 있는 중입니다."

롯데그룹 직원들도 서울시민이었다. 당연히 서울시가 도와야 했다. 그러나 다행히도 롯데는 자체 힘으로 재난에 대처하고 있었다. 고 시장이 안도했다.

다시 육상으로 올라온 고 시장이 재난상황실을 홍수의 직접 피해 지역에 설치했다.

제일 먼저 물이 닿는 청담동과 잠실 지역은 시장인 본인과 재난국장, 송파. 강남 구청장이 맡고, 옥수동과 금호동은 제1 행정 부시장과 성동. 용산 구청장. 흑석동과 반포동은 제2 행정 부시장과 서초. 동작

구청장. 여의도는 정무 부시장과 영등포 구청장이 맡고, 시청은 비서실장이 종합상황실장을 갈아 재난에 대응하기로 했다. 시장의 지시에 담당자들이 신속하게 움직여 재난 대응태세를 갖추었다.

재난상황실은 재난지역의 가장 높은 빌딩 옥상으로 정했다. 그 빌딩 옥상으로 해당되는 공무원들이 집결했고 집결한 공무원들의 눈빛이 불타오르고 있었다. 시민봉사대와 같이 주민들을 대피시켰던 공무원들이었다. 아무 대가를 바라지 않는 시민봉사대의 순수한 희생정신에 감복한 공무원들이 다가올 재난에 맞서 싸울 각오를 단단히 다지고 있었다. 응당 자신들이 해야 할 일이었다. 옥상에 집결한 공무원들이 무전기와 노트북, 스마트폰으로 실시간으로 검색하며 구름 사이로 비치는 늦은 오후의 태양 볕을 온몸으로 받아내고 있었다.

▬

잠실의 고층 빌딩 온상에 상황실을 꾸린 고 시장 일행이 다음 상황에 대비하고 있는 그때였다.

"시장님, 팔당댐이 묻히고 있어요."

해인이가 실시간 방송을 보다가 소리치며 폰을 보여주었다.

폰을 들여다보는 고 시장이 순간 어금니를 물었다. 드디어 올 것이 온 것이었다. 고 시장의 얼굴이 굳어졌다.

"이런 때를 대비해 시장님이 구상한 팔당 운하를 건설했다면 서울이 위기를 벗어날 수 있었을 텐데......"

폰을 같이 보는 용 박사가 굳은 얼굴로 깊은 시름에 젖어가는 고 시장에게 위로의 말을 했다.

'팔당 운하……'

시름에 잠긴 고 시장이 고개를 꺾으며 한숨지었다.

'이런 때를 대비해 준비한 팔당 운하였는데……'

고 시장의 머릿속으로 만감이 교차했다.

한강 상류인 남한강과 북한강엔 큰 댐들이 많다. 특히 북한강 상류엔 화천댐, 춘천댐, 의암댐, 청평댐, 팔당댐 등 규모가 큰 다목적 댐이 많다. 북한강의 지류인 소양강에는 소양댐도 있다.

담수량이 많은 다목적 댐은 봄철에 극심한 가뭄을 극복하거나 여름철 홍수량을 조절해 수해를 방지하는데 큰 역할을 했다. 그 사실을 부인하지는 않는다. 그러나 지진에 대한 대비나 댐 붕괴에 따른 대비가 없어 늘 불안하던 고 시장이었다. 있다면 일제 강점기인 1925년 대홍수 이후에 세워진 조선총독부가 세운 수방대책이 전부였다.

그 수방대책이라는 것이 초당 3만 7천 톤의 홍수를 막아 낼 수 있는 제방 축조였다. 초당 3만 7천 톤은 이틀에 500밀리의 폭우로 200년 빈도의 대홍수를 말한다. 1925년 대홍수에 초당 3만 4천 톤의 홍수가 밀려와 원효로와 남대문 일대가 잠겼던 것이다. 그래서 나온 수방대책이 초당 3만 7천 톤까지 막아 낼 수 있는 제방 설치였다.

하지만 댐 붕괴는 다르다.

금강산댐의 저수량이 59억 4천만 톤이다. 59억 톤이라면 초당 30만 톤의 물이 밀어닥친다. 1925년 당시의 약 열 배에 이르는 홍수다. 댐 방류량이 초당 5,500톤이면 10초 안에 상암 경기장을 가득 채울 수 있는 양이다. 59억 4천만 톤의 물이면 상암 경기장의 약 10만 8천8백 배에 달하는 어마어마한 양이다. 장마로 인해 평화의 댐에도 물이 찼으니 그 양도 엄청날 뿐 아니라 그 아래에 있는 화천댐과 춘천댐, 의암댐, 청평댐, 팔당댐에 가득한 물들이 모두 합쳐진다면.....?

아찔했다. 대혼란이 일어날 것이고 또한 아비규환의 수라장이 될 것이다. 그 아수라장의 수장이 자신이었다. 대책 없이 속수무책으로 당해야 하는 아수라장의 수장이 바로 자신인 것이다. 생각이 거기에 이르자 고 시장의 전신으로 오싹하는 소름이 돋았다.

'목숨을 걸고라도 운하 건설을 관철시켜야 했어!'

고 시장은 서울시장 재선 초에 유사시를 대비해 청평에서 팔당까지 일직선으로 뻗은 수로를 경안천으로 연장해 시화호로 빠지는 팔당 운하를 구상했었다.

팔당 운하를 통해 북한강과 남한강의 맑은 물로 시화호의 수질을 개선할 수가 있고, 유사시 팔당 운하를 통해 서울을 보호할 수 있을 뿐 아니라 평상시에는 한강의 수량을 안정적으로 조절해 한강을 국제 수상스포츠와 수상 레저관광의 요람으로 탈바꿈시키는 그런 구상이었다.

그러나 그 구상은 천문학적인 자금이 들어가는 방대한 사업이었다. 당연히 국민 여론을 들어야 하는 국가적 사안으로 비화했다.

토론회가 열리고 국회와 언론에서 이 문제를 집중적으로 다루었다. 하지만 결론이 나지 않았다. 지진에 관한 한 한반도는 일본에 비해 비교적 안전한 지역이라는 애매모호한 주장이 고개를 들었고, 평화의 댐은 아직도 앙금이 가시지 않은 정치적 부산물이라는 여론이 지배적인 까닭이었다. 그리고 무엇보다 재정이 문제였다.

차일피일 미루던 그 구상은 결국 재정적 난제에 밀려 국회에 상정조차 되지 못하고 사장되었다. 그때만 해도 자신의 구상이 무모한 줄 알았다. 그래서 비웃음도 참고 손가락질도 감내했다. 그러나 사정이 이에 이르고 보니 왜 그때 목숨 걸고 자신의 구상을 관철시키지 못했던가 하는 후회가 뼛속에 사무쳤다.

복구비만 해도 팔당 운하 건설비의 몇 십 배가 될 터이다. 뿐인가. 이제 막 안정세에 접어든 한국경제가 다시 몇 십 년 뒤로 후퇴할지도 모를 일이었다. 참담했다.

한숨짓던 고 시장이 고개를 들었다. 사방이 조용했다. 이처럼 고요한 서울은 처음이었다. 생전 처음으로 고요한 서울을 경험하는 고 시장이었다.

———

팔당댐을 무너뜨린 거대한 홍수가 드디어 서울을 침범했다.

먼저 남양주와 구리를 쓸어버리더니 호호 탕탕한 그 기세로 잠실과 청담동을 들이쳤다. 물바다가 따로 없었다. 건물과 건물 사이를 진흙탕물이 헤집고 돌며 요란한 소리를 냈다. 도심의 빌딩들이 흡사 폭풍우가 몰아치는 성난 바다 위에 솟은 섬 같았다.

홍수가 휩쓸고 지나간 자리엔 성해 남는 것이 없었다. 한강 다리가 차례로 사라졌다. 마치 도미노 같았다.

땅이 울렸다. 놀란 송파 구청장의 눈빛이 고 시장을 향했다.

"시장님, 땅이 울립니다. 진동이 대단한데요."

고 시장도 옥상 바닥을 통해서 울리는 그 진동을 느꼈다. 그때 직원이 무전기를 들고 왔다.

"청와대 비서실장 무전입니다."

고 시장이 급히 무전기를 받았다.

"예, 고신백 시장입니다. 모두 무사하십니까."

"네, 시장님. 저흰 무사합니다."

"한강 주변의 저지대 주민들은 대피 완료했고 저는 지금 잠실의 고층빌딩 옥상에 있습니다."

"아, 그렇습니까? 저희도 지금 안전한 곳으로 이동하고 있습니다."

"예, 모두 안전하시기 바랍니다."

"네, 시장님…… 시장님께서도 몸조심하십시오."

"예, 감사합니다, 실장님."

무전기를 직원에게 돌려준 고 시장이 재난국장에게 말했다.

"청와대 관계자들이 대피한다는군요."

"진작 대피했어야 했는데요…… 그나마 지금이라도 대피한다니 다행입니다, 시장님."

"대통령께서 안 계시니 좀 늦어진 거 같네요."

빌딩이 울리자 옥상으로 대피해 있는 주민들이 고 시장 일행이 있는 곳으로 몰려왔다. 생전 들어보지 못한 소리와 땅울림에 놀란 것이었다.

"이런 사태를 미리 막지 못해 정말 송구스럽습니다."

고 시장이 그중 나이가 많아 보이는 노인의 손을 두 손으로 잡고 진심으로 사과했다.

"이런 때를 대비해 팔당 운하를 건설하려던 시장님이야 할 일 제대로 하셨지요."

노인이 오히려 손에 힘을 주며 고 시장의 두 손을 잡았다. 그 순간 고 시장의 가슴이 울컥하며 눈시울이 붉어졌다.

"말이야 바른말이지, 이런 천재지변을 미리 예상한 고 시장 같은 분이 어디 흔하오?"

앙상한 손으로 두 손에 힘을 주어 격려하는 노인 앞에서 갑자기 작아진 듯 고 시장이 자신도 모르게 눈물을 흘렸다.

국회에서는 반대했으나 이해 당사자인 서울 시민들은 팔당 운하의 필요성을 온 마음으로 절감하고 있었다. 해인이가 드론으로 그 모습을 촬영하고 있었다.

옥상에서 불안한 밤을 지새울 주민들을 위로하고자 했던 고 시장이 오히려 주민들로부터 격려를 받고 눈물을 흘리자 주민들이 고 시장을 향해 힘내라며 용기를 북돋워 주었다.

"그럼요, 주민들을 직접 챙기는 우리 시장님 같은 분이 어디 또 있겠어요."

중년 부인이 말했다.

"그때 팔당 운하를 뚫었어야 했습니다. 그렇게만 했으면 서울이 침수되는 일은 없었을 겁니다. 아효.... 쌍놈들. 제 집구석이 침수당해 봐야 알지"

중년 사내가 두 눈을 부라리며 고 시장을 두둔했다.

"우리가 피땀으로 세운 서울인데...... 이런 모습을 봐야 하다니......"

눈시울 붉어진 80대 노인이 가슴을 치며 한탄했다.

"이걸 복구하자면 얼마나 걸릴지......"

고 시장을 격려하던 처음의 노인이 숙연하게 말하는데 그때 어디서 났는지 은박지 돗자리 몇 개를 구청 직원이 가지고 올라왔다. 직원은 고 시장을 위해 깔려그 했으나 고 시장은 그 돗자리를 나이 많은 어르신들께 먼저 드렸다.

놀란 노인이 사양했다. 나이 많이 먹은 게 무슨 자랑이라고 염치없이 그 돗자리를 깔고 앉느냐, 재난을 책임진 고 시장이야 말로 이곳의 어른이니 고 시장부터 깔아드리라 했다. 그러자 고 시장은 시민들이야 말로 서울의 주인이니 당연히 연세 높으신 어르신들이 먼저 앉아야 한다며 물러서지 않았다.

그 돗자리를 들고 직원들이 왔다 갔다 했다. 노인들은 노인들대로 극구 사양했고 고 시장은 고 시장대로 물러남이 없었다.

작은 돗자리 몇 개를 들고 이쪽저쪽으로 왔다 갔다 하는 직원들의 모양새가 애매했으나 그러나 그런 직원들을 주민들은 흐뭇한 눈으로 바라보았다.

결국 돗자리를 반으로 나누었다. 그래야 마음이 편하다는 노인들의 말에 고 시장이 양보하여 반으로 나눈 것이다.

돗자리에 앉은 고 시장이 재난국장에게 지시했다.

"홍수의 현재 상황을 금호동과 흑석동, 여의도 상황실에 알리세요."

재난국장이 무전기로 각 구청장들에게 상황을 전달하는 모습을 보며 고 시장이 긴 한숨을 내쉬었다. 고 시장의 귀에 우르릉 대는 소리와 쏴아~ 하는 소름 끼치는 소리가 들렸다. 생전 처음 듣는 홍수 쏟아지는 소리였다. 이 거친 홍수가 금호동과 흑석동을 들이치고 계속해서 여의도를 덮칠 것이다. 그 생각에 고 시장의 등줄기로 써늘한 전율이 흘렀다.

이렇게 조용한 서울은 태어나서 처음이었다. 아무리 첩첩산중일지라도 새소리는 들린다. 그러나 새소리마저 들리지 않는 서울은 적막했다. 하늘엔 구름이 점점 짙게 깔려 북으로 올라가는 중에 언뜻언뜻 보이는 저녁 햇빛이 옥상을 비췄다. 이토록 완벽한 고요는 생에 처음 맞는 고 시장이었다.

───

"아이구, 이게 웬 겁니까."

"지금 계속 물을 붓고 있습니다. 시장님께서 먼저 드시지요."

노인들이 젊은 여자들을 대동하고 컵라면을 끓여 와서 고 시장과 직원들에게 나눠주고 있었다. 그 일을 주연수와 매니저, 여선생과 슬기, 다희가 돕고 있고 혜인이는 드론으로 계속 촬영하고 있었다.

"우리가 해야 할 일을 어르신들께서 손수 하시다니요."

"우리야 이런 일 아니면 따로 할 일이 있나요. 신경 많이 쓰시는 시장님이 힘드시지…… 걱정 말고 드십시오."

고 시장의 겸양에 노인들이 신바람을 냈다. 어디서 구했는지 가스 버너에 큰 주전자를 올려놓고 물을 계속 끓이고 있었다. 가스버너에서 끓고 있는 큰 주전자가 여러 개 보였다.

"이건 말이야. 금호동에 있는 어떤 사업가가 자신의 마트에 있던 물건을 비상 구호품으로 내놓은 건데 마침 시장님이 계시는 곳에서 요긴하게 쓰일 줄 몰랐네."

노인이 컵라면을 드루 돌리다가 젊어 보이는 시청 직원에게 하는 말이었다.

"이건 건빵인데요, 드셔 보실래요."

컵라면을 받아 든 젊은 직원이 노인에게 건빵 한 봉을 뜯어 건 넸다.

"오호! 건빵, 오랜만에 보는구먼."

노인이 건빵을 받아 옆에 있던 노인과 여자들에게 내밀었다.

"건빵이야 맛 좀 봐봐."

노인과 아주머니들이 한 줌씩 받아 맛을 보더니 맛있다고 한 마디 씩 했다.

"군대 있을 때 먹어보고는 처음 먹어보네."

건빵을 입에 넣고 바삭바삭 씹던 노인이 놀란 표정을 지었다.

"언, 세상에. 이건 건빵이 아니고 과잘쎄, 과자야."

노인이 다시 몇 알을 입에 넣고 바삭바삭 씹었다. 그리고는 건빵 봉지를 들여다보았다. 건빵이 몇 알 남지 않은 빈 봉지였다. 노인이 섭 섭한 표정을 지으려 할 때였다.

"어르신, 여기 많습니다. 저기 계신 분들께 나눠 드리시지요."

"⋯⋯응? 그려?"

노인이 빈 봉지를 접어 주머니에 넣고는 다른 노인들과 젊은 여자 들에게 손짓했다.

"아, 이런 고마운 일이 어디 있어. 구호품으로 보내온 건빵을 우리 보고 먼저 먹으라니⋯⋯"

맛을 본 노인들과 젊은 여자들이 잰걸음으로 건빵을 나눠주었다. 건빵은 추억이 서린 식품이었다. 먹을거리가 귀하던 시절, 기름에 튀

겨먹던 건빵은 그 맛이 비스킷에 비할 바가 아니었다. 추억이 서린 그 건빵을 옥상 위의 주민들이 받아 들고 좋아라 했다. 좀처럼 구경하기 힘든 비상용 건빵이었다. 우 몰려든 사람들로 붐비는 옥상은 마치 장터 같았다.

그런 주민들을 바라보던 고 시장이 하늘을 올려 보았다. 구름 사이로 언뜻 붉은 해가 보였다.

21세기 최첨단을 자랑하는 서울이 지진으로 무너진 금강산댐의 홍수에 이토록 무참하게 무너질 줄은 상상도 못 했다.

'지진에 대한 무방비…… 그리고 태풍…… 홍수…… 산불…… 폭설…… 기상이변에 의한 자연재해……'

고 시장이 머리를 숙인 채 발끝으로 무언가를 그리고 있었다. 생각이 잘 나지 않고 답답할 때 나오는 고 시장의 버릇이었다.

'거기에다 교통사고까지……'

고 시장이 한숨을 뿜으며 또다시 하늘을 올려보았다. 구름 사이로 언뜻언뜻 비치는 붉은 석양이 고 시장을 내려 보고 웃는 듯했다.

'한강의 기적…… 활기찬 서울의 모습……'

고 시장의 머릿속이 복잡했다.

'세계를 놀라게 했던 한강의 기적이 검붉은 홍수에 무너지고 있다.'

후— 하고 고 시장이 한숨을 길게 내뱉었다.

'한강의 기적을 일궈낸 사람들……'

그 사람들 속에 자신도 있었다. 자신도 그 사람들 속의 일원이었다. 땀과 집념으로 일궈낸 한강의 기적이었다. 그런 한강의 기적도 자연의 재해 앞엔 속수무책이었다. 기적이 사라지는 듯했다. 복구에 몇 년이 걸릴지 짐작이 가지 않았다. 고 시장의 한숨 소리가 높아져 갔다.

우리는 하나

유럽 순방을 취소하고 즉시 귀국한 대통령과 정부가 한강과 북한강 주변을 긴급 재난지역으로 선포했다. 긴급재난지역은 국가적 재앙으로 규정될 만큼 피해가 큰 지역을 말한다.

북한강과 한강주변을 재난지역으로 선포했다면 서울을 중심으로 하류 쪽으로는 김포와 인천과 강화도, 상류 쪽으로는 양수리와 청평, 가평, 춘천이 이에 해당한다. 그 어떤 재난보다도 규모가 큰 재앙이 아닐 수 없었다.

—

이른 새벽, 춘천 시민의 구조는 재난본부를 중심으로 해병대 전우회와 춘천의 각 대학교 학생들이 자원봉사대를 구성하면서 시작되었다. 두려움에 춘천을 벗어나 밤을 꼴딱 새운 공무원들과 해병대 전우회, 대학생 자원봉사대가 눈에 불을 켠 채 날이 밝기만을 기다린 것이었다. 그 가운데 단선제 총무 계만선이 있었다.

단선제 회원들로 인해 재난 사실을 안 시민들이었다. 댐이 터진 사실과 중도 관광객 구출 소식을 뉴스를 통해 가장 먼저 알려준 사람이 계만선 총무였고 그 사실을 안 각각의 봉사대와 계 총무가 하나로 연결되었다.

"지금 시내엔 해병대 전우회와 대학생 자원봉사대원들이 나와 있습니다. 그리고 원주와 횡성, 홍천에서 급파된 공무원들이 속속 들어오고 있고요. 박사님도 서울에서 서울시장님과 함께 서울 시민들을 돕고 계시니 여긴 우리가 솔선해서 움직여야 합니다."

"그러시죠. 이제 곧 날이 밝을 테니 서두르자고요."

노래방 사장 박달수가 계 총무의 말이 끝나기 무섭게 자리에서 일어섰다.

"박 사장, 자넨 성격이 꼼꼼하니까 홍수의 수위를 체크해봐. 그걸 체크해서 박사님께 알려드려. 시민들 구조에 도움이 되는 정보니까."

"네, 알았습니다. 총무님."

박 사장이 꾸벅하며 대답했다.

"그리고 나머지 분들은 상황에 따라 움직이고요."

"그럽시다, 그래야 될 거 같구만."

계 총무를 따라 옥상에서 내려오던 부회장이 대답하는데 부동산 사장 전재용이 다른 말을 했다.

"다정이를 데려와야 되잖겠어요?"

그 말에 부회장이 두 눈을 크게 떴다.

"다정이로 인해 전 국민이 알게 됐는데 다정이부터 데려오는 것이 순서 아니겠습니까?"

전 사장의 그 말에 부회장이 고개를 크게 끄덕였다.

"그렇지, 깜빡했네. 당연히 그래야지요."

계 총무도 그 생각을 하고 있었던지 걱정스러운 투로 말했다.

"거긴 지금 홍수에 고립된 섬 같을 겁니다. 물살도 거셀 거 고……"

"이제 곧 헬기들이 올 텐데 그때 헬기로 구조 요청을 하지요."

박 사장이 의견을 냈다.

"그렇지, 헬기로 구조 요청하면 되겠구만."

부회장이 반색하며 말했다.

"예, 그렇게 하겠습니다. 헬기가 오면 제가 가서 구조를 요청하겠습니다."

계 총무가 전 사장과 박 사장, 부회장에게 허리를 굽혀 대답했다. 고맙다는 표현이었다.

춘천 시내를 향하는 계 총무 일행의 눈에 멀리 북쪽으로 용화산 정상이 보였다. 구름 사이로 비치는 새벽 여명을 받아 용화산 정상 용머리가 선명하게 드러났다. 밝게 빛나는 용머리를 바라보는 순간 알지 못할 기운이 계 총무 일행의 가슴속으로 파고들었다.

—

"이기 먼 난린지…… 산불이 안 나나, 지진이 안 나나. 천지가 개벽하기 전에야 있을 수 없는 일이 잔에요. 무신 쌔가 빠질 일이 있다고 이런 일이 한꺼번에 거퍼 일어나는지…… 그쪽은 피해를 마이 입었어요?"

슬기 아빠였다. 담배를 문 슬기 아빠가 넋 나간 듯이 바위에 걸터앉은 사람에게 말을 건네고 있었다.

"집이 다 잠겼을 겁니다."

"우린 우리 아가 저 물에 떠내려갔다가 구조되어 서울 시민들 구조하고 있어요."

"예? 아니, 그럼 뉴스에 난 남춘천 여중생들이요?"

사내의 반응이 의외로 크자 슬기 아빠가 헛기침을 했다.

"우리 아 이름이 슬기인데 해인이 하고 다희, 다정이가 마카 한 팀이래요. 드론인가 먼가 하는."

"아, 주연수 씨를 부축한 학생이 슬기하고 다희였지요. 드론으로 생중계했던 학생이 다정이고?"

"예, 맞아요. 주연수 씨를 부축했던 가가 우리 아래요."

재난 속 화제의 인물들이라 뉴스를 본 사람들은 그 학생들 이름을 금방 익혔다. 마치 유명한 축구선수처럼......

"따님이 영웅이 되었는데 그런 따님을 두어서 좋으시겠어요."

사내가 언뜻 부러운 시선을 했다.

"하이고, 그딴 말씀 마세요. 난 우리 아가 물에 떠내려갔을 때 이 심장이 멎는 줄 알았다니까요."

슬기 아빠가 그때가 생각났는지 미간을 잔뜩 찌푸린 채 담뱃불을 바위에 비벼 끄며 긴 한숨을 내뿜었다.

"이 심장이 한 번 놀래니까 진정이 잘 안 돼더라고요. 밤에 한잠도 못 잤어요. 하도 두근대서......"

슬기 아빠가 담배를 또 한 개비 물었다. 줄담배였다.

"하후…… 지발 무튼해야 될 낀데."

몇 모금 빨지도 못하고 슬기 아빠가 담뱃불을 다시 비벼 껐다.

"우리 집엔 가 하나 밖엔 없거등요. 우찌 된 기 우리 집은 손이 귀해서 나나 우리 아버지가 모두 외아들이래요. 형제자매 읎시 계속 외아들로 내려오다 내가 딸을 나니까 우리 아버지가 을매나 좋아 하셨는지……."

바위에 걸터앉은 사람이 담배 한 대를 다 피우기도 전에 슬기 아빠가 새 담배를 꺼내 물었다. 불안한 가슴이 진정이 되지 않는 모양이었다.

"참, 집이 잠겠으면…… 가족들은 다 무사하시고요?"

그제야 생각이 났는지 슬기 아빠가 그 남자에게 물었다.

"가족들은 무사한데 뭘 하나도 가져 나온 게 없습니다. 워낙 급하다 보니."

그 남자도 속이 타는지 담뱃불을 바위에 대고 박박 문질러 껐다.

"아이구, 걱정이 많겠어요. 그래도 머 사람은 무사하다니 그기 어디래요."

"그거 하나로 위안을 삼습니다."

"하이고, 봄엔 산불로 지랄을 떨더니 이제 좀 살 멘 하니까 지진이라니…… 이기 먼 지랄인지 모르겠어요. 겨울겐 폭설로 눈사태가 안 나나……"

"고향이 평창이나 정선 쪽이신가 보군요."

남자가 언뜻 고향을 물었다.

"예, 평창이래요. 잘 아시나 보네요."

"말씨가 그쪽 말씨 같아서요."

"저도 말씨를 고상하게 쓰고 싶어서 고칠라고 하는데도 그기 잘 안 되네요."

"그게 어때서요. 투박하지만 정감이 넘치는 말툰데요."

"그래도 이 장사나 사업을 하는 사람들은 말씨가 좋아야 하는데 그기 잘 안돼요."

"에이, 그럴 거 없습니다. 있는 그대로가 얼마나 좋은데요."

남자가 말을 하다 말고 바위에서 일어섰다. 가족인 듯한 사람들이 몰려왔다.

"자원 봉사자들이 돕고 있다니까 빨리 가보자고요, 여보."

여자의 재촉에 눈인사를 한 남자가 가족들 틈에 끼어 시내 방향으로 총총히 사라졌다. 슬기 아빠가 그 가족들을 부러운 눈으로 바라보다 이내 담뱃불을 비벼 끄고는 담배꽁초를 바지 주머니에 넣었다.

"나는 우째 형제도 하나 읎나."

서러운 투로 혼잣말을 하며 슬기 아빠가 아파트로 올라갔다. 부인이 있는 곳으로 가는 모양이었다.

━━

서울이 자욱한 물안개에 잠겨 있었다. 물난리만 아니라면 거대한 동양화라 해도 좋을 광경이었다. 안개 위로 솟은 고층빌딩이 안개 바다에 둥실 떠있는 수정궁처럼도 보이고 넓은 바다에 떠있는 작은 섬처럼도 보였다. 안개로 인해 바닥이 보이지 않았다. 헬기를 타고 현장 파악에 나섰던 고 시장 일행이 다시 빌딩 옥상으로 돌아왔다.

24시간 뉴스를 전하는 방송에서는 안개 바다에 떠있는 고층빌딩의 모습과 옥상으로 다시 내려오는 고 시장 모습, 그리고 밤새 한숨 못 자고 옥상에서 웅크리고 있는 초췌한 모습의 주연수와 여선생, 슬기와 다희, 그리고 주민들 모습으로 클로즈업되고 있었다. 그 모습과 함께 아나운서의 멘트가 또다시 국민들의 가슴에 불을 댕겼다.

『춘천의 중도에서 관광객 수만 명을 구출해 낸 영웅 용승주 박사와 최강철 형사, 배우 주연수 씨와 매니저 김은혜 씨, 조명감독 김상구 씨, 장소희 교사와 용해인, 권슬기, 김다희 학생 일행이 서울 시민들을 돕기 위해 잠실의 한 빌딩 옥상에서 밤새 한숨도 못 자고 날이 밝기를 기다리고 있습니다. 더구나 병원에 입원하여 치료를 받아도 모자를 주연수 양과 장소희 교사, 용해인 등 어린 여학생들이 옥상의 노인들에게 손수 컵라면과 커피 등을 끓여 드리고 있어 감동을 주고 있습니다. 진정 사회적 공인과 어린 여학생들의 도덕적 본보기가 아닐 수 없습니다.』

초췌해서 더 아름다워 보이는 주연수의 모습이나 위험에 처한 관광객들을 목숨 걸고 구출한 용 박사 일행, 서울시민들을 구출하기 위해 동분서주한 고 시장이 참으로 아름다워 보였다.

뉴스가 나가자 주연수를 돕겠다고 부산과 목포에서 KTX를 타고 오는 열혈남아들도 있었다.

"안개 때문에 아무것도 안 보이네. 아무것도 안 보여."

고 시장이 침통한 표정으로 용 박사와 주연수에게 말했다.

"군부대에서도 실종자를 수색하느라 헬기를 띄웠는데 뭐가 보여야 수색을 하지."

"실종자라니요, 무슨……?"

용 박사가 놀란 얼굴로 고 시장을 바라보았다.

"헬기 안에서 무전으로 들었는데 남양주에서 탄약창을 지키던 소대 병력이 흔적도 없이 사라졌다는 거야. 그래서 그 군인들을 찾기 위해 군용 헬기를 띄운 건데 짙은 안개로 수색할 수 없다고, 그래서 중단

한다고 하더라고."

침통한 얼굴의 고 시장을 바라보는 용 박사도 안색이 어두워졌다. 홍수 속에서 사투를 벌였던 본인이었다. 아무런 장비 없이 홍수에 휩쓸렸다면 찾기 어려울 것이란 생각이 들었다. 그래도 자신들은 구명조끼를 입고 의지할 고무보트가 있었다. 그런데, 그게 아니라면……

그때 해인이가 나섰다.

"시장님, 안개 때문에 안 보이면 안개 밑을 살펴보세요. 안개는 보통 산 중턱에 많이 걸려 있잖아요."

"응……?"

해인이의 말에 고 시장과 용 박사, 최 형사가 해인이를 바라보며 두 눈을 깜박거렸고 주연수, 여선생, 김상구는 아! 하고 감탄했다.

"그래, 그렇지. 그 생각을 왜 못했을까."

침통한 기색이 사라진 고 시장이 허리 굽혀 해인이를 끌어안고

"아유, 요놈, 요거"하며 귀엽고 이쁘고 사랑스러워 죽겠다는 듯이 안고 흔들었다.

"해인아, 드론을 먼저 내려 보내봐."

용 박사가 해인이를 돌아보며 말했다.

"알았어요."

대답과 동시에 해인이가 드론을 띄워 수직으로 내려 보냈고 다희와 여선생이 스마트폰어 집중했다. 안개로 스마트폰에 아무것도 보이지 않았다. 스마트 선글라스를 쓴 해인이가 바짝 긴장하여 드론을 조심조심 내리고 있는 그대, 갑자기 시야가 훤히 트였다. 놀란 해인이가

소리쳤고 다희와 여선생이 용 박사를 쳐다봤다.

"아빠! 시장님!"

고 시장과 용 박사가 동시에 스마트폰을 들여다봤다. 놀라운 일이었다. 해인이 말처럼 안개가 빌딩 중턱에 걸려 있고 시뻘건 홍수는 빌딩의 3층 높이까지 차올라서 소용돌이치고 있었다. 그때 3층 유리창이 홍수의 압력에 못 이겨 우지직 부서지며 홍수에 휩쓸리는 모습이 보였다. 안개는 15층 높이에 걸려 있었다.

드론으로 빌딩 주변을 살펴보았다. 바닥은 온통 흙탕물이고 구름이 15층 높이까지 덮고 있는데 지금껏 보지 못한 광경이었다. 마치 외계의 세계 같았다. 그때였다. 해인이가 다시 소리쳤다.

"아빠, 저기 사람들이 있어."

그 말에 고 시장과 용 박사, 여선생이 스마트폰을 뚫어지게 들여다보았다. 6층 빌딩 옥상에 피난민으로 보이는 주민 대여섯 명이 불안한 모습으로 서성이고 있는 모습이 보였다. 해인이가 드론을 주민들 가까이 붙였다. 그러자 놀란 주민들이 드론을 향해 손을 흔들었다. 드론이 구원의 동아줄인 줄 안 주민들이 열렬하게 손을 흔들었다.

해인이가 주택가 저층 지역을 살펴보았다. 식당들이 즐비한 3층 건물 옥상까지 홍수가 휩쓸고 있었다. 그런데 그 홍수 속에 젊은 남녀 3명이 아우성치는 모습이 보였다. 해인이 옆에서 스마트폰을 보던 고 시장이 놀라 송파. 강남 구청장을 불렀다. 구청장들 역시 놀라 벌어진 입을 다물지 못했다.

해인이가 드론을 가까이 붙여 아우성치는 사람들을 안심시켰다. 다정이가 그랬던 것처럼 사람들 앞에 가까이 다가간 드론이 날개를 아래위로 흔들다 정지하고 다시 아래위로 흔들다 정지하고를 반복했다. 그런 드론을 본 젊은 남녀들이 손가락으로 다른 건물을 가리켰다.

해인이가 손가락이 가리키는 쪽으로 방향을 틀었다. 그런데…. 젊은 아가씨 둘이 5층 건물을 향해 헤엄쳐서 가고 있었다. 그 여자들 뒤를 하얀 강아지 한 마리가 따르고 있는데 강아지가 못 쫓아 오면 아가씨가 뒤돌아 강아지를 끌어 앞으로 보낸 뒤 다시 헤엄치고 다시 끌어 앞으로 보낸 뒤 헤엄치고 있었다. 검붉은 물살이 이들을 휘감을 때는 해인이도 스마트폰을 보는 시장과 구청장, 여선생과 용 박사도 비명을 질렀다.

"가까이 있는 우리가 가자."

고 시장이 용 박사와 최 형사를 데리고 헬기에 올랐다.

"드론이 재난본부와 쌍방향 교신을 하고 있고, 드론에 GPS가 달려 있어 해군 구조대가 곧 올 거예요."

헬기에 오른 용 박사가 고 시장에게 말하자 그 말에 고 시장이 안도했다. 옥상에 남은 구청장과 일행이 다시 스마트폰을 들여다보았다.

따라오는 강아지가 힘들어 하자 아가씨가 강아지를 자신의 목에 매달고 헤엄쳤다. 흙탕물을 힘들게 헤치고 5층 건물에 당도한 아가씨 둘이 5층으로 오르려 했으나 진입 통로가 없어 5층 건물 앞에서 허둥대고 있었다. 아가씨 목에 매달린 하얀 강아지가 무서운지 두려운 눈으로 낑낑거렸다. 그러자 아가씨가 뒤로 누워 강아지를 안아주었다. 흙탕물 속에서도 강아지가 주인의 얼굴을 핥으며 꼬리를 흔들었다.

그 모습이 보는 사람들의 가슴을 더욱 아프게 했다. 그때 헬기 소리가 들렸다. 적외선 헬멧을 쓴 해군 구조대의 헬기가 5층 건물 위에서 사다리 밧줄을 내려 아가씨 둘을 구조하는 사이 고 시장은 3층 옥상에 있는 재난민을 구조했다. 6층 옥상의 주민들은 다른 해군 구조대가 구조하여 높은 빌딩의 옥상에 내려주었다.

구조본부가 있는 옥상에 헬기 두 대가 다시 내렸다.

세 사람은 식당에서 근무하는 태국 사람이었고, 헤엄쳐서 간 두 사람은 한국 사장과 주방장이라고 했다. 태국 사람들이 수영할 줄 몰라서 사장이 이들을 구하기 위해 구조 장비를 가져오려고 했다는 것이다. 사장이 물속으로 뛰어들자 강아지가 따라 뛰어들었고 사장이 혼자 가면 위험하다며 주방장이 같이 뛰어든 것이었는데.... 젊은 아가씨들이었다. 이들은.....

그 말을 들은 고 시장이 감격해서 사장과 주방장을 따뜻이 안아주었다. 그리고 태국 종업원들도 따뜻이 안아주며 안심시켰다.

주연수와 해인이가 예쁜 강아지를 쓰다듬어 주는데 사장과 주방장이 그런 주연수를 보고 놀라워했다. 주연수를 모르는 한국 사람은 없었다.

—

계 총무 일행이 춘천 터미널 사거리 앞에서 멈춰 섰다. 물이 시외버스 터미널 사거리까지 차오른 것이었다.

"아이구 하느님, 이건 해도 너무하신 거 아닙니까? 우리 춘천같이 순박한 도시가 워디 또 있다고 이런 재앙을 내리십니까. 아이구 하느님."

부회장이 물에 잠긴 도시를 바라보며 한탄했다. 춘천은 어제 오후에 침수되어 밤사이에 완전히 물에 잠겼다.

터미널 맞은편 빌딩 옥상 난간에 사람들이 보였다. 급하게 피난한 사람들이었다. 그 옥상에서 울부짖는 소리가 들렸다. 너무도 갑작스럽게 당한 일이라 가족들이 어찌 되었는지 모르는 상황이었다. 전기가 끊어져 칠흑같이 어두운 밤을 공포 속에서 보낸 옥상의 주민들이 옥상 난간으로 몰려들어 아우성치고 있었다.

자원봉사대로 보이는 청년들이 물속을 헤치며 몰려다니는 모습이 보였다. 그러나 마땅히 할 일이 없었다. 들어갈 수 없는 물속인데 무슨 수로 구조 활동을 할 수 있겠는가.

빌딩 옥상에서 울려 퍼지는 아우성 소리를 들으며 계 총무와 일행의 입에서 탄식하는 소리가 쉴 새 없이 터져 나오고 있었다.

"박사님 집으로 가시죠. 박사님 집에 가면 래프팅용 고무보트가 꽤 있을 겁니다. 그거 가지고 나오시죠."

"아하, 그렇지. 그걸 생각 못했네."

부회장이 계 총무를 바라보며 반색했다.

"보나 마나 시내 옥상엔 꽤 많은 사람이 갇혀 고립되어 있을 겁니다. 군부대 헬기들이 곧 나서겠지만 그전에 우선 할 수 있는 일부터 하는 것이 순서가 아니겠습니까."

"아, 그야 당연하죠. 빨리 가십시다. 박사님 집이 바로 요 앞이니까."

전 사장이 소리쳤다.

계 총무 일행이 용 박사 집으로 가다말고 자원봉사대 청년들을 데리고 갔다. 보트를 운반할 사람이 필요했다.

남춘천초등학교와 남부초등학교, 남춘천중학교와 남춘천여자중학교 운동장은 급히 달려온 군인과 경찰 그리고 원주. 횡성. 홍천에서 온 공무원들로 복잡했다. 구조본부가 세워지고 있었다.

무엇보다 필요한 것이 헬기였다. 군부대 관계자들이 무전기를 들고 시내 상황을 설명하고 있는데 헬기를 요청하는 것 같았다. 동시에 비상 의무대도 설치되고 있었다. 보건소와 병원의 의사, 간호사들이 스스로 나서서 피해 주민을 돕겠다고 나선 것이다.

그 남춘천여중과 남중이 내려다보이는 삼층 건물 옥상에서 계 총무 일행과 청년들이 켜켜이 쌓인 고무보트를 내리고 있었다.

"아니, 언제 이렇게 많은 보트를 준비해 놓으셨대?"

전 사장의 입이 벌어졌다. 옥상을 개조해 만든 창고에는 비닐에 쌓인 채 뜯지 않은 12인승 고무보트가 30여 대는 되는 것 같았다. 그 보트 앞에 한 번도 쓰지 않은 새 배터리 3개도 놓여 있었다. 공기 주입

용 모터를 돌리기 위한 배터리였다. 놀라던 전 사장의 눈시울이 붉어졌다.

"박사님……요."

자신보다 십 년이나 아래인 용 박사였다. 하나 용 박사의 생각은 자신보다 백 년이나 앞서 있는 것 같았다.

"이런 날이 올 줄 알고 미리 준비해 두셨구만요. 박사님."

붉어지던 전 사장의 눈에서 굵은 눈물이 흘러내렸다.

"피해를 입을까 봐 저희를 칠전동으로 불러주신 것만도 은혜가 백골난망인데 또 이렇게 준비를 해 놓으시다니요. 박사님."

전 사장이 손등으로 눈물을 닦았다. 지금껏 살아오면서 눈물을 흘려본 기억이 없는 전 사장이었다. 사는데 불편을 느끼지 않을 만큼 재산도 넉넉한 편이어서 누구에게 아쉬운 소리 한 번 해보지 않은 사람이었다. 그러나 이렇게 큰 재난을 당해 난감한 입장에 처하고 보니 이런 날을 대비해 빈틈없이 준비한 용 박사가 얼마나 커 보이는지. 그리고 또 얼마나 감사한지…… 그 고마움이 뼛속에 사무쳐 눈물이 흘렀다.

"박사……님……"

당장 보고 싶었다. 항상 조용한 웃음으로 맞아주던 용 박사가 당장 보고 싶었다.

"빨리 오셔야 합니다, 박사님."

한 번 쏟아지기 시작한 눈물이 멈추지를 않자 전 사장이 창고 구석으로 가서 한참을 울었다.

그런 전 사장의 어깨를 부회장이 두드려 주었다.

단선제 회원들과 청년들이 비닐에 싸인 고무보트를 터미널 사거리에 펼쳐 놓았다.

부회장과 계 총무가 배터리를 들고 와 고무보트에 공기를 주입하기 시작했다.

"자원봉사대 학생들을 더 데리고 가서 창고에 있는 보트를 모두 다 가지고 오세요. 창고에 가면 전 사장님이라는 분이 계실 거예요."

보트에 바람을 넣는 계 총무가 자원봉사대를 이끄는 학생에게 일렀다. 그러자 한 떼의 학생들이 우르르 몰려갔다.

"보트 한 대에 노 여섯 개."

계 총무가 부회장과 같이 보트 한 대에 노 여섯 개 씩 담아 띄울 준비를 서둘렀다.

터미널 사거리에 고무보트가 준비되었다는 소식이 전해지면서 강원대학교 청소년연맹으로 구성된 자원봉사대 학생들이 몰려들었다. 래프팅용 고무보트를 많이 타본 학생들이었다.

계 총무의 안색이 밝아졌다. 래프팅을 해본 사람들이라면 안심해도 될 일이었다. 고무보트 30대가 모두 준비되었다. 그러자 청소년연맹 회장으로 보이는 학생이 앞으로 나섰다.

"우리가 많이 타봤던 12인승 보트입니다. 보트 한 대에 세 명이 올라가 두 명은 노를 젓고 한 명은 선장을 하는 겁니다. 구조 시 여자분들을 보트 가운데에 앉히고 남자분들 중 네 분은 노를 젓게 하십시오. 구명조끼가 없습니다. 이점을 각별히 유념하세요."

래프팅을 통해 이미 경험을 많이 쌓은 솜씨였다. 회장 학생의 능숙함이 그 경험을 대변하고 있었다. 계 총무 일행의 걱정이 사라졌다.

학생들이 곧 조를 이루었다.

"그리고 해병대 전우회 구조대가 근화동에서 구조 활동을 한다고 합니다. 우리는 저지대인 효자동과 약사동 일대의 주민들을 구조하러 갈 겁니다. 저층 옥상에 고립되어있는 노약자부터 구조하는 겁니다. 자, 구호를 외치고 시작합시다."

학생회장의 한 마디에 학생들이 일사불란하게 움직였다. 학생들이 둥그렇게 모여 "우리는 할 수 있다."를 큰소리로 외쳤는데 구호를 외치는 모습이 생동감이 넘쳤다.

아직 구조용 헬기가 오기 전, 춘천은 청소년연맹 학생들로 주축을 이룬 자원봉사대가 고무보트를 타고 흙탕물 속 현장으로 투입되고 있었다.

노를 저어 들어가는 자원봉사대 학생들을 바라보던 빌딩 위의 사람들이 울음을 멈추고 학생들을 향해 손뼉을 쳐주었다. 다른 한쪽에서는 파이팅을 외치는 소리도 들렸다.

　보트가 마치 가을 하늘을 나는 갈매기 떼처럼 V자 대오를 갖춰 나갔다. 역시 경험에서 우러나는 노련함이었다.

　맨 앞의 대장선이 물의 흐름을 확인하기 위해 속도를 늦추면 뒤따르는 보트들이 일제히 속도를 늦췄고 유속과 파도의 높이를 확인한 대장선이 속도를 높이면 뒤따르는 보트들이 일제히 속도를 높였다.

　KBS와 경찰서 주변은 온통 물바다였다. 공지천에서 시뻘건 흙탕물이 소리를 내며 역류하고 있었다. 물에 잠긴 KBS와 경찰서를 바라보며 대장선의 학생이 뒤돌아서서 소리쳤다.

　"저 경찰서를 중심으로 움직이세요. 효자동과 약사동으로 진입하면 각자 흩어져서 낮은 곳에 계시는 주민들을 가까운 곳에 있는 높은 건물 옥상으로 대피시키면 되는 겁니다. 굳이 온의동 쪽으로 나오려 하지 마십시오. 유속이 심합니다."

　학생회장의 큰 목소리가 맨 뒤에 있는 보트에까지 쩌렁쩌렁하게 들렸다.

　대장선이 KBS를 지나 경찰서 쪽으로 나아가기 시작했다. 역류하는 유속에 밀려 보트가 조금씩 떠밀렸지만 대장선은 뒤도 돌아보지 않고 앞으로 전진 했다. 뒤따르던 보트들이 그대로 돌진했다.

　보트들이 떠밀려가면서도 앞으로 나아갔다. 역류를 헤치며 보트들이 속속 약사동과 효자동에 도착했다. 저층 옥상에서 이들을 바라보던 주민들이 아우성을 쳤다. 빨리 구해달라는 외침이었다.

보트들이 아우성으로 가득한 저층 옥상을 향해 각각 움직여 노약자부터 실었다. 그런데 예기치 못했던 돌발사태가 발생했다.

큰 빌딩이 물에 잠겨 보트가 그 건물 속으로 진입을 못하는 것이었다. 순간 보트들이 우왕좌왕했다. 상륙정이 상륙 지점을 찾지 못해 우왕좌왕하는 것과 같았다. 보트를 안전하게 맬 수 있는 곳을 찾아야 했다. 보트들이 빌딩 사이를 헤집고 다녔다. 그때였다.

"빌딩 옥상으로 올라가는 계단이 있다."

누군가 소리쳤다. 순간 보트들이 소리 나는 곳으로 몰려들었다. 옥외계단이었다.

"조심해서 올라가세요."

맨 앞의 학생이 보트를 잡아 움직이지 않게 고정하고는 노인들을 부축해 계단으로 올려 보냈다.

"고맙소, 젊은이. 고마워."

백발의 할아버지가 고맙다고 인사하며 계단을 올랐다.

"옥상에 가 계시면 헬리콥터가 곧 올 거예요. 조심해서 올라가세요, 할아버지."

"그려, 그려. 젊은 학생들이 장하네, 참 장해."

백발의 노인이 칭찬을 아끼지 않았다. 그러자 그 뒤를 따라 올라가는 노인들이 한 마디씩 했다.

"저런 젊은이들이 있어 사는 보람을 느끼네. 고맙소, 젊은이."

"예, 할아버지. 조심조심 올라가세요."

"힘들 텐데, 밥은 먹었는가, 학생."

"예, 할머니."

한 할머니가 올라가며 학생의 어깨를 두드렸다. 보트를 움직이지 않게 고정시키느라 애쓰는 학생의 모습이 몹시 바빴다. 보트에서 내리는 분들마다 한 마디씩 건네는 칭찬에 공손히 응대하랴, 보트 고정시키랴, 중심 못 잡는 노인 부축하랴, 보따리를 든 노인은 보따리를 옮겨드리랴, 바빴지만 그래도 학생의 표정은 밝았다.

다음 보트가 들어왔다. 똑같은 칭찬이 이어졌다. 빌딩을 드나드는 보트들이 흡사 꿀벌들 같았다. 들어오는가 하면 나가고 나갔는가 하면 들어왔다. 삼 십 대의 보트가 효자동과 약사동 일대를 헤집고 다녔다. 그에 따라 높은 빌딩 옥상엔 효자동과 약사동 일대의 주민들로 가득 넘치고 있었다.

헬기 소리가 들렸다. 보트 위의 학생들과 주민들이 하늘을 올려보았다. 여덟 대의 헬기가 일렬로 날아오고 있는데 그 여덟 대의 헬기마다 그물로 된 커다란 안전망을 달고 있었다. 빌딩 옥상의 주민들이 두 손을 들어 환호했다.

━

계 총무 일행이 남춘천초등학교에 마련된 비상대책본부로 갔다.

헬기로 구조한 주민들을 남춘천초등학교와 남춘천중학교로 대피시킨다는 이야기를 들은 것이다.

"주민들 대피를 도우려고 왔습니다."

계 총무가 신분을 밝히자 비상대책본부장이 반갑게 달려왔다. 춘천시청 조 국장이었다.

"아이구, 계 부장님."

"아니, 국장님."

두 사람이 반갑게 악수했다.

"계 부장님 덕분에 일찍 준비를 서두를 수 있었습니다. 여러 가지로 감사합니다."

"감사는요. 당연히 해야 할 일을 한 건데요, 뭐."

계 총무의 겸손에 본부장이 계 총무의 손을 두 손으로 감싸 쥐었다. 그리고 직원에게 민방위복을 가지고 오라 했다.

"우선 이 점퍼를 입으시지요."

본부장이 계 총무 일행에게 모두 민방위복을 내주었다.

"주민들 안내하시기가 한결 나으실 겁니다."

본부장이 민방위복을 입은 계 총무 일행을 교실로 안내했다.

"주민들을 이 교실로 안내하시면 됩니다. 부장님."

교실엔 책걸상이 한쪽 구석에 쌓아져 있고 군인들이 바닥을 청소하고 있었다.

그때 본부장이 무전을 받았다.

"이제 곧 헬기들이 온다고 합니다."

무전 교신을 끝내기 무섭게 헬기 소리가 가까이서 들렸다. 무전기를 든 본부장에게 계 총무가 물었다.

"헬기 구조는 순서가 있습니까?"

"순서를 정한 것은 없고 급한 쪽부터 갑니다."

"삼천동 콘도 옥상에 드론으로 용 박사님과 주연수 씨 재난 동영상을 찍어 뉴스로 내보낸 다정이와 피난민들이 상당수 있습니다."

본부장의 두 눈이 커졌다.

"정말입니까? 부장님?"

"네, 어제 오후에 제가 전화를 받았습니다. 제가 올린 동영상도 그 학생이 찍은 것이고요."

"아이구, 이런. 그럼 거기부터 가야지요."

본부장이 무전기를 들어 교신했다. 삼천동 콘도 옥상 위치를 알려주는 좌표였다.

"그 지역이 섬처럼 고립되어 있는데 곧 구조해서 올 겁니다. 무전을 했으니까요."

"감사합니다, 본부장님."

"감사는요, 이게 제 할 일 아닙니까?"

그러면서 두 사람이 마주 보며 웃었다.

"사실 다정이가 제 조카입니다. 친 조카…… 그 조카가 촬영한 것인데 처음에는 용 박사님 스키장에서 찍다가 홍수가 밀려오면서 콘도 옥상으로 피해 계속 찍은 것이거든요."

그 말에 크게 놀란 본부장이 눈을 똥그렇게 치뜨고는 한동안 말을 못 잇다가 이내 감동한 얼굴을 했다.

"아이구, 저런…… 아이구…… 아이구, 그랬습니까?"

본부장이 떨리는 목소리로 감동을 자아냈다.

"진짜 큰일을 했어요, 진짜 큰일을…… 그 조카가……"

감동에 젖은 본부장이 계 부장의 오른손을 두 손으로 다시 감싸 잡았다.

"어찌 보면 그렇기는 한데요……"

계 총무가 머리를 숙이며 뒷말을 잇지 못했다. 조카라는 이유가 있어 자랑도 맘껏 못하는 계 부장의 등을 본부장이 두드렸다.

"다정이요? 아이고~오, 이런…… 훈장과 대통령 표창을 상신해야겠어요. 다정이와 함께 우리 영웅들 모두 다."

아무리 생각해봐도 보통 놀라운 일이 아니라 여긴 본부장이 거듭 감동에 젖은 목소리로 달하는데 계 부장이 손사래를 쳤다.

"아닙니다, 본부장님. 그런 일은 나라가 하는 일인데 저희가 나서야 되겠습니까?"

"아, 물론 그렇지요. 하지만 누군가가 상신은 해야 되지 않겠습니까? 결정은 나라가 하더라도……"

"그야 그렇지만……"

계 부장이 겸연쩍어했다.

"얼마나 감동이 큰지 제 몸이 다 떨립니다, 계 부장님."

"아이구…… 참."

본부장의 격의 없는 말에 계 부장이 머리를 숙였다.

"감사합니다, 본부장님."

"감사는요, 그게 제가 해야 할 일인 걸요. 뭐."

그 말에 두 사람이 마주 보며 웃었다. 뒤에 있던 부회장과 전 사장도 같이 웃었다.

운동장에 먼지가 날렸다. 본부장과 계 총무 일행이 먼지를 피해 교실로 들어갔다.

이어 헬기가 안전망을 운동장에 무사히 안착시키고 주민들이 나오자 교실에서 달려 나온 계 총무 일행이 주민들을 교실로 안내했다. 민방위복을 입은 계 총무 일행의 안내를 주민들이 안심하고 따랐다.

그물 안전망을 단 헬기들이 줄을 이어 학교 운동장으로 날아들고 있었다.

날이 밝으면서 새로운 구조대가 속속 들어오고 있었다. 시누크 수송기 다섯 대가 도착했다. 해군 구조대였다. 발 빠르게 구조에 임하는 군인들을 보며 계 총무 일행이 안도의 숨을 쉬었다.

"춘천 지리를 잘 아시면 우리 해군 구조대를 좀 도와주실 수 있겠습니까?"

본부장의 안내로 군 책임자가 다가와 계 총무에게 정중하게 말했다.

"아, 당연하지요. 도와드리겠습니다. 어떻게 도와드리면 되겠습니까?"

계 총무가 반색하며 되물었다.

"저 시누크 수송기에 고무보트를 싣고 왔습니다. 저지대 주민들을 구조해야 하는데 저지대로 구조대를 안내해 주시면 되는 일입니다."

"그런 일이라면 어려운 일이 아니지요. 저희가 안내하겠습니다."

계 총무가 팔을 걷어붙이며 나섰다.

"헬기가 주민들을 안전하게 실어 나를 수 있도록 침수지역 주민들을 높은 곳으로 이동시키는 것이 보트의 임무입니다."

"무슨 말씀인지 알겠습니다. 지금 곧 안내하겠습니다."

대답과 동시에 계 총무가 전 사장과 부회장을 돌아보았다.

"근화동과 소양로, 효자동과 후평동이 제일 급하겠지요?"

"그럴 겁니다."

"그럼 근화동과 소양로 일대는 부회장님이 해병대 전우회와 힘을 합쳐 안내하시고요. 전 사장님이 효자동을 안내하시면 어떻겠습니까. 저는 후평동을 안내할 테니까요."

"그러고 보니 각자 자기 동네구만요. 예, 그럽시다. 우리 동네야 눈 감고도 훤하니까."

전 사장이 대답했다.

"의견을 다 나누셨으면 헬기에 오르시지요. 보트를 물 위에다 투하할 겁니다. 그러고 나서 우리 구조대원들과 함께 움직이시면 됩니다."

"알겠습니다."

계 총무가 본부장을 돌아보자 본부장이 고개를 크게 끄덕이며 "여기일은 우리에게 맡기고 그분들을 도와드리십시오." 했다.

—

일행이 동시에 시누크에 올랐다. 탱크도 실어 나른다는 시누크 수송기였다. 그 수송기 다섯 대가 동원되었다. 수송기의 내부가 생각보다 넓었다.

헬기가 굉음을 내더니 곧바로 이륙했다. 하늘에서 본 춘천 시내는 온통 진흙탕 천지였다. 봉의산이 진흙탕 바다 위에 떠있는 섬 같았다. 그 진흙탕물 위에서 구조를 바라는 주민들이 헬기를 향해 손을 흔드는 모습이 보였고 고무보트들이 흙탕물을 헤치며 부지런히 움직이는 모습도 보였다. 그 모습을 내려 보는 세 사람의 가슴이 쓰리고 아팠다.

"근화동과 소양로 일대는 도청 광장으로 안내하시고요. 효자동은 강원대학교 광장을 활용하시면 어떻겠습니까. 저는 한림대학교 광장으로 주민들을 대피시키겠습니다."

"예, 그게 좋겠습니다."

"그럼, 부회장님, 전 사장님, 조심하십시오."

"총무님도 조심하셔."

부회장과 전 사장의 눈빛이 여느 때와 달리 결의에 차 있었다.

—

먼저 근화동과 소양로 일대에 모두 스무 척의 보트가 내려졌다. 엔진이 달린 보트였다. 군인들이 저층 옥상의 주민들을 신속하게 구조하기 시작했다.

효자동과 후평동에도 각각 스무 척씩 모두 육십 척의 보트가 투하되었다. 기동성이 강한 보트인 만큼 구조되는 주민들도 많았다. 그 주민들을 헬기가 신속하게 후송했다.

그런데…… 하늘이 심상치 않았다. 검은 기운이 감도는 구름이 점점 짙어지더니 빗방울이 떨어지기 시작했다. 게다가 바람까지 불었다. 구조를 바라는 손길이나 구조하는 손길이 다급해졌다. 보트의 엔진 소리가 왕왕대며 높아졌다.

학생의 노 젓는 손바닥에서 피가 흘러내리고 있었다. 노를 젓는 손바닥에 물집이 터져 벗겨지고 또 벗겨지면서 피가 나는 것이었다. 그러나 노를 멈출 수 없었다. 비가 더 오기 전에 구조해야 했다.

학생들의 손에서 피가 흐르고 입에서 단내가 났어도 구조가 급했다. 학생들의 부릅뜬 눈 속으로 핏발이 몰리고 있었다.

"해군 구조대가 도으러 왔습니다. 조금만 더 힘을 내십시오."

학생회장이 손나팔을 입에 대고 목이 터져라 외쳐 댔다. 학생회장의 두 손바닥에서도 피가 흐르고 있었다.

"빗방울이 떨어지고 바람이 부니까 각별히 조심들 하시고 마지막 구조를 끝낼 때까지 힘들 내십시오. 모두 우리 이웃입니다. 힘을 내세요. 힘을 내십시오."

학생회장의 외침에 구조대 학생들이 바삐 움직였다.

"어머나, 저 손에 피 좀 봐. 피가 노를 타고 흘러내리네."

보트에 오른 젊은 여자가 놀라 소리쳤다.

"당신이 좀 도와줘요. 저러다 학생들이 지쳐 죽겠네."

젊은 여자가 안타까운 듯 학생들을 바라보았다.

"청소년연맹이면 내 후배잖아."

그렇게 말하는 여자의 남편이 재빨리 주머니에서 손수건을 꺼냈다.

"자, 자, 학생. 이거라도 감아봐. 붕대라도 있으면 좋으련만 없으니 어쩌겠나."

젊은 남자가 학생의 손에 손수건을 감아주었다.

"학생들 손에 손수건이라도 감아 줬으면 좋겠는데 좀 없습니까?"

중년의 남자가 보트에 가득 찬 사람들을 돌아보며 소리쳤다.

"여기 있어요."

오십 대 후반으로 보이는 남자가 손수건을 꺼냈다. 그것을 신호로 주민들이 주머니에 들어 있는 손수건을 모두 꺼냈다.

"자, 학생들. 이걸 손에 감아봐. 아픔이 좀 덜할 거야."

선배가 후배들의 두 손을 손수건으로 감싸주었다.

"고맙습니다."

아픔을 잊은 듯 학생들이 선배를 향해 웃었다.

"우리 모두 힘을 내서 강원대학교로 가시자고요. 구조헬기가 그쪽에서 뜨고 내린다니까."

학생들의 두 손을 손수건으로 감싸준 중년의 남자가 마치 대장이라도 되는 양 큰 소리로 외치며 노를 젓기 시작했다. 그러자 여섯 개의 노가 동시에 움직였다. 강원대학교 광장을 향해 움직이는 보트가 느리기는 했어도 의기는 양양했다.

———

후평동에 투하된 구조대가 어려움을 겪고 있었다. 후평동 공단을 휩쓴 흙탕물이 계속해서 소용돌이치고 있었다. 급류와 소용돌이를 헤치며 주민들을 구조해내는 일이 쉽지 않았다.

계 총무가 탄 보트가 그 소용돌이를 가로질러 보았다. 보트의 속도를 높여 파도를 수직으로 갈라 본 것이다. 그러나 그 순간 보트가 공중으로 치솟았다 떨어지며 철퍽 소리를 냈다. 소용돌이치는 파도에 부딪쳐 튕겨진 것이었다. 빈 보트이길 망정이지 보트에 사람이 가득 찼다면 사람들이 튕겨졌을 충격이었다. 계 총무와 군인들의 눈이 휘둥그레 졌다.

파도를 뚫는 일도 중요하지만 주민들을 안전하게 대피시키는 일이 무엇보다 중요했다. 멀리 돌아서 가더라도 가급적이면 소용돌이를 피하는 것이 상책이라 판단했다. 그런 가운데서도 구조대에 의해 구조

된 주민들이 한림대학교 광장으로 모여들었다.

"비 오는데 광장에 있지 마시고 학교 안으로 들어오십시오. 이곳은 지대가 높아 안전한 곳이니 우리 학교를 임시 대피소로 쓰십시오."

학교 책임자인 듯한 중년의 사내가 팔을 걷어붙이고 나와서 주민들을 학교 건물 안으로 대피시켰다. 밤새 두려움에 떨던 주민들이 학교 안으로 들어서자마자 쓰러지듯 바닥에 누웠다.

━

만천리와 후평동 일대를 누비는 고무보트들이 악전고투(어려운 조건을 무릅쓰고 죽을힘을 다해 고되게 싸우는 일)했다. 높은 파도에 밀린 보트가 털썩하고 떨어질 때는 눈을 홉뜬 주민들이 비명을 질렀고 무시무시한 소용돌이를 지날 땐 살얼음판 위를 걷듯이 두려움에 떨었다.

하늘에선 군용 헬기들이 바쁘게 날아다녔다. 저지대의 주민과 빌딩 옥상에 모인 주민들을 실어 나르는 것이었다. 춘천은 시뻘건 진흙탕 물과 격심한 전쟁을 치르고 있었다. 학생들과 공무원, 군인, 자원봉사대로 이루어진 구조대가 시뻘건 흙탕물과 승자도 패자도 없는 싸움을 격렬하게 벌이고 있었다.

━

고 시장이 용 박사와 재난국장, 강남. 송파 구청장과 함께 헬기를 타고 한강 위를 날았다. 그 헬기에서 방송기자가 방송용 카메라로 촬영을 했다. 구름이 마치 지하세계의 천장 같았다. 그 장면들이 생생하게 방송국에 전달되고 있었다.

헬기가 구름 천장에 바짝 붙어 한강을 따라 여의도 방향으로 저공비행했다.

옥상에 남은 주연수와 매니저, 여선생과 해인이, 슬기, 다희, 김상구가 컵라면을 끓여 주민들에게 계속 나누어 주었다. 새벽의 서늘한 공기에 움츠려 있던 노인들이 고마워했다. 특히 뉴스에 났던 영웅 주연수와 해인이가 웃으며 인사하는 데엔 반갑지 않을 수가 없다.

뜬눈으로 밤을 새우긴 했어도 같은 옥상에 영웅들과 함께 있다는 것만으로도 힘이 났다. 무엇보다 가슴이 뿌듯했다.

말이야 바른말이지 수만 명 사람목숨 구한다는 것이 어디 쉬운 일인가? 주연수가 관광객의 질서 유지를 위해 시간을 끌어준 이야기를 하는데 선녀가 따로 없더라는 이야기를 어느 노인이 했다. 그 현장에 자신도 있었는데 그 모습이 정말 예쁘더라며 너스레 떠는 노인의 이야기에 사람들이 웃으면서도 그 말에 공감했다. 선녀가 아니라면 누가 그런 위험 속에서 시간을 끌어주었겠는가.

마치 자신이 본 것처럼 말하는 노인의 구수한 얘기에 사람들이 시간 가는 줄 모르고 들었다. 특히 해인이가 떠내려가는 보트를 구하기 위해 제트스키를 타고 따라가 로프를 던져준 얘기를 할 때는 노인의 입에서 침이 튀어 앞사람 이마에 떨어졌는데 흥미진진한 얘기에 넋이

팔린 사내가 제 이마에 침이 떨어졌는지도 모르고 노인의 얘기를 들었다. 꼭 무성영화 시절의 변사 같았다. 들을수록 재미있었다. 사람들이 그 재미에 푹 빠져 이야기를 들었다.

주연수가 탄 고무보트가 폭포 속으로 떨어질 때는 해인이가 날개 달린 천사가 되어 끝까지 따라가 사람들을 보호했다는 믿을 수 없는 얘기를 할 때는 마치 자신이 폭포에 빠진 것 같은 착각에 들어 젊은 사람들이 오싹하며 전율을 느꼈다. 옥상은 시골 마을회관에서 반상회하는 것같이 훈훈한 얘기로 날이 새는 줄 몰랐다.

수만 명을 구한 용 박사는 치우천황의 아들일 거라거나 주연수는 선녀, 해인이는 천사의 화신일 거라며 얘기는 날개를 달았다. 노인의 구수하면서도 그럴듯한 얘기에 젊은 사람들이 동화되어 고개를 끄덕였다. 치우천황이 세상에 나올 때는 다 그럴만한 이유가 있고 영웅을 세상에 보낼 때는 또 그럴만한 이유가 있다는 것이었다. 세상 풍파 다 겪은 노인의 말이라 그 말이 더욱 그럴싸하게 들렸다.

그렇게 얘기가 끝나고 새벽 서늘한 기운에 노인들이 지칠 때쯤 얘기 속의 선녀와 천사가 컵라면을 들고 온 것이다. 얼마나 반가웠는지..... 옥상이 갑자기 시끌하며 장터 같았다. 밤에는 노인들이 컵라면을 끓였으나 새벽에는 예쁜 선녀와 예쁜 천사들이 컵라면을 끓여주었다. 컵라면을 받아 든 노인들이 이런 새벽, 이렇게 기분 좋은 아침은 두 번 다시없을 거라며 기쁘면서도 서운한 표정을 지었다.

———

고 시장 일행의 눈에 서울은 공상과학영화에 나오는 커다란 지하 세계 같았다. 고층 빌딩들이 마치 기둥처럼 하늘을 받치고 있고, 시뻘건 진흙탕 물은 인간의 발길이 아직 닿지 않은 미지의 세계 같았다.

한강을 따라 저공비행하는 고 시장의 눈에 사람의 흔적이 보이지 않아 안도했다. 헬기가 여의도를 찬찬히 살폈다. 다행히 무너지거나 부서진 건물은 보이지 않았다. 김포지역도 시뻘건 진흙탕 물에 뒤덮여 있었다. 그 광경에 고 시장의 어두워진 얼굴에서 긴 한숨소리가 흘러나왔다. 일행의 얼굴도 어두워졌다. 김포에서 기수를 돌린 헬기가 다시 여의도 방향으로 올라갔다.

하늘을 떠받친 기둥 같은 고층빌딩들이 보이기 시작했다. 헬기가 용산지역을 살피며 비행하는데 그때 7층 건물 옥상에 사람이 보였다. 고 시장이 그 사람들을 가리키며 소리쳤고 일행이 모두 놀라 어! 소리를 질렀다.

헬기가 조심조심 그 건물 위로 날아갔다. 흰색 두루마기를 입은 여성 두 명이었다. 그중 한 명이 대형 캐리어를 잡고 있었다.

헬기가 7층 옥상에 가볍게 앉았다. 재난국장과 강남 구청장이 뛰어가 두 여성을 안내해 헬기에 태우고 캐리어를 실었다. 헬기에 오른 두 여성이 자신들을 태워준 고 시장과 용 박사를 향해 공손히 읍례 했다. 그러자 고 시장이 어정쩡한 표정으로 어서 자리에 앉으라고 했다.

두 여성이 자리에 앉자 헬기가 이륙했다. 이륙한 헬기는 옥수동과 자양동을 지나 구리까지 저공비행하며 사방을 살폈다. 또 다른 사람이 있는지를 살피는 것이었다.

저공비행하며 천천히 올라가는 비행기 안에서 사람들은 외계 세계로 온 듯한 착각에 빠졌다. 움직이는 물체라고는 전혀 보이지 않고 보이는 건 오직 시뻘건 물과 얕게 깔린 구름, 그리고 하늘을 받친 사각 기둥뿐이었다. 착각이 아니라면 현실도 이런 현실이 없었다. 생전 처음 보는 현상에 우리가 지금 시공을 초월해 다른 별에 온 건 아닌가 하는 생각이 들었다.

고 시장과 일행이 착각에서 깨어난 것은 구리 상공을 날면서였다. 구름에 둘러싸인 용마산을 보면서 현실을 인식했다. 주변을 둘러보던 고 시장이 안도했다. 다행히 건물의 붕괴는 없고 인적도 없었다. 무너진 빌딩이 없음을 확인한 고 시장이 기장에게 잠실의 옥상으로 바로 가자고 했다. 헬기가 수직으로 떠올랐다.

구름을 뚫고 창공으로 떠오른 헬기가 태양을 마주했을 때 눈앞에 펼쳐진 광경은 경이로웠다. 끝없이 펼쳐진 구름바다 위엔 햇빛이 쨍쨍했고 구름은 솜털처럼 부드러워 보였다. 그리고 고층빌딩들이 장엄하게 보였다. 그 텅 빈 하늘로 헬기가 힘차게 날았다.

——

고 시장과 용 박사의 부축을 받으며 내리는 흰옷 입은 두 여성에게 시선이 쏠렸다. 궁금하기는 고 시장과 용 박사도 마찬가지였다.

주연수가 자신이 깔고 앉았던 은박지 돗자리를 들고 다가갔다. 그 두 사람도 자신들처럼 홍수에서 죽을 뻔하다가 구출된 줄 안 것이다. 그러나 그 추측이 틀렸다는 것을 안 것은 그 두 사람이 자리에 앉아 차분하게 자신들의 이야기를 시작하면서부터였다.

"저희는 수행하는 사람들입니다."

50대로 보이는 여성의 그 한마디에 고 시장과 용 박사 일행, 그리고 궁금한 눈빛으로 몰려든 주민들이 고개를 끄덕였다. 입은 옷이나 조용한 품새로 보아 그런 것 같았다.

"오늘이 3년째 100일 기도를 마치는 날입니다."

둘러앉은 고 시장과 용 박사 일행이 놀란 기색을 했다.

"오늘 새벽 인시(새벽 3시~5시)에 기도를 마치고 구조되기를 기다리고 있었는데...... 이렇게 구해주셔서 감사합니다."

둘러선 사람들이 놀라워했다.

"기도도 중요하지만 목숨도 중요하지 않습니까?"

고 시장이 좀 서운한 표정으로 물었다.

"저희는 죽을 각오로 기도합니다. 홍수가 밀려온다 해서 기도를 포기할 수 없었습니다."

그 말에 더 물으려고 하던 고 시장이 다른 말을 했다.

"어디 다친 데는 없습니까?"

"네."

대답이 짧았다. 그때 해인이와 다희가 물을 두 통 가져와 흰옷 입은 사람에게 나누어 주었다. 작은 페트병이었다. 50대 여성이 물을 한 모금 마시고 나서 조용히 말했다.

"오늘, 이 가방의 주인이 하늘에서 내려올 것이라 믿어 기다렸는데 정말로 만났군요. 한 치의 오차도 없이……"

50대 여성의 알쏭달쏭한 말에 모두가 궁금해 했다.

"하늘에서 내려오셔서서 저희들을 구하셨으니 이제 이 가방으로 한강의 남과 북을 새롭게 이으십시오."

그 말에 30대 여성이 캐리어를 50대 여성 앞으로 가져왔다.

"만주가 본래 우리 고향이니 고향으로 가는 길도 잘 만드시고요."

고 시장과 용 박사의 눈이 뚱그레졌다.

50대 여성이 고 시장 앞으로 캐리어를 끌고 왔다.

"받으십시오, 시장님."

50대 여성이 캐리어를 고 시장에게 넘겨주었다.

"이게 뭡니까?"

얼떨결에 받은 고 시장이 물었다.

"무기명 채권인데 열어보시지요."

고 시장이 캐리어를 뉘어놓고 뚜껑을 열었다. 열어보는 고 시장과 그 옆에 있는 용 박사가 깜짝 놀랐다. 켜켜이 쌓인 무기명 채권 위에 어른 주먹보다 큰 황금거북이 놓여 있었다.

"아니?"

놀라 일어선 고 시장이 50대 여성을 놀란 눈으로 바라보았다.

"채권을 확인해 보시지요."

그 말에 고 시장이 허리를 숙여 채권 금액을 확인해 보았다. 금액을 확인하던 고 시장과 용 박사의 두 눈이 휘둥그레졌다.

"한 장에 5.... 50억."

고 시장의 놀라 벌어진 입이 다물어지지 않는데 50대 여성이

"1,000장입니다." 했다.

"예....? 처, 천장....?"

고 시장과 용 박사, 그리고 주변에 있던 사람들이 놀라 어리둥절했다.

"한 장에 50억. 처... 천장이면 얼마야?"

고 시장이 경황이 없어 금액 환산을 못했다.

"5조 원."

용 박사가 말했다.

"5.... 5조 원?"

"예, 5조 원."

이게 꿈인지 생시인지 몰라 고 시장과 용 박사가 얼떨떨했다.

주변 사람들이 몰려들어 채권을 구경하려 들자 용 박사가 뚜껑을 닫고 자물쇠의 번호판을 돌려버렸다. 몰려들었던 사람들도 얼떨떨한 표정이 되었다. 도대체 저분들이 누군가 그것이 궁금한 모양이었다. 해인이가 그 장면을 드론으로 찍고 있었다.

"이제 이 자금의 주인은 시장님이시니 시장님께서 잘 쓰십시오."

50대 여성의 말에 정신이 드는지 고 시장이 대답했다.

"이렇게 많은 자금을 주시다니 몸 둘 바를 모르겠습니다."

"이 자금은 제가 드리는 것이 아니고 하늘의 뜻이니 그리 아시면 됩니다.

"하늘의 뜻.....?"

고 시장과 용 박사가 더욱 궁금한 표정이었다.

"저희는 수행하는 사람들이니 더 이상의 질문은 말아주십시오."

그 또한 고 시장을 어정쩡하게 하는 말이었다. 옥상엔 소슬한 바람이 불어 아침의 상쾌함이 사람들 가슴을 상큼하게 적셔 주고 있었다.

고 시장이 질문 없이 그저 궁금한 얼굴로 50대 여성을 바라보는데 그때 해인이의 목소리가 들렸다.

"아빠, 저기."

해인이가 가리키는 곳에 검은 구름이 띠처럼 뭉쳐지고 있었다. 이윽고 그 검은 띠는 선명한 형체를 이루더니 어느새 뿔이 돋은 용의 모습으로 변하고 있었다. 더욱 놀라운 건 그 용이 태양을 물었는데 그 모습은 마치 용이 밝게 빛나는 여의주를 물고 승천하는 모습 같았다. 아니, 여의주를 입에 문 용이 승천하는 모습이었다.

그 놀라운 광경에 옥상의 모든 사람이 숨을 삼킨 채 미동도 하지 않았다. 잠시 후 그 광경을 바라보며 합장하던 몇몇 사람들이 이내 엎드려 절을 하기 시작했다.

절하는 사람 옆에 있던 사람들이 자신도 절을 할까 어쩔까 망설이다가 자신도 모르게 엎드려 절을 했고, 절하는 사람이 많아지며 옥상은 마치 기도하는 도량 같았다. 종교적 신념에 따라 절을 하지 않는 사람도 있었으나 절은 하지 않아도 경건한 마음이 일어나는 것은 사실이었다. 눈앞에 펼쳐진 기적 같은 이 현상은 종교를 떠나 어쨌든 놀라 자빠질 일이었다. 놀라 까무러치지 않고는 배기지 못할 일이었다.

50대와 30대의 두 여성은 그 용을 바라보며 좌선하는 자세로 앉아 조용히 미소 짓고 있었다. 그 모습이 사심이라고는 조금도 보이지 않는 신비하도록 투명하고 해맑아 보이는 모습이었다. 정말로 선녀인가 하는 의심이 들 만큼 해맑았다.

절을 하고 난 사람들이 스마트폰으로 사진을 찍었다. 고 시장과 용 박사 일행도 그 사진을 찍었다. 인증 샷을 하며 옥상이 다소 소란한 가운데 10여 분이 지나면서 용의 꼬리가 사라지기 시작하더니 태양을 입에 문 용의 머리도 이내 구름으로 화하여 사라졌다. 그러자 사람들이 그 두 여성 앞으로 몰려들었다.

몰려든 사람들은 누가 말하지 않아도 서로 예를 지켰다. 모두 자리에 공손하게 앉아 두 여성의 말씀을 기다렸다. 그러나 두 여성은 잠잠히 미소만 지을 뿐 말이 없다. 그 말없는 두 여성의 얼굴은 투명하게 해맑았고 또한 담담했다.

모두 숨죽이고 두 여성을 바라보는데 누군가가 소리쳤다.

"안개가 사라진다. 안개가 사라져...."

그 소리에 송파 구청장이 제일 먼저 일어나 옥상 난간으로 뛰어갔다. 안개가 이미 많이 걷혀지고 있었다.

"시장님, 안개가 많이 걷혔습니다."

송파 구청장의 들뜬 목소리에 고 시장과 용 박사 일행이 옥상 난간으로 뛰어갔다.

거짓말처럼 맑아지고 있었다. 빌딩 아래가 시원하게 보였다. 빌딩과 빌딩이 보였고 서울 시내가 시원스럽게 보였다.

두 여성은 예의 그 모습 그대로 조용히 앉아 미소 짓고 있고......

고 시장이 대통령 비서실장에게 무전을 했다.

"실장님, 저 고신백 시장입니다. 안개가 사라졌는데 구조헬기를 투입시켜 주십시오."

"예? 안개가 사라져요?"

안개가 사라진 사실을 모르는 모양이었다.

"예, 실장님. 거짓말처럼 안개가 사라졌습니다."

"시장님, 확인하고 무전 드리겠습니다."

그 무전을 옆에서 듣고 있던 한 노인이 우스갯소리를 했다.

"거긴 선녀님이 안 계셔서 잘 모르나 봐.... 응?"

그 말에 주변 사람들이 소리 없이 웃었다.

잠시 뒤 무전이 왔다.

"시장님, 안개 사라진 거 확인했습니다. 헬기 바로 투입하겠습니다."

"네, 실장님. 감사합니다. 정말 감사합니다."

무전기에서 들려오는 고 시장의 목소리가 들떠있다. 들떠도 너무 들떠 비서실장이 고개를 갸웃했다.

헬기 소리가 사방에서 들려오고 있었다. 그와 함께 잠실의 저층 옥상에 대피한 주민들이 손 흔들며 소리치는 모습이 보였다. 대형 구조 바구니를 단 헬기들이 서울 하늘을 까맣게 뒤덮고 있기 때문이었다.

뒤덮는 것은 헬기뿐이 아니었다. 붉은 티셔츠를 입은 시민봉사대와 해병대 전우회, 그리고 전국에서 올라온 부모 형제들이 물이 빠지기만을 기다리며 강남과 강북지역을 까맣게 뒤덮고 있었다. 시뻘건 홍수 위로는 해군 구조대 고무보트가 힘차게 달렸다.

그 모습을 보는 고 시장의 가슴으로 형언할 수 없는 용기와 희망이 솟구쳤다. 할 수 있다는 용기가 생긴 것이다. 전 국민이 이렇게 똘똘 뭉치기만 한다면 국난 극복도, 경제회복도, 그 어떤 것도 할 수 있을 것 같았다. 한강의 기적을 이룬 우리였다.

고 시장이 용 박사와 해인이, 주연수와 매니저, 최 형사와 여선생, 슬기, 다희, 김상구와 그 청장들을 차례로 돌아보며 할 수 있다는 신념에 찬 얼굴로 손을 맞잡았다. 그리고 이름을 알 수 없는 선녀님들......

고 시장이 선녀들 앞으로 조심조심 걸어가더니 부동자세로 꼿꼿하게 섰다. 그리고는 온 정성을 다해 있는 힘껏 거수경례하며 "감사합니다."를 외쳤다. 태어나서 이렇게 박력 있는 거수경례는 처음이었다.

그 모습에 자리에서 일어난 선녀들이 읍례를 했다. 그리고 다소곳이 웃었다. 웃는 것은 그 둘만이 아니었다. 옥상의 모든 사람이 박수를 치며 환하게 웃었다. 그 웃음소리가 옥상을 넘었다. 파도처럼 퍼져나가는 웃음소리는 우리는 할 수 있다는 자신감이었다.

—

5년 후……

침수되었던 빌딩들이 완전히 복구되고 한강이 새로운 모습으로 변해 있었다. 예술과 과학이 어우러진 아름다운 다리들이 새롭게 놓였고, 그 다리들을 배경으로 수상스키와 형형색색의 윈드서핑, 제트스키, 요트, 수상 카페 등이 한강을 화려하게 수놓고 있었다.

국제 수상스키 대회도 치러졌다. 서울을 지켜주는 팔당 운하의 완성으로 홍수의 위험에서 벗어난 한강이 그 어느 때보다 평화롭고 활기가 넘쳐 보였다. 드디어 한강의 새 시대가 활짝 열린 것이다.

감사합니다.

재난 소설 **북한강**

2022년 5월 10일 초판 1쇄 발행

지은이　이광균
펴낸이　양진화
펴낸곳　㈜교학도서
공급처　㈜교학사

등록　　2000년 10월 10일 제 2000−000173호
주소　　서울 마포구 마포대로 14길 4
대표 전화　02−707−5100
편집 문의　02−707−5271
영업 문의　02−707−5155
전자 우편　kcs10240@hanmail.net
홈페이지　www.kyohak.co.kr

ISBN 979−11−89088−31−6 03810